KB093224

유성의 인연

流星の絆

인연

1

RYUSEI NO KIZUNA

© Keigo HIGASHINO 2008

All rights reserved.

Original Japanese edition published by KODANSHA LTD.

Korean translation rights arranged with KODANSHA LTD.

through Shinwon Agency Co.

유성의 인연

流星の絆

1

히가시노 게이고 장편소설

양윤옥 옮김

현대문학

1

소리 나지 않게 살금살금 창문을 열었다. 목을 길게 빼고 밤하늘을 올려다보았다.

"어때?" 고이치가 물었다.

"안 되겠어. 구름이 잔뜩 꼈어."

고이치가 한숨을 쉬며 혀를 찼다. "날씨 예보가 딱 맞았네."

"어떻게 해?" 다이스케는 방 안에 있는 형을 돌아보았다.

고이치는 방 한가운데 앉아 있다가, 옆의 배낭을 들고 벌떡 일어섰다.

"그래도 나는 갈 거야. 아까 아래층에 가봤더니 아버지랑 엄마, 가게 쪽에서 뭔가 얘기하는 중이었어. 지금이라면 아마 눈치도 못 챌 거야."

"별이 보일까?"

"안 보일지도 모르지만 그래도 가야지. 내일 학교에서 다른 애들이 혹시라도 별을 봤다고 신나게 얘기하면 약 오르잖아. 너는 가기 싫으면 안 가도 돼."

"아냐, 나도 갈 거야." 다이스케는 입을 삐죽 내밀었다.

고이치가 책상 밑에서 비닐봉지를 끄집어냈다. 그 안에 두 사람의 운동화가 들어 있었다. 저녁나절에 아버지 어머니 모르게 슬쩍 감춰둔 것이었다.

방 안에서 신을 신고 배낭을 짊어진 고이치가 창문 너머로 한쪽 다리를 내밀었다. 창틀을 단단히 붙잡고 다시 한쪽 다리를 밖으로 내밀었다. 그대로 턱걸이하듯 매달리는가 싶더니 다음 순간, 고이치의 얼굴은 사라지고 없었다.

다이스케는 창밖을 내다보았다. 바로 밑에 있는 창고의 함석지붕 위에 내려선 고이치는 아무렇지도 않은 얼굴로 옷에 묻은 먼지를 툭툭 털고 있었다. 오래전부터 이런 탈출 놀이를 해왔던 만큼 6학년이 된 지금은 완전히 선수가 되었다. 다이스케는 요즘에야 겨우 따라 해보는 거라서 형처럼 잘하려면 아직 한참 멀었다.

"절대로 소리 내면 안 돼."

다이스케는 아직 창틀에 다리만 걸친 상태인데 고이치는 그런 말을 남기고 거침없이 함석지붕 위에서 땅바닥으로 휙 뛰어내렸다. 그리고 아래쪽에서 빨리 내려오라고 손을 까불었다.

다이스케는 형이 했던 것처럼 두 손으로 단단히 창틀을 잡고 천천히 다른 쪽 다리를 창밖으로 내밀었다. 그리고 온 힘을 다해 턱걸이 자세를 만들었다. 그는 형보다 20센티미터쯤 키가 작다. 당연히 함석지붕까지의 거리도 그만큼 멀었다.

살짝 내려서려고 했는데 예상보다 훨씬 큰 소리가 울렸다. 다이스케는 얼굴을 일그러뜨리며 고이치를 바라보았다. 형은 잔뜩 찌푸린 얼굴로 입을 움직이고 있었다. 소리는 내지 않았지만, 바보야, 라고 한다는 건 입 모양으로 알 수 있었다. 미안, 미안, 다이스케는 소리 나지 않게 손짓으로 사과했다.

이제 함석지붕에서 땅바닥으로 뛰어내리려고 다이스케는 허리를 숙였다. 창문에서 함석지붕에 내려서는 것보다 실은 이쪽이 더 무서웠다. 그리 대단한 높이는 아니지만 막상 뛰어내리려고 하면 바닥이 지독히 멀게 느껴졌다. 형은 어떻게 그리 쉽게 뛰어내리는지 알 수가 없었다.

뛰는 거야, 하고 결심한 순간이었다.

"작은오빠……." 다이스케의 머리 위에서 여린 목소리가 들려왔다.

흠칫 몸을 돌려 올려다보았다. 시즈나가 창문으로 머리를 내밀고 있었다. 잠이 덜 깬 표정이었지만 그 눈망울은 또렷하게 다이스케 쪽을 향하고 있었다.

"엇, 왜 일어났어?" 다이스케는 어린 동생을 올려다보며 얼굴을 찌푸렸다. "아, 됐으니까 시즈나는 더 자."

"뭐 해? 어디 가?"

"아무것도 아냐. 너는 몰라도 돼."

"나도 갈래."

"안 된다니까."

"다이스케." 아래에서 고이치의 잔뜩 숨죽인 목소리가 들려왔다. "뭐 하고 있어?"

다이스케는 함석지붕 위에 배를 대고 엎드려 아래를 빠끔히 내려다보았다.

"큰일 났어. 시즈나가 잠이 깨서 나왔어."

"뭐어?" 고이치가 입을 떡 벌렸다. "네가 소리를 내니까 그렇잖아. 빨리 가서 자라고 해."

"근데 시즈나도 같이 가겠대."

"이런 바보, 어떻게 같이 가? 안 된다고 해."

다이스케는 몸을 일으켜, 창문으로 머리를 내민 동생을 올려다보았다.

"형이 안 된대."

그러자 시즈나는 당장 울먹거리는 얼굴이 되었다.

"나도 다 알아. 오빠들만 가려고 그러지? 치사해."

"뭐?"

"별똥별 보러 가는 거잖아? 진짜 치사해. 나도 보고 싶은데. 별똥별, 오빠들이랑 같이 보고 싶은데."

다이스케는 어떻게 해야 좋을지 알 수가 없었다. 별로 듣는 것 같지도 않더니 어느새 오빠들의 탐험 계획을 시즈나는 죄 다 듣고 있었던 모양이다.

다이스케는 다시 배를 대고 엎드렸다.

"시즈나가 우리 별똥별 보러 간다는 거 다 알고 있어."

"그래서 어쩌라고?" 고이치는 부루퉁하게 쏘아붙였다.

"저도 같이 가서 보겠대. 우리랑 함께 보고 싶대."

고이치는 단호하게 고개를 저었다.

"어린애는 안 된다고 말해."

다이스케는 고개를 끄덕이고 일어섰다. 창문을 올려다보았다.

시즈나는 잔뜩 토라져서 울먹거리고 있었다. 동그랗고 통통한 뺨에 벌써 눈물이 흐르는 것을 어둠 속에서도 알아볼 수 있었다. 그 눈은 애원하듯이 다이스케를 빤히 쳐다보고 있었다.

다이스케는 머리를 벅벅 긁으며 허리를 숙여 다시 한번 고이치에게 말을 건넸다.

"형."

"왜?"

"그냥 시즈나도 데려가자. 혼자 놔두면 불쌍하잖아."

"그래도 못 하는 걸 어떻게 해? 계단을 진짜 많이 올라가야 한단 말이야."

"나도 알아. 내가 업고 갈게. 그러면 되지?"

"네가 어떻게 시즈나를 업고 가? 혼자 가기도 힘든데."

"할 수 있어. 내가 꼭 할 테니까 시즈나도 데려가자."

고이치는 못 말리겠다는 표정을 짓더니 다이스케를 향해 손짓을 했다.

"아무튼 너는 빨리 내려와."

"응? 하지만 시즈나가……."

"네가 거기 있으면 거치적거린단 말이야. 아니면, 네가 시즈나 내려줄래?"

"아, 그렇구나."

"빨리 해."

고이치의 재촉에 다이스케는 저도 모르게 아래로 훌쩍 뛰었다. 털썩 소리를 내며 엉덩방아를 찧었다.

엉덩이를 슬슬 문지르며 일어섰을 때, 고이치는 벌써 함석 지붕 끝을 붙잡고 위로 기어오르는 중이었다.

지붕 위에 올라선 고이치는 창문을 향해 뭔가 말을 하고 있었다. 이윽고 파자마 차림의 시즈나가 다리를 밖으로 내밀고 창틀에 걸터앉았다.

"절대 떨어지지 않으니까 오빠를 믿어."

고이치가 작은 소리로 달랬다.

시즈나의 몸이 창문을 벗어났다. 그것을 고이치가 단단히 받아 안았다. "거봐, 괜찮지?"라고 어린 여동생에게 말을 건네고 있었다.

고이치는 시즈나를 지붕에 남겨두고 먼저 뛰어내렸다. 그러더니 다이스케 앞에 쪼그리고 앉았다.

"다이스케, 내 어깨에 올라타."

"응?"

"목말 태워주기야. 빨리 타라니까."

다이스케가 어깨에 올라앉자 고이치는 창고 벽에 손을 짚어가며 천천히 몸을 일으켰다. 다이스케의 얼굴 위치가 함석지붕 끝보다 약간 높아졌다.

"이번에는 네가 시즈나를 목말 태워줘. 조심해. 너는 떨어져도 괜찮지만 시즈나를 다치게 하면 절대 안 돼."

"알았어. 시즈나, 여기 어깨에 올라앉아. 오빠 머리를 붙잡고 타면 돼."

"와아, 진짜 진짜 높다."

시즈나가 다이스케의 어깨에 올라탄 것을 확인하자 고이치는 천천히 허리를 낮췄다. 시즈나가 아무리 작다고 해도 두 사람의 몸무게를 어깨에 싣고 있는 것이라 허리에 상당한 부담이

갈 터였다. 형은 역시 대단하다고 다이스케는 내심 감탄했다.

시즈나를 무사히 내려준 뒤 고이치는 배낭에서 윈드브레이커를 꺼내 걸쳐주었다.

"맨발이긴 하지만 업어줄 거니까 걱정하지 마."

응, 하고 시즈나는 기쁜 듯이 고개를 끄덕였다.

자전거 한 대에 셋이서 함께 탔다. 고이치가 페달을 밟는 역할이고 다이스케는 짐받이에 앉고, 그 둘 사이에 시즈나가 끼어 앉는 모양새다. 고이치의 배낭은 다이스케가 메기로 했다.

"꽉 잡아." 주의를 준 뒤에 고이치는 자전거 페달을 밟기 시작했다.

한참 달리자 왼편으로 나지막한 언덕이 다가왔다. 그 바로 앞에 학교가 있다. 세 사람이 다니는 초등학교였다. 그곳을 지나면 곧바로 길가에 절의 붉은 기둥 문이 서 있다. 그 앞에서 세 사람은 자전거를 세웠다. 기둥 문 옆은 폭 1미터 정도의 돌계단이다.

"좋아, 가자." 고이치가 시즈나를 업고 계단을 오르기 시작했다. 다이스케도 그 뒤를 따랐다.

요코스카시는 바다와 구릉지로 이루어져 있다. 바닷가에서 조금이라도 벗어나면 금세 비탈진 오르막길이다. 그 경사가 결코 느슨한 편이 아닌데도 일반 동네와 마찬가지로 민가가 줄줄이 들어찼다. 세 사람이 올라가는 돌계단도 그런 민가의 주민들을 위해 만들어진 것이었다.

"학교 친구들, 왔을까?" 다이스케가 숨을 헐떡거리며 말했다.

"안 왔을걸, 이런 한밤중에."

"그럼 내일 학교 가서 자랑할 수 있겠다."

"별똥별을 하나라도 볼 수 있어야 자랑을 하지."

돌계단이 완만한 각을 그리더니 이윽고 널찍한 공터가 세 사람 앞에 나타났다. 뉴타운 건설 예정지여서 한 달 전쯤부터 정지整地 작업에 들어간 곳이다. 자세히 들여다보니 불도저며 포클레인 같은 중장비가 서 있는 게 보였다.

고이치가 손전등으로 발밑을 비추며 성큼성큼 나아갔다. 땅바닥 군데군데에 비닐 로프로 경계선이 표시되어 있었다.

"이 정도면 보일 거야. 다이스케, 돗자리."

고이치의 말에 다이스케는 배낭에서 비닐 돗자리 두 장을 꺼냈다. 그것을 펼쳐 바닥에 깔았다.

세 사람은 돗자리 위에 하늘을 보며 누웠다. 시즈나를 가운데 두고 두 오빠가 양옆에 누운 모양새였다. 고이치가 손전등을 끄자 손 밑도 보이지 않을 만큼 바로 암흑에 감싸였다.

"오빠, 깜깜해." 시즈나가 불안한 목소리를 냈다.

"괜찮아. 여기 내 손 있지?" 고이치가 대답했다.

다이스케는 시선을 집중하고 있었다. 하지만 오늘 밤 하늘에는 빛이라는 게 전혀 없었다. 별똥별은커녕 보통 별조차 보이지 않았다.

다이스케가 페르세우스 유성군에 대해 알게 된 것은 작년 이맘때쯤이었다. 오늘 밤과 마찬가지로 집을 탈출한 고이치가 친구들과 함께 별똥별을 보고 왔다고 자랑을 했다. 그때 다이스케는 왜 나는 안 데려갔느냐고 따졌다. 그리고 내년에는 꼭 함께 데려가달라고 부탁했던 것이다.

한 시간만 지켜보면 열 개, 스무 개의 별똥별을 볼 수 있다―. 형의 말에 따르면 그렇다는 것이었다. 그 광경을 상상하니 다이스케는 가슴이 두근거렸다. 그는 별똥별이라는 것을 한 번도 본 기억이 없었다. 책을 통해서만 알고 있을 뿐이었다.

하지만 아무리 기다려도 별똥별은 나타나지 않았다. 다이스케는 점점 따분해졌다.

"형, 하나도 안 보이는데?"

"그러게." 고이치도 한숨 섞인 대답을 했다. "날씨가 이래서야, 역시 틀렸나 보다."

"에이, 고생해서 여기까지 왔는데……. 시즈나도 심심하지?"

하지만 시즈나는 대답이 없었다. "아까부터 잠들었어"라고 고이치가 말했다.

그 뒤에도 조금 더 기다려보았지만 역시 별똥별은 보이지 않았다. 그뿐인가, 차가운 것이 얼굴에 투둑 떨어졌다.

"앗, 비가 오네." 다이스케는 당황해서 벌떡 일어섰다.

"그만 집에 가자." 고이치가 손전등을 켰다.

왔을 때와는 반대로 돌계단을 내려갔다. 다행히 비는 본격적으로 쏟아지지 않았다. 하지만 돌계단이 젖어서 발밑을 한층 더 주의할 필요가 있었다. 시즈나를 등에 업은 고이치도 올라올 때보다 더 신중하게 발을 내딛는 것 같았다.

절의 붉은 기둥 문 앞까지 돌아왔지만 자전거는 타지 않았다. 시즈나가 완전히 잠이 들어 셋이서 타는 건 불가능했기 때문이다. 고이치는 시즈나를 등에 업은 채 걸음을 옮겼다. 다이스케도 자전거를 끌고 형의 뒤를 따랐다.

비는 계속 내리고 있었다. 시즈나의 윈드브레이커에 빗방울 떨어지는 소리가 났다.

집 바로 뒤까지 왔지만 문제는 시즈나를 어떻게 2층 창문까지 올리느냐는 것이었다.

"앞문에서 살짝 보고 올게. 아버지하고 엄마가 잠들었으면 그쪽으로 슬쩍 들어갈 거니까."

"열쇠는?"

"나한테 있어."

시즈나를 업은 채 고이치는 집 앞쪽으로 돌아갔다. 다이스케는 뒤편 골목 옆에 자전거를 세우고 체인으로 거는 자물쇠를 채웠다.

그때, 골목 안쪽에서 뭔가 소리가 들려왔다. 문을 여는 소리였다.

다이스케가 쳐다보자 뒷문으로 한 남자가 나오는 참이었다. 옆얼굴이 보였지만, 알지 못하는 사람이었다.

남자는 다이스케가 있는 곳과는 반대 방향으로 뛰기 시작했다.

누굴까 하고 생각하면서 다이스케는 집 앞쪽으로 돌아갔다. 고이치의 모습은 없었다. 〈아리아케〉라고 새겨진 가게 문을 잡아당기자 스르륵 열렸다.

가게 안은 어두웠다. 하지만 카운터 뒤쪽의 문이 열려 있고, 거기서 빛이 새어 나왔다. 문 맞은편에는 아버지와 어머니의 방이 있고, 그 옆쪽이 2층으로 올라가는 계단이었다.

다이스케가 그쪽을 향해 걸어가려고 하는데, 고이치가 나왔다. 아직도 시즈나를 등에 업고 있었다.

뭔가 이상하다―. 다이스케는 그렇게 감지했다. 역광 때문에 얼굴은 잘 보이지 않았지만 형의 기색이 심상치 않다는 것을 느꼈다.

"형⋯⋯." 저도 모르게 형을 불렀다.

"이쪽에 오지 마." 고이치가 말했다.

"응?"

"죽었어⋯⋯."

형이 하는 말이 무슨 뜻인지 다이스케는 알아듣지 못했다.

눈을 깜빡였다.

"죽었어." 고이치는 다시 한번 말했다. 목소리에 억양이 없었다. "아버지도 엄마도, 누군가가 죽여버렸어."

이번에는 그 뜻을 이해했다. 하지만 상황을 파악한 것은 아니었다. 다이스케는 이유도 없이 히죽 웃었다. 하지만 그러면서도 형이 농담을 하는 게 아니라는 건 느끼고 있었다.

고이치의 등 너머로 기분 좋게 잠든 시즈나의 얼굴이 보였다.

다이스케의 다리가 후들후들 떨리기 시작했다.

2

비가 그쳤는지 택시의 와이퍼는 멈춰 있었다.

국도 16호선의 짧은 터널을 빠져나와 첫 번째 신호등에서 우회전했다. 조금 달리자 앞쪽에 게이큐 본선의 고가도로가 눈에 들어왔다. 그 바로 앞쪽에 경찰차 몇 대가 서 있었다.

하기무라 신지는 택시에서 내려 천천히 현장으로 다가갔다. 좁은 길과 교차한 네 개의 모퉁이가 있고, 그중 오른편 앞쪽 길모퉁이에 조그만 양식당이 있었다. 살림집이 딸린 식당이었다. 〈아리아케〉라고 새겨진 식당 문은 활짝 열려서 경관들이 들락날락하고 있었다.

손목시계를 보니 밤 3시가 되어가는 시간이었다. 식당 앞에는 로프가 둘러쳐져 있었다. 밤이 깊은 시간이라서 구경꾼들은 꼬이지 않았다.

하기무라는 식당 앞을 지나 오른편으로 접어들었다. 주변 상황을 관찰해두자고 생각한 것이다. 그곳에는 이미 한 남자가 와 있었다. 남자는 우산을 골프채 삼아 휘익 쳐올리고 있었다. 어두워서 얼굴이 잘 보이지 않았지만 그게 누구인지 하기무라는 금세 알아보았다. 요즘 이 인물이 골프에 열중하고 있다는 건 경찰서 안에도 짜하게 소문이 났다. 형사과장이 권해서 시작하게 되었다고 했다. 영 안 어울린다고 뒤에서 수군덕거리는 이가 적지 않다는 건 본인도 잘 알고 있을 터였다.

휘익 하고 우산을 휘두르는 소리가 났다.

"나이스 샷!" 하기무라는 말을 건넸다.

폴로스루 자세로 정지하고 있던 남자가 하기무라 쪽을 돌아보았다. 여전히 입 주위에 덥수룩한 수염을 기르고 있었다.

"빨리 왔네?" 남자는 우산을 내렸다.

"가시와바라 씨야말로 일찌감치 오셨는데요?"

"경찰서에 있었거든. 그놈의 보고서, 내일까지 정리하라고 해서 말이지. 근데 도통 끝나질 않아서 소파에서 한숨 자는 참에 연락이 왔어. 기겁을 해서 잠이 싹 달아났어."

가시와바라는 아직도 우산을 거꾸로 든 채였다. 검은 박쥐

우산이었다. 아예 버릇이 되었는지 말을 하면서도 골프의 어프로치샷 자세로 짧게 치고 있었다. 우산 손잡이 끝이 이따금 땅바닥을 치지직 스쳤다.

"나도 깜짝 놀랐어요. 설마 이 식당에서 살인사건이 날 줄이야." 하기무라는 그렇게 말을 한 뒤에야 선배 형사에게 작은 목소리로 확인했다. "살인, 맞죠?"

"그런 거 같아. 주인장과 그 부인이 1층 살림채에서 칼에 찔렸어. 상처가 몇 군데인지 모르겠어. 둘 다 완전 피투성이야."

"가시와바라 씨도 현장을 보셨어요?"

"슬쩍 넘어다보기만 했어. 금세 감식반이 들이닥쳐서."

"그것참, 그 부부가……." 하기무라는 얼굴을 찌푸렸다. "분명 사흘 전이었죠, 이 식당에 점심 먹으러 왔던 게."

"그래, 나는 하이라이스를 먹었는데."

"이 집 하이라이스, 진짜 맛있잖아요. 그것도 이제 못 먹는 건가. 참 나, 이런 일이 생기다니, 정말 인생이란 한 치 앞을 알 수 없는 거네요."

하기무라는 사흘 전의 일을 떠올렸다. 뺑소니 차량 사건의 추가 수사 때문에 가시와바라와 함께 탐문 조사를 돌고 오던 길에 이곳 〈아리아케〉에서 점심을 먹었다. 가시와바라와 하기무라는 이 양식당의 단골이었다. 값싸고 양이 많고 게다가 맛도 좋아서 체력이 필요한 형사들에게는 고마운 식당이었다.

"이 집, 애들이 있었죠?" 하기무라는 식당 쪽을 바라보며 말했다. "분명 아들 둘이라고 했던 것 같은데."

"셋이야." 가시와바라가 말했다. "밑으로 딸아이가 하나 더 있어. 초등학교 6학년하고 4학년하고 1학년."

"잘 아시네요?"

"아까 만났어. 아, 다 만난 건 아니고 맨 위의 아들만. 내가 왔을 때, 저기 식당 앞에 서 있더라고. 경찰에 전화한 것도 그 아들이야."

하기무라는 기억을 더듬었다. 언제였던가, 〈아리아케〉에서 식사를 하고 있을 때, 키가 큰 소년이 바깥에서 들어왔던 것이 생각났다. 그 얼굴까지는 역시 생각이 나지 않았다.

"이야기를 들어보셨어요?"

"일단은. 하지만 현경縣警 쪽에서 나오면 또 똑같은 소리를 물어볼 거라서 일단 방에서 쉬라고 했어."

"방에서?"

"2층이야." 그렇게 말하며 가시와바라는 우산 손잡이를 위쪽으로 향했다.

덩달아 따라가듯이 하기무라는 우산이 가리킨 위쪽을 보았다. 하지만 바로 위쪽에는 창문이 없었다.

"부모만 살해되고 아이들은 구조된 거예요?"

"밖에 나갔었대."

"밖에 나가요? 사건이 일어난 게 몇 시쯤인데요?"

"아마 12시부터 2시 사이일 거야. 아이들이 밖에 나간 사이에 살해된 모양이야."

"그 시간에 아이들끼리 밖에 나갔어요?"

"유성이래."

"예?"

"그러니까 그게 뭐랬더라⋯⋯." 가시와바라는 바지 호주머니에서 수첩을 꺼냈다. "페르세우스 유성군이라고 했군. 그걸 보려고 뉴타운 건설지까지 갔었다는 거야."

"허, 그거참 불행 중 다행이었군요."

"부모에게는 비밀로 하고 2층 창문으로 살짝 빠져나갔었대. 그때는 아버지 어머니가 살아 있었다고 큰아들이 말했어."

하기무라는 고개를 끄덕이며 건물 뒤편으로 돌아갔다. 뒤에는 좁은 골목길이 있었다. 골목길 쪽으로 난 가게 뒷문이 열려 있고 안에서 불빛이 새어 나왔다. 감식반 일행의 목소리도 희미하게 들렸다.

뒷문 바로 앞에 창고인 듯한 작은 건물이 있었다. 지붕은 함석이었다. 하기무라는 거기에서 다시 시선을 좀 더 위로 올리다가 가슴이 철렁했다.

2층 창문이 열려 있고 그 창틀에 한 소년이 앉아 있었던 것이다. 소년은 아래에 형사가 있는 것 따위는 아랑곳하지 않는 기색으로 골똘히 밤하늘을 올려다보고 있었다.

"고이치." 곁에서 소리가 났다. 가시와바라가 옆에 와 서 있었다.

"예?" 하기무라는 되물었다.

"저 애 이름이야. 둘째는 다이스케, 여동생은 시즈나." 수첩을 들여다보며 그렇게 말하더니 가시와바라는 한숨을 내쉬며 가만히 고개를 저었다. "딱하다, 정말."

하기무라와 가시와바라의 상사가 달려온 것은 그로부터 잠시 뒤였다. 그때쯤에는 이미 동료 형사들도 몇 명 도착해 있었다. 상사의 지시에 따라 하기무라는 근처의 탐문 조사에 나섰지만, 가시와바라는 현경 본부에서 나오는 수사원들을 기다리기로 했다. 맨 처음 현장에 도착한 데다 평소 〈아리아케〉를 자주 이용해서 약간의 예비 지식이 있고, 사체를 발견한 아이들과도 안면이 있었기 때문이다.

"이런 시간에 어떻게 탐문 조사를 하라는 거야. 이 한밤중에 깨어 있는 사람이 있겠냐고." 야마베라는 베테랑 형사가 투덜거리며 걸음을 옮겼다.

"우선 저기부터 한번 가봅시다." 하기무라는 멀리 보이는 포장마차 라면집을 손끝으로 가리켰다.

마침 그때, 현경 본부에서 나온 듯한 경찰차가 달려왔다.

—우리 식당의 자랑 하이라이스, 100년 역사의 맛을 느껴보세요.

메뉴판에 적힌 그 글을 보고 고이치는 몇 년 전에 아버지 유키히로에게 물어봤던 일이 떠올랐다. 그러면 우리 가게가 100년 전부터 양식당을 했었느냐고 물었던 것이다.

"이런 바보, 그럴 리가 있어?" 양파를 써는 손을 멈추는 일도 없이 유키히로는 말했다.

"그래도 여기 100년 역사의 맛이라고 적혀 있잖아."

역사, 라는 단어를 학교에서 막 배웠을 때였다.

"역사가 깊은 건 하이라이스 쪽이지. 너는 잘 모르겠지만 하이라이스라는 건 일본인이 발명한 요리거든. 요코스카 하면 해군 카레가 유명하지? 하지만 일본 사람은 역시 일본인이 만든 요리로 승부를 해야지."

"그렇구나. 하지만 이걸 보면 우리 집 하이라이스를 100년 전부터 만들었다는 얘기 같아."

"그런 얘기 같은 것뿐이지 반드시 그렇다고 써놓은 건 아니야. 괜찮아, 손님이 자기 마음대로 착각하는 거야 어떻게 말리겠냐." 그렇게 말하고 유키히로는 불룩한 배를 흔들며 와하하하 웃었다.

고이치의 아버지 유키히로는 웬만한 일은 대충대충 넘어간다는 사고방식을 가진 인물이었다. 몸 건강하고 남에게 폐만

끼치지 않는다면 아이들이 뭘 하든 잔소리하는 일이 없었다. 고이치는 공부를 하라든가 집안일을 도우라든가 하는 말을 들은 기억이 한 번도 없었다.

식당 경영도 세세한 부분까지 연구하는 건 서투른 모양이었다. 고이치의 어머니인 도코가 곧잘 아이들에게 그런 말을 내비쳤다.

"아버지는 장사에는 소질이 없어. 오히려 손님이 먼저 나서서 음식값을 좀 올려야 하는 거 아니냐고 하는데, 네 아버지는 우리 식당은 싸고 맛있는 게 장점이니까 괜찮다고 공연히 허세를 부리지 뭐야. 재료를 싼 걸로 쓴다면 그나마 괜찮겠지만, 맛있는 음식을 만들어야 하는데 어중간한 재료는 쓸 수 없다고 돈을 퍼부으니, 대체 뭐 하고 있는 건지 모르겠다."

도코의 그런 말에서도 알 수 있듯이 매사에 대범한 성품의 유키히로였지만 요리에 관해서는 전혀 달랐다. 음식의 재료나 조리법에도 확고한 고집이 있어서 결코 대충 타협하지 않았다.

실은 유키히로는 2대째 주인장이었다. 그의 부친이 〈아리아케〉를 개업했던 것이다. 작은 식당이지만 그때부터 맛에는 정평이 나 있어서 멀리서 찾아주는 손님도 아주 많았다고 한다. 그런 가게를 물려받은 이상, 2대째로 내려오면서 맛이 이상해졌다는 말만은 결코 듣고 싶지 않은 모양이었다.

"쳇, 오늘 온 손님이 아버지가 하던 시절에 드나들던 사람이

었던 모양이야. 선대에 비해 맛이 좀 맵다느니 어떠니 쓸데없
는 소리를 하더라고. 그 사람, 혀가 어떻게 된 거 아냐?"

그런 식으로 화를 낸 적도 있었다.

고이치가 실제로 본 적은 없지만, 어딘가 다른 양식당의 사
장이 〈아리아케〉의 맛을 훔치러 온 적도 있었다고 한다. 또 레
시피를 가르쳐달라고 통사정하는 요리 초보자도 있었다는 것
이다. 그런 이야기는 모두 어머니인 도코에게 들었다.

"아직 젊은 사람이야. 제발 좀 가르쳐달라고 통사정을 하는
데 아버지가 절대 가르쳐줄 수 없다고 했어. 자기가 고안한 레
시피라면 또 모르지만, 너희 할아버지한테 배운 것이라 안 된
다고 고개를 절레절레 흔들더라니까. 할아버지가 아무에게도
안 가르쳐주고 아버지한테만 전수해주셨대."

고이치로서는 요리의 레시피라는 게 얼마나 가치가 있는 것
인지, 언뜻 이해되지 않았다. 단지 아버지에게는 가장 소중한
것 중의 하나, 라는 것만 인식하고 있었다. 아버지와 어머니의
방에는 공양을 위한 작은 불단이 있었지만, 그 아래 서랍에 오
래된 대학 노트가 들었다는 것을 고이치는 알고 있었다. 유키
히로는 이따금 그것을 꺼내다 읽기도 하고 때로는 조금씩 덧
붙여 써넣기도 했다. 말할 것도 없이 요리 만드는 방법을 기록
한 레시피 노트였다.

언젠가 고이치가 그 노트를 훔쳐보고 있는데 갑자기 유키히

로가 방 안에 들어와 아들의 뺨을 때렸다.

"내 뒤를 이을 생각이라면 요리는 내가 가르쳐줄 거야! 슬금슬금 도둑놈처럼 훔쳐보는 짓은 하지 마!"

고이치는 이를 악물며 울음이 터지려는 것을 꾹 참았다. 그러자 유키히로는 어째서 그 노트를 훔쳐보았느냐고 물었다.

아무나 만들 수 있다고 해서, 라고 고이치는 대답했다.

"아무나 만들 수 있다니, 그게 무슨 말이야?"

"어제 학교에서, 조리법만 알면 아무리 맛있는 요리도 아무나 만들 수 있다고 해서……."

"누가 그런 말을 해?"

"친구가."

"그래서 너도 만들어보려고 했어?"

고이치는 고개를 끄덕였다.

"어디서?"

"친구네 집에서."

"뭘 만들 생각이었는데?"

"……하이라이스."

유키히로는 혀를 끌끌 찼다. 어휴, 그런 어이없는 짓을, 이라고 내뱉었다.

하지만 한참 있다가 자리에서 일어서더니 고이치에게 말했다. "잠깐 이리 와."

주방에 불려 나간 고이치는 아버지에게서 식칼을 건네받았다. 채소를 썰어보라는 것이었다.

　"내가 가르쳐줄게. 하이라이스 조리법을 하나에서 열까지 싹 외울 수 있게 해줄 거야. 그다음에 정말로 아무나 만들 수 있는지 없는지, 네가 직접 생각해봐."

　유키히로는 그 즉시 '임시 휴업'이라는 팻말을 내걸었다. 깜짝 놀란 도코가 그만 좀 하라고 말렸지만, 그는 듣지 않았다.

　"이 녀석에게 요리가 무엇인지 알려주려는 거야. 당신은 참견하지 마."

　고이치는 도망치고 싶었지만, 그랬다가는 이번에야말로 진짜 두들겨 맞을지 모른다는 생각이 들었다.

　유키히로는 베이스가 되는 소스부터 만들기 시작했다. 그 복잡한 순서와 예민한 불 조절, 맛의 가감의 미묘함에 고이치는 눈이 휘둥그레졌다. 아버지가 날마다 이렇게 세심하게 신경을 쓰는가, 하고 생각하니 정신이 멍해질 지경이었다.

　오전부터 시작했는데 요리가 완성되었을 때는 바깥이 벌써 어둑어둑했다. 그래도 원래는 좀 더 시간이 걸린다고 유키히로는 말했다.

　"먹어봐." 그렇게 말하며 유키히로는 막 완성된 하이라이스를 고이치 앞에 내놓았다.

　고이치는 스푼으로 한 입 떠서 먹어보았다. 틀림없는 평소 그대로의 하이라이스였다.

응, 맛있어, 라고 그는 말했다.

"어때, 아무나 만들 수 있겠어?" 유키히로가 물었다.

고이치는 고개를 저었다.

"아니, 못 만들어. 이렇게 맛있는 하이라이스는 조리법을 알아도 아무도 못 만들어. 아버지밖에는 못 만들어."

그러자 유키히로는 껄껄 웃더니 만족스러운 듯 고개를 끄덕이며 이렇게 말했다.

"그걸 알았다면 이제 됐어. 너도 만들 수 있어."

"정말?"

"아버지는 거짓말 안 해. 하지만." 유키히로는 엄격한 얼굴로 말했다. "이 요리는 친구네 집 같은 데서 만들면 안 돼. 반드시 여기 이 주방에서만 만들어야 해. 그리고 이걸 만들어서 누군가에게 차려냈다면 반드시 돈을 받아. 우리 하이라이스는 공짜로 먹여줄 요리가 아니니까."

그리고 유키히로는 그제야 원래의 웃는 얼굴로 돌아갔다.

―우리 식당의 자랑 하이라이스, 100년 역사의 맛을 느껴보세요.

메뉴를 들여다보는 사이에 고이치의 뇌리에는 수많은 추억이 차례차례 떠올랐다. 재미있어서 저절로 웃음이 피식 터지는 추억들이었다.

하지만 어떤 추억도 일단 메뉴에서 얼굴을 들기만 하면 한 순간에 산산이 깨어져버렸다. 아버지의 요리를 기다리던 손님들의 공간을 험악한 얼굴의 경관들이 차지하고 있었다.

"네가 아리아케 고이치 군이지?"

누군가 말을 건네서 고이치는 얼굴을 들었다. 양복을 입은 두 남자가 서 있었다.

3

남자들은 형사였다. 두 사람 다 이름을 밝히지 않았다. 백발 머리를 짧게 깎은 남자가 고이치의 정면에 앉고, 키가 큰 젊은 남자는 그 옆에 자리를 잡았다.

또 한 사람, 다른 남자가 조금 늦게 들어와 옆 테이블의 의자를 끌어당겼다. 그 사람이라면 고이치도 알고 있었다. 〈아리아케〉에 손님으로 몇 번 온 적이 있었기 때문이다. 바로 얼마 전에도 왔던 게 생각났다. 아버지와도 꽤 친했는지, 곧잘 카운터 너머로 골프 이야기를 했다. 하지만 그가 경찰관이라는 건 오늘 밤 처음으로 알았다. 경찰서에 신고한 뒤 식당 앞에서 기다리고 있었더니 맨 처음 나타난 게 그 사람이었다. 가시와 바라라는 성씨도 그때 들었다.

"아저씨랑 얘기 좀 할 수 있을까?" 백발 머리가 물었다.

고이치는 가시와바라 쪽을 보았다. 대강의 사정은 그에게 이미 말했다.

"지금 힘들면 내일로 해달라고 할까?" 가시와바라가 걱정스러운 듯 말했다.

고이치는 힘없이 고개를 저었다. "괜찮아요."

사실은 지금 당장이라도 다이스케와 시즈나에게로 돌아가고 싶었다. 하지만 자신이 말을 하지 않으면 범인을 잡을 수 없을지도 모른다. 여기서 도망쳐서는 안 된다.

"오늘 밤에 있었던 일을 되도록 자세히 이야기해줬으면 좋겠는데." 백발 머리가 말했다.

"저어……, 어디서부터 이야기하면 돼요?" 고이치는 잠긴 목소리로 물었다. 스스로도 놀랄 만큼 온몸의 힘이 빠져나가고 없었다. 몸이 가늘게 떨린다는 것을 비로소 깨달았다.

"어디서부터든 괜찮아. 네가 얘기하기 쉬운 데서부터 하면 돼."

그런 말을 들어도 머릿속이 뒤죽박죽 헝클어져 생각이 정리되지 않았다. 고이치는 다시 한번 가시와바라를 바라보았다.

"그 얘기부터 하면 좋지 않을까? 그거, 집을 빠져나갔던 데서부터."

아, 하고 고이치는 고개를 끄덕이며 백발 머리 형사에게로 시선을 돌렸다.

"12시쯤에 동생들하고 창문을 넘어서 밖으로 나갔어요. 페르세우스 유성을 보려고⋯⋯."

"응, 그랬다면서? 그 이야기는 당연히 부모님에게는 비밀이었던 거지?"

네, 라고 고이치는 고개를 끄덕였다.

"집을 나갈 때 부모님은 어디에 계셨지?"

"여기서 뭔가 이야기를 하고 있었어요."

"표정은 어떠셨지?"

"그냥 다른 때하고 똑같았어요."

간밤에 집을 나서기 직전에 고이치는 1층의 상황을 살펴보았다. 아버지와 어머니는 식당에서 이야기를 하고 있었다. 둘 다 소곤소곤 말했기 때문에 내용은 알지 못했다. 하지만 아마 장사에 관한 이야기일 거라고 고이치는 짐작했었다. 요즘 아버지와 어머니가 아이들의 귀에 그런 이야기가 들어가는 걸 그리 달가워하지 않는다는 눈치는 채고 있었다.

"그러면 별을 보고 돌아온 건 몇 시쯤이야?"

"못 봤어요."

"응?"

"별똥별, 못 봤어요. 날씨가 안 좋아서. 그래서 그냥 집에 왔어요."

"아, 그랬구나. 그래서, 돌아온 건 몇 시쯤?"

"2시쯤이었을 거예요. 근데 정확한 건 아니에요. 시계를 본 건 한참 뒤였거든요."

"응, 괜찮아, 그 정도면 돼. 집을 나갈 때는 창문으로 나갔다고 했는데, 돌아올 때는 저기 식당 출입문으로 들어왔지? 왜 그랬어?"

"여동생이 있어서요. 나하고 동생만이라면 창문으로 넘어올 수 있는데 여동생은 못 해요. 그리고 여동생은 오다가 잠이 들었어요."

"열쇠는 네가 갖고 있었니?"

"네."

"항상 갖고 다녀?"

"네, 지갑에 묶어놨어요."

이런 이야기까지 해야 되는가, 이런 이야기가 무슨 도움이 될까, 혼자 생각하면서 고이치는 차례차례 질문에 대답했다.

"처음 식당에 들어왔을 때의 일을 이야기해줬으면 좋겠는데." 백발 머리가 그때까지보다 약간 더 신중한 어조로 말했다.

"식당 전깃불이 꺼져 있어서 아버지하고 엄마가 이제는 잠들었나 보다고 생각했어요. 그래서 열쇠로 문을 열고 안으로 들어왔어요. 그랬더니 저쪽 문이 조금 열려 있고, 그 안에 전깃불이 켜져 있었어요."

고이치는 카운터 쪽을 돌아보았다. 그 뒤에 있는 문을 말하는 것이었다.

"그래서 혹시 아버지하고 엄마가 아직 안 자는가 하고 생각했는데요, 그때는 어쩔 수도 없고, 그냥 혼날 각오를 하고 저 문을 열었어요. 저기를 지나가지 않으면 2층에 못 올라가니까……."

카운터 뒤편의 문을 지나면 두 평 정도의 공간이 있어서 요리의 사전 준비 등을 할 수 있었다. 그 오른편에 신발을 벗어놓는 현관이 있고 거기서 집 안으로 올라간다. 그 바로 앞이 계단이고 왼편이 거실 겸 아버지와 어머니의 침실이었다. 집 안으로 올라가지 않고 더 안쪽의 문을 열면 골목 쪽의 뒷문으로 이어진 통로가 있었다.

고이치가 들여다보았을 때, 거실의 미닫이문이 열려 있었다. 그것을 보고 그는, 이크, 큰일 났다, 하고 생각했다. 아버지 어머니가 잠을 잘 때는 반드시 그 문을 닫기 때문이었다. 아이들이 집에서 빠져나간 것을 알고, 돌아오면 혼내주려고 기다리는 모양이라고 생각했다.

시즈나를 업은 채 고이치는 슬쩍 방 안의 기척을 살펴보았다. 그러자—

"다리가 보였어요." 고이치는 형사들에게 말했다.

"다리?" 백발 머리가 고개를 갸우뚱했다.

"엄마 다리. 양말을 신고 있었어요. 근데 왜 누워 있을까 하고, 그래서, 안을 들여다봤는데⋯⋯." 그다음 상황을 어떻게 표현해야 할지 알 수 없어서 고이치는 말이 막혔다.

그의 눈에 가장 먼저 뛰어든 것은 하얀 바탕에 빨간 것이 번져 있는 천이었다. 일순 그것은 일장기처럼 보였다. 그것이 도코의 상반신을 덮고 있었고 그녀의 얼굴은 보이지 않았다.

그게 깃발이 아니라 피에 물든 에이프런이라는 것을 알아보자마자 부엌 쪽을 향해 쓰러진 아버지의 모습이 눈에 들어왔다. 아버지는 엎드려 있었다. 티셔츠의 등판이 피투성이였다. 아버지도 어머니도 꿈쩍도 하지 않았다. 고이치도 움직일 수 없었다. 온몸이 얼어붙은 것처럼 굳어버렸다.

고이치의 꽁꽁 묶인 몸을 풀어준 것은 등 뒤에서 들려온 소리였다. 가게 문은 여닫힐 때마다 살짝 삐걱거리는 소리를 냈다. 어렸을 때부터 그 소리가 귀에 익은 고이치는 거기에 반응했다.

그는 시즈나를 등에 업은 채 천천히 뒷걸음질을 쳤다. 신발을 신고 식당으로 나왔다. 다이스케가 다가오는 참이었다.

고이치는 동생에게 뭔가 말을 했다. 뭐라고 했는지 기억은 나지 않는다. 단지 그의 말에 다이스케가 새파랗게 질려 벌벌 떨었던 것만은 생각이 났다.

"너무 놀라서, 뭐가 뭔지 알 수가 없어서⋯⋯." 고이치는 고개를 숙이고 말했다. "동생들을 2층에 데려다 놓고, 식당 전화로 경찰에 신고했어요. 그다음에는 가게 앞에서 기다렸어요……."

백발 머리의 형사는 침묵하고 있었다. 어떤 표정인지 시선을 아래로 떨군 고이치는 알 수 없었다.

"오늘 밤은 이 정도만 해도 될 것 같네요." 가시와바라가 말했다. "마음이 좀 진정되면 뭔가 생각이 날지도 모르니까."

"응, 그래." 백발 머리가 고개를 끄덕이는 기척이 들렸다. "오늘 밤에 아이들은 어디로 가지?"

"그건 아직. 아, 근데 물어보니까 근처에 사는 친척은 없는 모양이에요. 일단 고이치 군의 담임선생에게는 연락을 했는데." 가시와바라가 대답하고 있었다.

"그러면 오늘 밤에 갈 곳이 정해지면 알려줘. ―저기, 고이치 군." 백발 머리가 그의 이름을 불렀다. 고이치가 얼굴을 들자 형사는 미안하다는 듯한 표정이었다. "힘들었을 텐데 미안하구나. 하지만 아저씨들도 어서 빨리 범인을 잡고 싶어서 그런 거니까 이해해줘."

고이치는 말없이 고개를 끄덕였다.

두 형사가 자리를 뜨자, 가시와바라가 빈자리로 옮겨 앉으며 물었다. "목마르지 않아?"

고이치는 고개를 저었다.

"아저씨……."

"응, 뭐지?"

"동생들한테 가도 돼요?"

가시와바라는 당황한 듯한 얼굴을 했다.

"그건, 글쎄……, 실은 조금 있다가 2층도 조사에 들어갈 거야. 그러니까 오히려 동생들한테 2층 방을 비워달라고 해야돼."

고이치는 가시와바라를 보았다.

"거기 그냥 있으면 안 돼요? 우리, 얌전히 있을 거예요."

"미안하지만 그건 그럴 수가 없어. 되도록 상세하게 현장을 조사해야 하거든. 오늘 밤에 너희가 지낼 곳은 아저씨들이 준비해줄 거야."

"시즈나는, 내 여동생은 아직 자고 있어요. 그 애, 잠이 많아서."

"깨우기가 딱해서 그래?"

"보통 때 같으면 깨워도 되지만 지금은…… 그냥 자게 놔뒀으면 좋겠어요. 여동생은 아직 아무것도 모르니까, 무슨 일이일어났는지도 모르고 기분 좋게 자고 있으니까……. 아무튼오늘 밤만이라도 그냥 자게 해줬으면 좋겠어요……."

말을 하는 사이에 문득 가슴 안쪽이 타는 듯이 뜨거워지는것을 고이치는 느꼈다. 시즈나의 잠든 얼굴이 머릿속에 떠올랐기 때문이다. 아버지와 어머니가 살해된 것도 힘들었지만, 그런 사실을 어린 여동생에게 말하지 않으면 안 된다는 것에 그의 마음은 거세게 뒤흔들렸다. 그걸 어떻게 말해야 좋을지 알 수가 없어서 고이치는 절망적인 기분이었다.

가슴에 치밀어 오른 것이 눈물이 되어 흐르기 시작했다. 아버지와 엄마의 사체를 봤을 때도 울지 않았는데, 지금은 그것을 어떻게도 멈출 수가 없었다. 고이치는 옆에 있던 냅킨을 움켜쥐고 얼굴을 덮었다. 와와왁, 하고 울음소리를 냈다. 꾹 참는 것 따위, 할 수가 없었다.

요코스카 경찰서에서 첫 수사 회의가 열린 것은 아침 8시를 조금 지난 시간이었다. 현장에 출동했던 수사원들은 대부분 한숨도 자지 못했다. 하기무라도 그중 한 사람이었다. 야마베와 함께 〈아리아케〉 주위를 훑고 다녔다. 하지만 건진 것이 하나도 없다고 할 수밖에 없었다. 수확은커녕 깨어 있는 사람을 찾기도 힘들었던 것이다. 편의점이며 포장마차 라면집 등에 가봤지만, 유익하다고 생각되는 정보는 잡지 못했다.

그건 다른 수사원들도 마찬가지였다. 기동수사대 쪽에서도 별다른 보고는 없었다. 회의를 진행하는 현경의 계장도 어딘지 초조한 기색을 보였다.

아리아케 부부가 살해된 것이 오전 0시에서 2시 사이라는 건 거의 틀림이 없었다. 장남의 증언이 근거가 되었다. 경찰에 신고가 들어온 시각은 기록에 의하면 오전 2시 10분이므로 사체를 발견하고 곧바로 전화를 걸었다는 그의 증언과 일치하였다.

부부는 거실 겸 침실에서 칼에 찔려 살해되었다. 두 사람에게 사용된 흉기는 각각 달랐다. 아리아케 유키히로는 서양식 식칼로 등 뒤에서 찔렸다. 칼날의 길이가 30센티미터 가까이 되는 것으로, 칼끝이 몸을 관통하여 가슴 앞까지 튀어나와 있었다. 아마 즉사에 가까웠으리라는 게 부검의 쪽의 의견이었다.

아내인 도코도 서양식 식칼에 찔렸지만, 이쪽은 흔히 나이프라고 하는 작은 칼이었다. 남편과는 반대로 가슴 쪽에서부터 찔렸다. 다만 그녀의 목에 손으로 조른 흔적이 있는 것으로 보아, 흉기는 확실히 숨을 끊기 위한 목적으로 사용한 듯했다.

두 가지 흉기가 모두 피해자의 몸에 꽂힌 채로 남아 있었다. 다시 빼내기가 힘들었던 것도 있겠지만, 범인으로서는 흉기를 남겨도 꼬리를 잡힐 위험이 없는 것으로 판단했다고 보는 게 옳을 것 같았다. 두 개의 흉기 모두 〈아리아케〉의 주방에서 가져온 것이었기 때문이다. 다만 지문은 찍혀 있지 않았다. 지문을 지웠거나 혹은 천 장갑을 꼈을 가능성이 있다는 것이 감식반의 의견이었다.

범행 시에 몸싸움이 있었던 것 같았지만, 집 안을 뒤진 흔적은 없었다. 하지만 당연히 어딘가에 있었어야 하는 가게 매상금이 눈에 띄지 않는 것을 보면, 카운터에서 손으로 들 수 있는 금고 등을 훔쳐 갔을 가능성도 있었다. 이런 사항은 아이들에게 확인해보는 수밖에 없었다.

단독범인지 아니면 여러 명의 범행인지, 결론을 내릴 만한 증거가 현재로서는 없었다. 피해자와 안면이 있는 사람의 범행인지 어떤지에 대해서도 마찬가지였다. 또한 이번 사건의 경우에는, 흉기를 미리 준비하지 않았다고 해서 사전 계획성이 없었다고 단언할 수도 없었다. 양식당에 다양한 식칼이 있다는 건 누구라도 예상할 수 있기 때문이다.

어떻든 오늘 하루의 탐문 수사가 무엇보다 중요하다는 건 분명했다.

전체 회의가 끝난 뒤, 현경 본부의 수사1과를 중심으로 역할 분담이 정해졌다. 하기무라와 가시와바라 등 관할서 형사들도 팀에 합류했다.

하기무라는 옆에 앉은 가시와바라를 보았다. 그는 턱을 괸 채 눈을 감고 있었다. 잠을 자는 게 아니라는 건 다른 한쪽 손가락이 책상을 두드리고 있는 것으로 알았다.

"아이들은 어떻게 했어요?" 하기무라는 작은 소리로 물었다.

"여관에 있어." 가시와바라는 턱을 괴었던 손을 내려 목덜미를 주물렀다.

"시오이리에 있는 여관이야. 큰아들의 담임선생이 함께 있을 거야."

"가시와바라 씨가 데려갔어요?"

"아니, 나는 경찰차에 태우는 데까지만."

"어떻던가요?"

"아이들?"

"예."

가시와바라는 후우 한숨을 내쉬었다.

"막내딸은 그때까지도 자고 있었어. 큰아들이 제발 깨우지 말라고 하더라고. 그래서 경찰이 품에 안고 순찰차에 태워줬어."

"그 딸아이는 부모가 살해되었다는 걸 아직……."

"아직 모르지. 그래서 큰아들이 그냥 편히 자게 해달라고 한 거야." 가시와바라는 손목시계를 들여다보았다. "아직도 말을 못 했는지도 모르겠네. 그 담임선생이 얘기해줬으려나. 시원찮게 생긴 아저씨였는데, 괜찮을까."

어린 딸아이에게 대체 어떤 말로 부모가 살해된 참극을 전해야 할까. 하기무라는 전혀 생각이 나지 않았다. 자신이 그 역할을 맡지 않아서 다행이라고 생각했다.

"큰아들과 작은아들은 어떻습니까?"

"큰아들은 아주 똑똑해. 수사1과 친구들의 질문에도 대답을 잘했어. 옆에서 들으면서 참 대단하다고 감탄했네."

"동생 쪽은요?"

"동생은—." 가시와바라는 절레절레 고개를 저었다. "아예 아무 말도 못 해. 경찰차에 탈 때도 무슨 인형 같았어. 눈에 생기가 없더라고."

4

이런 곳에 여관이 있었구나—.

깨끗이 손질된 정원을 바라보며 고이치는 생각했다. 온갖 나무가 자라고, 작은 등롱까지 있었다. 곳곳에 배치된 큼직한 돌에는 이끼가 끼어 있었다.

"선생님이 좀 생각해봤는데, 그냥 불이 났다는 걸로 하면 어떨까?" 노구치 선생님이 말했다.

고이치는 담임선생님에게로 시선을 돌렸다. "불이요……?"

"응, 너희 식당에 불이 났다고 얘기하면 어떨까. 그래서 부모님은 병원에 실려 가셨고 너희는 이쪽으로 왔다……. 우선 그런 정도로 얘기해두는 게 좋을 것 같은데, 어때?" 노구치는 부드러운 말투로 물었다. 평소에는 카랑카랑한 목소리가 특징이었지만 오늘은 한껏 낮아졌다. 항상 이런 식으로 나지막하게 말했다면 '호루라기'라는 별명은 안 붙었을 텐데. 담임선생님의 여윈 얼굴을 바라보며 고이치는 그런 생각을 했다.

두 사람은 여관 1층 로비에 있었다. 그 밖에 다른 손님들의
모습은 없었다.

어떻겠느냐고 노구치는 다시 한번 물어왔다.

"여동생한테 거짓말을 해요?"

"이번만이야. 우선 잠시만 그렇게 말하면 돼. 여동생은 아직
어려서 사실을 알면 어떤 충격을 받을지 알 수 없잖아."

"하지만 언젠가는 알 텐데……."

"그야 언젠가는 사실대로 말해야겠지. 하지만 지금은 그런
정도로 해두는 게 좋을 것 같다. 왜 이런 여관에 와 있는지, 알
아듣게 설명할 필요가 있잖아. 아버지와 어머니가 옆에 없는
것도 설명해줘야 하고. 우선 그렇게 해두고 나중에 여동생 마
음이 가라앉았을 때쯤에 사실대로 말해주면 좋지 않을까?"

고이치는 고개를 숙이고 양쪽 손가락을 꼈다 풀었다 했다.

노구치 선생님이 하는 말은 알아들었다. 시즈나에게 사실
그대로 말한다는 건 정말 괴로운 일이었다. 슬픈 일은 나중으
로 미루고 싶은 마음은 고이치에게도 있었다. 하지만 뭔가 석
연치 않은 마음이 들었다. 그런 마음은, 어차피 말할 거라면 언
제 하든 마찬가지라는 식의 단순한 것이 아니었다.

"지금 쓰시마 선생님이 여동생을 봐주고 있으니까 잠이 깨
는 대로 그렇게 말하라고 할 생각이야. 그래도 괜찮지?"

쓰시마는 시즈나의 담임선생님이다. 둥근 얼굴의 여자 선생
님이었다.

"다이스케는 어떻게 해요? 거짓말을 해도 소용없을 거예요.
저렇게 이상해져서……."

부모님의 사체를 목격한 순간부터 다이스케의 상태가 이상
했다. 누군가 재촉하기 전에는 제 발로 움직이려 하지 않았다.
경찰이 오기를 기다리는 동안에도 무릎을 안고 가만히 웅크
리고 있었다. 이 여관에 데려왔을 때도 표정 없는 얼굴로 그저
걸음만 떼는 듯한 느낌이었다. 지금도 방 한쪽 구석에서 동그
랗게 웅크리고 있을 게 틀림없었다. 다이스케가 단 한 마디라
도 말을 하는 것을 고이치는 어젯밤 이후로 본 적이 없다.

"이제 곧 그쪽 담임인 오카다 선생님이 오실 테니까 다이스
케 일은 그다음에 생각하자. 아무튼 지금은 여동생에게 어떻
게 말할지 정해둬야지."

고이치는 애매한 심정인 채로 고개를 끄덕였다. 생각해야
할 일이 산더미처럼 많았다. 내일부터, 아니, 당장 오늘부터 어
떻게 해야 하느냐는 것도 그중 하나였다. 하지만 대답 따위는
없었다. 머릿속은 태풍이 휩쓸고 간 뒤처럼 혼란스러웠다. 누
군가 대신 생각하고 결정해준다면 뭐가 어떻게 되든 상관없다
는 마음도 있었다.

"그럼 그렇게 하는 거지?"

네, 라고 고이치는 대답했다.

"엇, 마침 나왔네." 노구치 선생님의 시선이 고이치의 등 뒤로 향했다.

고이치가 돌아보자 시즈나가 쓰시마 선생님의 손을 잡고 이쪽으로 다가오는 참이었다. 티셔츠에 반바지 차림이었다. 집을 나올 때 고이치가 대충 가방에 넣어 온 옷들이다.

쓰시마 선생님은 노구치와 고이치를 번갈아 바라보았다.

"잠이 깨서 데려왔어요. 근데 어떻게 하시기로 했는지⋯⋯."

"고이치 군도 좋다고 했어요. 그러니까 아까 했던 그 얘기로." 노구치가 눈짓을 하면서 말했다.

알겠습니다, 라고 쓰시마가 고개를 끄덕였다.

"쓰시마 선생님, 다이스케는요?" 고이치가 물었다.

"경찰 누나가 봐주고 있으니까 괜찮아."

"오빠, 여기 어디야? 왜 이런 곳에 왔어? 아버지랑 엄마는?" 시즈나가 물어왔다.

고이치는 난처했다. 어떤 순서로 어떻게 말해야 좋을지 알 수가 없었다.

"시즈나, 실은 어젯밤에 너희 집에 불이 났어⋯⋯."

쓰시마 선생님의 말에 시즈나는 잠이 덜 깬 듯한 눈을 큼직하게 떴다. 깜짝 놀라서 말이 나오지 않는 기색이었다.

"너희는 유성을 보러 갔었지? 응, 별똥별. 그래서 너희는 무사했는데, 아버지 어머니는 좀 다치셨어."

"으응?" 시즈나는 그 즉시 울음이 터질 듯한 얼굴로 고이치를 보았다. "거짓말!"

"정말이야." 고이치는 말했다. "불이 났어……."

"그럼 우리 집이 타버렸어? 이제 거기서는 못 살아?" 시즈나의 눈은 그새 붉어졌다.

"아냐, 다 탄 건 아니야……. 그러니까 괜찮아."

"그래, 집은 남아 있으니까 걱정 마. 근데 지금 바로 갈 수는 없고 한참 동안 여기서 지낼 거야."

"아버지랑 엄마는 어디 있어?" 시즈나는 주위를 둘러보았다.

"방금 말한 대로 좀 다쳐서 병원에 실려 가셨어."

"병원?" 시즈나는 찡그린 얼굴을 고이치 쪽으로 향했다. "큰오빠, 어떻게 해?"

고이치는 여동생을 달래주고 싶었다. 하지만 아무리 생각해도 지금 여기서 해야 할 말이 생각나지 않았다. 불안에 빠진 건 그 자신도 마찬가지였다. 우리는 이제 어떻게 해야 할까.

그때 또 한 사람이 이쪽으로 다가왔다.

"잠깐 괜찮겠습니까?"

고이치는 얼굴을 들었다. 가시와바라였다. 그는 두 선생님에게 말했다.

"고이치 군을 잠깐 데려가야겠어요. 이제 곧 현장검증을 할 거라서 거기에 입회해야 합니다."

"지금요?" 노구치가 높직한 목소리를 냈다. "하지만 고이치는 거의 한숨도 못 잤어요."

그 말을 듣고 가시와바라는 고이치를 내려다보았다. "힘들겠니?"

고이치는 고개를 저었다.

"아니, 괜찮아요. 갈게요." 그러고는 쓰시마 선생님 쪽을 보았다. "제 여동생, 잘 부탁합니다."

"응, 걱정하지 마라."

"오빠, 어디 가?" 시즈나가 물었다.

"집에 갔다 올게. 뭔가 조사할 게 있나 봐."

"나도 갈래."

"너는 여기 있어. 오빠가 먼저 보고 올게."

"싫어."

오빠를 힘들게 하면 안 되지, 라고 쓰시마 선생님이 타일렀다. 그것으로 시즈나도 마음을 돌린 모양이었지만, 이번에는 또 다른 질문을 던졌다. "선생님, 병원은 어디예요? 엄마랑 아버지한테는 안 가요?"

이따가 갈 거라고 달래주는 쓰시마 선생님의 말을 들으며 고이치는 그 자리를 떴다.

여관 앞에서 가시와바라와 함께 경찰차에 탔다. 벌써 두 번째다. 전부터 타보고 싶다고 생각했지만, 이런 모양새로 그 바람이 이뤄지리라고는 꿈에도 생각하지 못했다.

"좀 잤니?" 가시와바라가 물어왔다.

고이치는 말없이 고개를 갸우뚱했다. 하긴 그렇겠지, 라고 형사는 중얼거렸다.

양식당 〈아리아케〉 앞에는 경찰차가 몇 대나 서 있었다. 주위에는 로프가 둘러쳐진 채였다. 간밤에는 아무도 없었지만 이제는 구경꾼들이 주위를 에워싸고 있었다. 커다란 카메라를 어깨에 얹은 남자와 마이크를 든 여자가 조금 떨어진 곳에서 마주 보고 있었다. 그것을 보고 고이치는 당분간 뉴스 방송은 시즈나에게 보여주면 안 되겠다고 생각했다.

경찰차에서 내리자 경관들이 둘러싸다시피 고이치를 데리고 식당 안으로 들어갔다. 많은 경관과 형사들이 와 있었다.

지난번에 본 백발 머리의 형사가 다가왔다. "자꾸 불러내서 미안하다."

고이치는 말없이 고개를 끄덕였다.

"자, 그럼 아저씨하고 집 안을 좀 돌아보도록 할까? 평소와 조금이라도 달라진 게 눈에 띄면 우리한테 얘기해주면 돼."

네, 라고 고이치는 대답했다.

그 작업은 식당 입구에서부터 시작했다. 테이블 사이로 천천히 안쪽을 향해 나아갔다.

솔직히 말해 고이치는 뭔가 달라진 게 있다고 해도 그것을 찾아낼 자신이 없었다. 식당도 그렇고 집 안도 그렇고, 별로 주의 깊게 관찰해본 적이 없었기 때문이다. 아버지 유키히로는 이따금 마음 내키는 대로 테이블의 배치를 바꾸곤 했지만, 고이치는 그것조차 전혀 알지 못했던 적도 있었다.

"카운터 안은 어떻지?" 백발 머리가 물었다.

고이치는 카운터 안쪽으로 들어가서 조리 기구며 조미료 통 등을 바라보았다. 하지만 특별히 마음에 걸리는 점은 없었다.

"너희 식당에는 들고 다니는 금고 같은 건 없었어?"

"금고요?"

"매상금 넣어두는 거 말이야."

아아, 하고 고이치는 고개를 끄덕였다.

"매상금은 저기에 넣어요." 카운터 안쪽을 손으로 가리켰다. 30센티미터 남짓한 크기의 네모난 알루미늄 통에 매직으로 '카레 가루'라고 적혀 있었다.

"저 통에?"

"네."

백발 머리의 형사는 알루미늄 통을 가져다 장갑 낀 손으로 뚜껑을 열었다. 그 안에는 몇 장의 지폐와 동전이 들어 있었다.

"아하, 이런 곳에……."

"아버지가 금고 같은 건 아무 소용 없대요." 고이치는 말했다. "도둑에게 돈이 여기 있다고 가르쳐주는 거나 마찬가지라고 했어요."

백발 머리의 형사는 다른 형사와 서로 마주 보더니, 통 뚜껑을 덮었다.

카운터 옆의 문을 열고 안으로 들어갔다. 고이치에게는 너무도 끔찍한 장소가 된 부모님의 침실 문이 보였다. 그곳에 들어가지 않으면 안 된다고 생각하니 마음이 무거웠다.

"집에 올라가기 전에 뒷문 쪽부터 살펴볼까?" 백발 머리가 말했다.

고이치는 고개를 끄덕이고 구석의 문을 열었다. 좁은 통로가 있고 그 끝에 뒷문이 보였다. 목제 문이고, 당연히 잠글 수 있게 되어 있다.

뒷문 바로 앞에 양동이가 놓여 있었다. 그 안에 투명한 비닐 우산 한 개가 아무렇게나 꽂혀 있었다. 고이치의 시선이 거기에서 멈췄다.

"왜, 뭔가 이상해?" 형사가 물었다.

"저 우산, 우리 거 아니에요." 고이치는 말했다.

"그래?" 형사는 양동이로 다가갔다. 하지만 우산에 손을 대지는 않았다. "그걸 어떻게 알지?"

"저런 우산은 우리 가족은 아무도 쓴 적이 없어요. 그리고 거기에 우산을 넣으면 양동이 쓸 때 거치적거린다고 아버지한테 혼나니까 우리는 절대로 저렇게 안 해요."

백발 머리의 형사는 양동이 옆으로 비켜서며 고개를 끄덕였다. 그리고 다른 형사를 손짓으로 불러 귓가에 뭔가 속삭였다.

그다음에는 집 안을 살펴봤지만 그 밖에 별다른 것은 발견되지 않았다. 2층 방은 간밤에 고이치와 동생들이 빠져나간 그대로였고, 아버지와 어머니 방은 찬찬히 관찰해볼 여유가 없었다. 방바닥에 묻은 피의 흔적만 그의 망막에 낙인처럼 찍혔을 뿐이다.

여관에 돌아온 것은 점심때가 가까운 시간이었다. 방에 들어가보니 시즈나는 큼직한 탁자에서 색종이 접기를 하고 있었다. 그 옆에 쓰시마 선생님도 있었다. 다이스케는 장지문으로 나누어진 옆방에 있는 모양이었다.

"큰오빠. 갔다 왔어? 우리 집, 그대로 있어?"

"그대로 있어. 내가 말했었잖아." 고이치는 여동생 곁에 자리를 잡았다.

"고이치 군, 잠깐 괜찮겠니? 전화 좀 하고 왔으면 좋겠는데." 쓰시마 선생님이 말했다.

네, 라고 그는 대답했다.

쓰시마 선생님이 나간 뒤, 고이치는 탁자 위를 보았다. "뭐 만들고 있어?"

"학이야. 종이학. 엄마랑 아빠한테 줄 거야." 시즈나는 노래하듯이 말하더니 정말로 콧노래를 부르기 시작했다.

조그만 손으로 꼼꼼하게 접어가는 종이학을 가만히 바라보는 사이에 다시금 슬픈 생각이 고이치를 덮쳤다. 그것은 눈 깜짝할 사이에 가슴속에서 뭉클뭉클 커져가더니 끝내 마음의 벽을 무너뜨렸다.

고이치는 시즈나의 손을 움켜쥐었다. 작은 손안에 있던 종이학이 구겨졌다.

시즈나는 두려움과 놀람이 뒤섞인 눈빛으로 그를 보았다.
"큰오빠……."

"이런 거 만들어봤자 소용없어."

"응?"

고이치는 벌떡 일어나 안쪽 장지문을 열었다.

"앗, 안 돼. 작은오빠가 아파서 누워 있어."

분명 다이스케는 이불을 둘러쓰고 있었다. 고이치는 그 이불을 홱 걷어냈다. 다이스케는 놀란 표정으로 거북이처럼 팔다리를 오그렸다.

고이치는 시즈나의 손을 움켜잡고 다이스케 옆으로 끌고 갔다. 손 아파, 라면서 시즈나가 울먹였다. 그런 여동생의 뺨을 오빠는 두 손으로 감쌌다.

"시즈나, 잘 들어. 아버지도 엄마도 이제 없어. 죽었어."

시즈나의 크고 검은 눈망울이 흔들렸다. 한순간에 얼굴이

빨갛게 상기되었다.

"거짓말, 거짓말!"

"거짓말 아냐. 불이 난 게 아니라고! 사실은 누군가 아버지
랑 엄마를 죽였어. 나쁜 놈한테 살해됐어!"

"거짓말이야! 큰오빠, 미워, 미워!"

시즈나는 고이치의 손을 뿌리치고 얼굴을 일그러뜨리며 팔
다리를 내둘렀다. 엉엉 울면서 마구 버둥거렸다.

그런 시즈나를 고이치는 위에서 감싸듯이 꽉 끌어안았다.
싫어, 싫어, 어린 여동생은 여전히 버둥버둥 몸부림을 쳤다.

"이제 우리뿐이야……." 고이치는 쥐어짜듯이 말했다.

그때, 한껏 움츠리고 있던 다이스케가 돌연 비명 같은 소리
를 질렀다. 그리고 가슴에 고였던 것을 한꺼번에 토해내듯이
격렬하게 울부짖기 시작했다.

5

"어젯밤이라고요? 글쎄, 그런 게 있었나? 전표를 보면 알 수
는 있을 텐데." 머리숱이 헤성헤성한 남자는 샌드위치며 삼각
김밥이 늘어선 선반을 정리하며 고개를 갸웃거렸다. 가슴에
'점장'이라고 적힌 배지를 달고 있었다.

"그럼 전표 좀 봐줄 수 있어요?"

하기무라의 말에 점장은 맥 빠진 얼굴로 한숨을 내쉬었다. 그야말로 귀찮은 기색이 역력했다. 잠깐만 기다리세요, 라면서 계산대 쪽으로 향했다.

하기무라 형사는 새로 개점한 듯한 가게 안을 둘러보았다. 벽이며 바닥에 흠집이 거의 없었다.

국도 16호선 길가의 편의점이다. 한 가지 탐문 조사를 위해 일대를 돌아보는 중이었다. 하지만 파트너인 가시와바라는 잡지 판매대 앞에서 따분한 듯 멀거니 서 있었다.

"어디 보자, 어젯밤에 딱 한 개가 팔렸네요. 11시 22분이에요. 그러고 보니 어떤 손님이 사 갔던 것 같네." 점장은 기다란 전표를 들여다보며 혼잣말처럼 중얼거렸다.

"그 시간에 점장님이 여기 있었어요?" 하기무라는 물었다.

"네, 있었죠. 밤에는 대개 나 혼자예요."

"어떤 손님이었는지 생각나요?"

점장은 떨떠름한 표정으로 고개를 갸우뚱했다.

"분명 남자였던 것 같은데, 자세한 건 생각이 안 나요. 손님 얼굴을 일일이 확인하는 것도 아니잖아요."

"옷차림이라든가 체격이라든가, 뭔가 인상에 남는 점은 없었어요? 대충 몇 살쯤이었는지만 알려줘도 좋은데."

점장은 제발 좀 봐달라는 듯 얼굴 앞에서 손을 내저었다.

"아뇨, 생각이 안 난다니까. 미안하지만 나한테 크게 기대는 하지 말아요. 내가 원래 기억력에 영 자신이 없는 편이라서."

"그럼 뭔가 생각나는 게 있으면 이쪽으로 연락 좀 해줄래요?" 하기무라는 수사본부의 연락처를 적은 메모를 내밀었다.

"아, 예예." 점장은 메모를 받더니 한쪽 곁에 내려놓았다. 형사가 떠나자마자 내버릴 생각이라는 게 뻔히 보였다.

하기무라는 가시와바라를 불러 가게를 나왔다.

"열심히 묻고 다니는 자네한테는 미안하지만, 이런 탐문 수사는 개똥만큼도 도움이 안 돼." 가시와바라가 부루퉁한 얼굴로 말했다.

"아이, 그거야 어떻게 될지 모르는 거 아닙니까?"

"쓸데없어. 지금 저 점장 말이 맞아. 편의점 점원이 손님 얼굴을 일일이 기억하겠어? 그리고 그 우산을 산 게 꼭 어젯밤이라고 할 수도 없잖아. 원래 갖고 있던 것일 수도 있다고."

"만일 그렇다면 어쩔 수 없겠지만, 범인이 우산을 산 게 어젯밤일 가능성도 전혀 없는 건 아니에요. 이 지역에 비가 내리기 시작한 게 한밤중부터였거든요. 그때까지 범인에게 우산이 없었을 가능성도 충분히 있잖아요?"

가시와바라는 고개를 저었다.

"우산 따위, 힘들여 탐문해봤자 아무 의미도 없어. 아무것도 안 나온다고."

"왜 그렇게 단정을 해요? 아직은 모르는 일이잖습니까."

"그럼 좀 묻겠는데, 범인이 왜 우산을 남기고 갔다고 생각해?"

"급하게 도망치다 보니 깜빡 잊어버렸겠죠. 도주할 때는 비가 그쳤거나 아주 조금만 내렸을 테니까 우산을 잊어버리고 갔다고 해도 이상할 건 없어요."

"감식과에서 하는 말, 못 들었어? 우산의 지문을 닦아냈다잖아. 일부러 지문까지 닦아냈는데, 그런 걸 잊어버리고 갈 바보가 어디 있어?"

"지문을 닦아낸 건 범행 전일 수도 있어요. 게다가 의도적으로 닦아낸 것이라고 단정할 수는 없다고 했어요. 범인이 장갑을 끼고 있었다면 닦아낸 것과 똑같은 상태가 된다고 했다고요."

가시와바라는 흥, 하고 콧방귀를 뀌었다.

"범인이 그저 단순한 도둑일 것 같아? 아니면 피해자와 아는 사람일 것 같아?"

"현장 상황으로 보면 틀림없이 아는 사람의 범행이겠죠. 부부가 마음을 놓고 있는 틈에 갑자기 공격했다는 느낌이었으니까요."

"나도 동감이야. 즉 범인은 침입한 게 아니라 그 부부가 집안에 들여줬다는 얘기야. 겨울도 아닌데 그 시점에 벌써 장갑을 끼고 있었다면 수상하게 생각하지 않았겠어? 나는 범인이 우산의 지문을 지운 건 범행 후라고 생각해. 하지만 일반적으로 지문을 지우고 가는 것보다 우산을 들고 가는 게 빠르잖아. 그렇게 하지 않은 건 도주하는 데 방해가 되고, 그 우산으로는 발목 잡힐 일이 없다고 범인이 확신했기 때문이야. 어쩌면 어디서 주웠거나 슬쩍 들고 왔을 거야."

선배 형사의 설에 하기무라는 선뜻 반론이 생각나지 않았다. 아닌 게 아니라 일리 있는 말이었다.

큰아들 고이치에 의하면 식당 뒷문 근처에 방치되어 있던 비닐우산은 가족의 것이 아니라고 했다. 감식 결과 지문이 닦여졌다는 게 판명되었다. 그래서 범인이 두고 간 것으로 보고 하기무라 일행은 같은 종류의 비닐우산을 판매하는 가게를 탐문해보기로 했던 것인데―.

"가시와바라 씨의 말씀도 잘 알겠는데요, 범인의 유류품으로 보이는 물건을 어렵사리 발견했으니까 우선은 그게 어디서 나온 건지 알아보는 게 원칙 아니겠습니까?"

"원칙이라고?" 가시와바라는 걸음을 옮기며 어깨를 으쓱 들어 올렸다. "글쎄, 그럴까? 나는 괜히 샛길이나 훑고 있는 거 같은데? 좋은 건 수사1과 쪽 사람들이 다 가져가버리고."

"좋은 것이라면……!"

"그 빚에 관한 거."

"역시 그게 관계가 있을까요?"

"뻔하지, 그거 말고 뭐가 또 있겠어?"

살해된 부부의 인간관계를 조사하던 수사원이 흥미로운 정보를 물어 온 것은 바로 두 시간쯤 전이었다. 최근에 아리아케 부부가 친지들에게 돈을 빌려달라고 부탁하고 다녔다는 것이다. 가게 경영이 잘 풀리지 않아 빚을 못 갚게 됐다고 한 모양이었다. 구체적인 액수에 대해서는 현재로서는 알 수 없었다. 단지 피해자 아리아케 유키히로의 중학교 친구이고 현재 개업의를 하는 인물에게 "많으면 많을수록 좋지만 우선 100만 엔만 마련해줄 수 없겠냐"라고 얘기했다는 걸 보면 작은 규모의 양식당으로서는 상당히 큰 액수였다고 짐작할 수 있었다.

"하지만 〈아리아케〉의 경영 상태를 조사해본 형사는 빚이 그리 많지는 않다고 했어요. 은행 대출금은 있지만, 딱히 밀린 것도 아닌 모양이고."

"정상적인 빚만 있었다고는 할 수 없지."

"사채를 썼을 거라는 얘기예요?"

"그럴 가능성도 있어. 아니, 좀 더 질이 안 좋은 쪽인지도 모르지. 〈아리아케〉 주인장, 도박을 아주 좋아했거든. 어쩌면 그쪽이 아닌가, 나는 대충 그렇게 감을 잡고 있어."

"도박을 좋아했어요?" 하기무라는 놀라서 물었다. 지금까지의 수사에서는 밝혀지지 않은 일이었다.

"전에 그 식당에 밥 먹으러 갔을 때 언뜻 들었어. 경륜, 경마, 마작, 뭐든 다 하는 거 같더라고. 좀 있으면 그쪽으로 뭔가 나올 거야."

"그 얘기, 수사1과 사람들한테는……?"

"내가 그런 얘기를 왜 해?" 가시와바라는 어깨를 흔들며 웃었다. "실컷 헤매고 돌아다니라지. 비닐우산의 출처니 뭐니, 그런 뜬금없는 일거리만 골라서 시골 관할서 형사들에게 떠밀어버리잖아? 그러니 도와줄 마음이 전혀 안 난다니까. 하긴 뭐, 시간문제야, 금세 알아낼 거라고."

"도박 빚 때문에 살해되었다―, 그런 얘긴가요?"

"그럴싸하지?"

"하지만 돈 빌려준 사람이 돈 빌려간 사람을 살해하는 일은 없잖아요?"

"보통은 그렇지. 하지만 그건 모르는 일이야. 뭔가 얘기가 틀어지니까 불끈해서 칼로 찔러버렸다는 일도 충분히 있을 수 있어."

"그야 그렇지만……."

하기무라가 고개를 갸우뚱했을 때, 가시와바라의 가슴팍에서 포켓벨 소리가 울렸다.

"흥, 텔레파시가 통했나?" 가시와바라는 웃옷 안쪽에 손을 찔러 넣으며 주위를 둘러보았다. 20미터쯤 앞쪽에 전화박스가 있었다.

가시와바라가 전화하는 것을 바라보며 하기무라는 담배에
불을 붙였다. 이번 사건에 보통 때보다 훨씬 더 열심이구나, 하
고 선배 형사의 등을 보며 생각했다. 아마도 피해자의 아이들
을 직접 목도했기 때문일 것이다. 가시와바라는 현재 혼자 살
고 있지만, 몇 년 전까지는 결혼 생활을 했었다. 아들도 있어서
지금 초등학교에 다니는 나이일 터였다. 그 아이는 부인에게
내준 모양이었다.

"아빠라고 내세울 만한 일은 하나도 해주지를 못했어. 마지
막으로 얼굴 본 게 세 살 때야. 이제는 내 얼굴도 잊어버렸을
거야. 하긴 그러는 게 그 애한테도 좋겠지, 뭐." 예전에 자조적
인 웃음을 띠며 그런 말을 한 적이 있었다.

〈아리아케〉 식당의 세 아이들을 보며 아마도 가시와바라는
자신의 아들을 떠올렸을 것이라고 하기무라는 짐작했다.

가시와바라가 전화박스에서 나왔다. 얼굴 표정이 조금 전보
다 한층 심각해져 있었다.

"택시 좀 잡아줘. 시오이리 여관에 갈 거야."

"여관요? 아이들한테 무슨 일 있어요?"

"작은아들, 말문이 터진 모양이야. 아주 엄청난 소리를 했어.
범인을 목격했다는 거야."

"예?"

"큰아들의 담임선생한테서 연락이 온 것 같아. 근데 얘기를 할 거라면 잘 아는 형사님이 좋다고 큰아들이 나를 지목한 모양이야. 참 고마운 일이네."

저쪽에서 빈 택시가 다가왔다. 하기무라는 가시와바라와 동시에 손을 번쩍 들었다.

"코는 높은 편이었던 것 같아요. 근데 잠깐 본 거라서 틀릴지도 몰라요……." 다이스케의 목소리는 점점 작아져갔다. 마지막에는 고개를 떨군 채 고이치 쪽으로 시선을 던졌다. 도와달라는 눈빛이었다.

괜찮아, 라고 고이치는 작은 소리로 달래는 말을 건넸다.

"얼굴 크기는 어땠지? 크다는 느낌이었어?" 양복을 입은 남자가 스케치북을 앞에 놓고 질문을 던졌다. 경찰관이라기보다 성실한 회사원 같은 분위기였다.

다이스케는 고개를 갸우뚱했다. "얼굴이 그렇게 크지는 않았어요. 좀 길쭉한 느낌이에요."

양복 차림의 남자는 고개를 끄덕이고 펜을 쓱쓱 움직였다.

고이치는 탁자 위로 눈을 돌렸다. 십여 개의 종이학이 방치되어 있었다. 시즈나가 접은 것이다. 그녀는 지금 옆방에 누워 있었다. 더 이상 우는 소리가 들리지 않는 걸 보면 아마 울다 지쳐서 잠이 들었는지도 모른다.

아버지와 어머니가 죽었다는 사실을 알고 시즈나가 넋이 나간 것처럼 날뛰고 거기에 호응하듯이 다이스케가 울부짖은 게 점심때의 일이었다. 그로부터 몇 시간이 지났는데도 고이치의 귀에는 아직도 두 동생이 울부짖던 소리가 남아 있었다. 그렇게 생각해서 그런지 온몸이 뜨겁고 열도 나는 것 같다.

왜 시즈나에게 그런 말을 했느냐고 선생님들이 나무랐지만 고이치는 후회하지 않았다. 이제부터 우리 형제간의 일은 우리끼리 결정해야 한다고 생각했다. 왜냐하면 앞으로는 셋이서만 살아가지 않으면 안 되기 때문이다.

다이스케가 말문을 열기 시작한 것은 한바탕 울고 난 다음이었다. 아버지와 어머니의 목숨을 앗아 간 범인에 대해 증오의 말을 내뱉은 뒤, 느닷없이 고이치의 얼굴을 바라보며 이렇게 말했던 것이다.

"형, 나, 봤어. 아버지와 엄마를 죽인 놈, 봤어."

다이스케에 의하면, 간밤에 고이치가 시즈나를 등에 업고 먼저 식당 앞쪽으로 갔을 때 뒷문으로 뛰어나온 남자가 있었다고 했다.

고이치는 깜짝 놀라 노구치 선생님에게 그 말을 전했다. 선생님이 즉시 경찰에 연락했는지, 곧바로 가시와바라 일행이 찾아왔다. 그중 한 사람이 지금 다이스케 앞에 있는 형사였다. 한시라도 빨리 범인의 몽타주를 만들어야 한다는 것이었다.

가시와바라와 다른 형사들은 방 밖에서 대기 중이었다. 너무 여럿이서 에워싸면 다이스케가 긴장해서 제대로 말을 못할까 봐 배려해준 모양이었다. 하지만 고이치만은 곁에 함께 있어주라고 했다.

"어때, 이런 느낌인가?" 양복 차림의 형사가 스케치북을 다이스케에게 보여주었다.

거기에는 턱이 좁고 코가 큰 남자의 얼굴이 그려져 있었다. 고이치는 전혀 본 기억이 없었다.

"여기가 조금 더 넓었던 거 같아요." 다이스케는 턱 근처를 가리켰다. "그리고…… 좀 센 얼굴이었어요."

"센 얼굴?"

네, 라고 다이스케는 슬쩍 고개를 끄덕였다.

"그렇게 말하면 못 알아듣지." 고이치는 저도 모르게 말했다. "뭐야, 센 얼굴이라는 게?"

"아니, 그래도 그냥, 센 얼굴이었는데……." 다이스케는 고개를 떨어뜨렸다.

"응, 아저씨가 알아들었어. 그러니까 네가 느낀 그대로 말해주면 돼." 양복 차림의 형사는 미소를 지으며 다시 펜을 놀렸다. 그리고 스케치북을 다이스케 쪽으로 내보였다. "이렇게 하면 어때?"

그곳에 그려진 얼굴은 분명 조금 전의 얼굴보다 억센 인상이었다. 어디를 어떻게 고쳐서 그렸는지는 알 수 없었다.

다이스케가 고개를 끄덕였다. "네…… 비슷한 것 같아요. 그런 느낌이었어요."

"그래? 아, 정말 고맙다." 양복 차림의 형사는 흐뭇한 듯 실눈을 떴다. "지금부터 이 몽타주를 참고로 수사하게 될 거야. 그리고 나중에라도 또 생각나는 게 있으면 언제든지 말해줘."

형사는 스케치북을 들고 방을 나갔다. 그러자 교대하듯이 가시와바라 일행이 들어왔다. 하기무라라는 젊은 형사와 백발 머리의 형사까지 세 명이었다. 하기무라는 가시와바라와 함께 이따금 식당에 왔었기 때문에 고이치도 얼굴은 알고 있었다. 이름이 하기무라라는 건 방금 전에야 들었다. 백발 머리 형사의 성씨가 요코야마라는 것도 함께 가르쳐주었다.

"자꾸 질문해서 미안하다만, 네가 그 남자를 봤을 때의 상황을 되도록 자세히 이야기해줄래?" 가시와바라가 운을 뗐다.

다이스케는 더듬더듬 그자를 목격했던 순간에 대해 이야기하기 시작했다. 하지만 얼마나 도움이 될 만한 이야기일지, 옆에서 듣고 있는 고이치는 잘 알 수 없었다. 거무스레한 옷을 입은 평범한 체격의 남자가 갑자기 뒷문에서 나오더니 뛰어가버렸다는 것뿐이었다. 나이는 모르겠고 목소리도 듣지 못했다고 했다.

짐작했던 대로 형사들은 기대가 어긋난 듯한 표정으로 금세 방을 나갔다.

"형, 내가 좀 더 자세히 봤으면 좋았을 텐데……." 형사들이 돌아간 뒤에 다이스케는 침울한 목소리로 말했다.

"괜찮아. 몽타주도 그려졌고, 범인은 바로 잡힐 거야. 그리고 우산도 있잖아."

"우산?"

"그놈이 우산을 잊어버리고 그냥 갔어. 틀림없이 그걸로 뭔가 알아낼 거야."

고이치가 그렇게 말했을 때, 뒤편의 장지문이 쓰윽 열렸다. 시즈나가 서 있었다.

"일어났어?" 고이치가 물었다.

울어서 눈가가 부어오른 시즈나가 고이치의 품에 안겨왔다.

"나, 복수할래. 아빠랑 엄마를 죽인 나쁜 놈, 내가 꼭 죽일 거야."

고이치는 여동생의 자그마한 등을 쓰다듬었다.

"그래, 범인을 알아내서 우리 셋이서 꼭 죽이자."

6

하기무라가 자동문을 넘어서자마자 편의점 점장은 잔뜩 김

빠진 표정을 지었다. 그 얼굴을 보고 하기무라도 쓴웃음이 나와버렸다.

"몇 번을 찾아오셔도 똑같다니까요. 전에도 말했지요? 나한테 기대하시면 곤란하다고요." 점장은 눈썹 양끝을 축 늘어뜨렸다.

"확인차 돌고 있는 것뿐이에요. 그렇게 부담스러워할 거 없다니까."

"그래도 이렇게 몇 번씩 찾아오시면 내가 미안해지잖아요."

점장은 서랍을 열어 복사한 종이 한 장을 꺼내 왔다. 몽타주가 그려져 있었다. 지난번에 하기무라가 놓고 간 것이었다.

"지난번에도 말했지만, 그날 밤 우산을 사 간 손님은 역시 이런 얼굴은 아니었어요. 좀 더 젊은 사람이었던 것 같아요. 하지만 그것도 확실하지 않아요. 어쨌거나 벌써 열흘씩이나 지난 일이잖아요."

"꼭 우산을 사 간 손님이 아니어도 좋아요. 이 몽타주하고 조금이라도 닮은 사람이 있으면 알려달라, 그런 얘기지."

"그건 나도 알아요. 하지만 지금으로서는 짚이는 사람이 없어요. 생각나면 연락하겠습니다. 하기무라 형사님이시죠? 이름까지 외워버렸네."

커플 손님이 가게에 막 들어서는 참이었다. 점장은 지금 형사하고 말씨름을 할 여유 따위는 없다는 태도였다. 잘 부탁한다는 말을 남기고 하기무라는 편의점을 나왔다.

시계를 보니 오후 10시가 넘었다. 오늘은 이쯤에서 끝내야 할 모양이라고 마음을 접고, 지나가던 택시를 잡아탔다. 좌석에 앉아 장딴지를 주물렀다. 지난 며칠 동안 이 장딴지로 걸어다닌 거리를 계산해보고 하기무라는 한숨을 내쉬었다.

요코스카 경찰서에 들어갔더니 동료 형사들이 퇴근하려는 참이었다. 하지만 가시와바라의 모습은 보이지 않았다. 하기무라는 선배 형사 야마베에게 물어보았다.

"가시와바라? 아, 그 친구라면 기누가사 쪽에 가본다고 했어." 야마베는 말했다.

"기누가사?"

"매주 〈아리아케〉에서 점심을 먹었다는 사람이 그쪽에 있다더라고. 그 사람 알아보러 갔을 거야. 기누가사 모 은행 지점의 영업 사원이라는 것 말고는 이름도 모르는 모양이니까, 아마 하나하나 물어보고 다닐 것 같아."

"그 남자가 몽타주하고 비슷하대요?"

야마베는 고개를 저었다.

"아니, 그 사람은 통통하고 키가 작다니까 그 몽타주하고는 닮으려야 닮을 수가 없지. 하지만 몽타주의 남자에 대해 뭔가 아는 게 있을지도 모른다고 가시와바라는 기대하는 눈치였어."

하기무라는 그제야 알아듣고 고개를 끄덕였다. "그렇군요."

둘째 아들 다이스케가 범인인 듯한 남자를 목격했다는 건 중요한 단서가 될 터였다. 만들어진 몽타주를 손에 들고 수많은 수사원이 여기저기 탐문을 하고 있었다. 특히 중점적으로 수사가 이루어진 것은 아리아케 부부의 교제 범위와 식당의 단골손님들이었다. 하지만 열흘이 넘도록 수사팀은 해당되는 인물을 찾아내지 못한 채 시간만 보내고 있었다.

"아무래도 예상이 빗나갔는지도 모르겠어." 야마베가 말했다. "몽타주가 범인하고 닮지 않았든지, 아니면 범인이 애초에 아리아케 부부와 연결 고리가 없는 사람인지도 몰라. 수사1과 사람들도 쓸 만한 정보는 못 찾은 것 같고. 이 사건, 아무래도 장기전으로 들어가겠어."

아리아케 부부가 상당한 빚을 지고 있었다는 점에 대해서는 확실한 반증을 얻어내지 못한 상태였다. 현경 수사1과는 그쪽에 중점을 두고 수사하는 눈치였지만, 최근 2, 3일의 동향을 보면 다시 근처 탐문을 중시하는 방향으로 전환한 것처럼 느껴졌다.

"그 얘기는 어떻게 됐죠? 도서관 쪽 얘기요." 하기무라가 물었다.

"부인을 그쪽에서 목격했다는 이야기? 글쎄, 어떻게 됐는지 모르겠네. 나는 그건 관계없다고 생각하는데." 야마베는 건성으로 억지 대답을 하고, 옷을 걸쳐 입었다. 퇴근할 생각인 모양이었다.

사건 전날 점심때, 아리아케 도코가 근처 도서관 앞에서 목격되었다. 목격자는 잘 아는 채소 가게 사람이었다. 소형 트럭으로 채소를 실어 나르던 중에 그녀를 보았다고 했다. 도서관에 들어가는 참이었다, 라고 증언하였다.

하지만 도서관 직원은 아리아케 도코를 기억하지 못했다. 그녀가 책을 빌렸다는 기록도 남아 있지 않았다. 도서관에서는 주간지나 신문을 열람할 수 있다. 그녀의 목적도 그런 쪽이었던 게 아닌가, 하는 것이 대체적인 의견이었다.

먼저 갈게, 라면서 야마베가 사무실을 나간 직후, 가시와바라가 양복 상의를 어깨에 걸치고 돌아왔다. 셔츠의 겨드랑이 부분이 땀에 절어 있었다.

가시와바라는 하기무라를 보고 슬쩍 팔을 들더니 몸을 내던지듯 자기 의자에 앉았다. 와이셔츠의 가슴팍 호주머니에서 담배를 꺼내 입에 물고 불을 붙였다. 깊숙이 빨아들여 연기를 토해냈지만 그리 달게 피우는 것 같지는 않았다. 며칠 사이에 뺨이 움푹 파인 것처럼 보였다. 안색도 좋지 않았다. 하지만 예리하게 번뜩이는 눈빛만은 전혀 시들지 않았다.

"기누가사에 갔었다면서요?" 하기무라가 말했다.

가시와바라는 고개를 끄덕이며 재떨이를 끌어당겼다.

"신용금고의 영업 담당자를 만났어. 〈아리아케〉의 단골손님이라고 해서 거기까지 갔는데, 그 사람 얘기로는 두세 번 갔을 뿐이래. 소문이라는 건 믿을 수가 없다니까."

"몽타주도 보여줬어요?"

"일단 보여주기는 했는데, 모르는 얼굴이래." 가시와바라는 목을 돌렸다. 관절이 우드득거리는 소리가 하기무라의 자리까지 들려왔다. "자네 쪽은 좀 어때?"

"나도 수확이 없어요. 만날 하던 대로 슈퍼며 편의점을 돌아다녔는데."

"이 지역 사람이 아닌지도 모르겠어." 가시와바라는 담배를 입에 문 채, 책상 위에 요코스카시의 지도를 펼쳤다. "다른 지역에서 온 사람이라면, 사건이 일어났던 시간대로 봐서 범인은 자동차를 이용했다는 얘기가 돼. 그렇다면 차를 어디에 세워뒀을까……."

"사건 현장 근처의 주차장이라면 수사1과 사람들이 감시 카메라의 녹화 내용을 모두 체크한 모양이에요. 유감스럽지만 몽타주의 남자인 듯한 사람은 눈에 띄지 않았대요."

"내가 범인이라면 가까운 주차장에 차를 세우지는 않을 거야. 그렇다고 노상 주차를 하면 더 안 좋겠지? 이웃에서 누군가 신고할 수 있으니까. 좀 멀더라도 더 안전한 주차장에 세웠을 거야. 하루에 몇천 대씩 드나들고 심야에 이용해도 의심받지 않을 그런 큼직한 주차장." 가시와바라는 지도를 둘러본 뒤, 한 지점에서 시선을 멈추고 손끝으로 가리켰다. "이를테면 여기는 어떨까?"

하기무라는 곁에 다가가 지도를 들여다보았다. 가시와바라가 가리킨 곳은 시오이리 쪽의 대형 쇼핑몰이었다. 다양한 레스토랑이 입점했고, 영화관과 게임 센터도 있는 곳이다. 물론 주차장도 거대했다.

"현장에서 상당히 멀잖아요. 여기까지 걸어가기는 좀 힘들 텐데요?"

"하지만 걸어가지 못할 거리는 아니야. 그리고 또 한 군데, 여기." 가시와바라는 쇼핑몰과 도로를 끼고 맞은편에 있는 호텔을 가리켰다. "여기, 이 호텔 주차장도 큰 편이지?"

"지하 3층까지 주차장이죠."

"주차 요금 계산은 기계로 하는가?"

"예, 그렇긴 한데, 출구에 담당자가 있을 거예요."

"그거 잘됐군. 몽타주를 좀 보여줘야지." 가시와바라는 막 불을 붙인 두 번째 담배를 재떨이에 비벼 끄더니 양복 상의를 들고 일어섰다.

"지금 가려고요?"

"집에 가봤자 어차피 할 일도 없어." 가시와바라는 상의를 어깨에 걸치고 문으로 향했다.

"잠깐만요. 나도 갈게요." 하기무라는 뒤를 쫓았다.

경찰서 앞에서 택시를 타고, 우선 호텔로 향했다. 가시와바라는 다리를 괴고 무릎을 툭툭 치며 창밖을 바라보고 있었다. 뭔가 초조해하는 기색이었다.

"그 아이들 말인데……." 가시와바라가 입을 연 것은 호텔 근처까지 갔을 때였다. "육아원에 들어가게 될 모양이야."

"아동복지시설 말인가요?"

하기무라의 물음에 가시와바라는 가만히 고개를 끄덕였다.

"친척이라는 사람, 별로 기댈 만한 형편이 아닌 모양이야. 직접적인 혈연관계가 없는 데다 평소에 왕래도 거의 없었던 것 같아. 그런 집에서 받아줘봤자 아이들도 지내기 힘들 거야."

"식당은 어떻게 되지요?"

"글쎄. 은행에 대출금이 있으니까 적당히 처분되지 않겠어?"

"안타깝네요……."

그 하이라이스는 이제 못 먹겠구나, 하고 하기무라는 생각했다.

다이스케가 박스에 전차 모형을 넣는 것을 보고 고이치가 옆에서 다시 꺼냈다.

"너, 아까 건담 미니어처 넣었잖아. 장난감은 한 가지만 가져갈 수 있다고 했던 말, 잊어버렸어?"

"그래도 이건 엄마가 가장 나중에 사준 건데……."

"그럼 건담을 놓고 가. 짐은 되도록 줄이라고 했단 말이야."

"건담하고 이거만. 제발." 다이스케는 얼굴 앞에서 손을 맞 댔다.

"안 돼. 그런 거 대신 팬티나 양말을 하나라도 더 넣어. 장난 감은 없어도 괜찮지만, 입을 것이 없으면 힘들잖아. 이제는 아 무도 안 사줄 거야."

다이스케는 상처 입은 얼굴로 고개를 떨군 채 박스 안에서 건담 미니어처를 꺼냈다. 그것과 전차 모형을 번갈아 바라본 뒤에 건담 쪽을 다시 넣었다. 전차는 책상 위에 올려놓았다.

고이치는 그런 다이스케에게서 시선을 돌린 채 자신의 짐 정리로 돌아갔다. 속옷, 겉옷, 문구류 등을 차례차례 박스에 넣 었다. 시즈나의 짐도 함께 꾸려야 했기 때문에 양이 상당했다.

시즈나는 침대에 엎드려 있었다. 자는 게 아니라 토라진 것 이었다. 그녀에게는 소중한 것이 두 개가 있었다. 토끼 봉제 인 형과 코끼리 무늬가 들어간 베개였다. 그 두 가지 중 하나만 선택하라고 고이치가 말했더니 울음보가 터져버렸다.

사실은 고이치도 다이스케와 시즈나가 좋아하는 것을 모두 가져가게 해주고 싶었다. 아동복지시설에서의 생활이 어떤 것 인지 전혀 짐작도 가지 않지만, 어쨌든 밝고 즐거운 나날이 기 다릴 거라고는 생각되지 않았다. 아마도 많은 것을 참고 견뎌

야만 할 터였다. 그럴 때에 손때 묻은 장난감은 그들을 위로해 줄지도 모른다. 하지만 그런 것에 의지해서는 안 된다는 생각이 자꾸만 드는 것이었다. 그것보다는 지금부터 참고 견디는 것을 얼른 배워두는 게 좋을 것 같았다. 이 정도 일에도 견디지 못한다면 앞으로는 훨씬 더 고통스럽게 된다―. 그런 예감이 들었다.

그들이 아동시설에 들어간다는 건 어른들이 결정했다. 일단 고이치와 동생들에게 의견을 묻기는 했지만, 선택의 여지 따위는 없었다.

"실은 그런 아이들이 아주 많아. 너희와 똑같은 경우는 아니더라도 불의의 사고로 갑작스럽게 부모님을 잃은 아이들 말이야. 친척이 받아주는 경우는 괜찮지만, 친지가 없는 아이는 대개 그런 시설에 들어가게 돼. 결코 드문 일이 아니야. 그리고 그런 곳에서 자란 사람들도 훌륭하게 사회에 나가 활약하고 있어. 중요한 건 거기서 어떻게 살아가느냐 하는 거야."

노구치 선생님은 설득하듯이, 혹은 위로하듯이 고이치에게 말했다. 그 말을 들으면서 고이치는 '그런 건 선생님보다 내가 더 잘 알아요'라고 생각했다.

가져갈 수 있는 박스는 한 사람당 하나씩이라고 했다. 짐을 많이 가져오면 둘 데가 없기 때문이라는 게 아동시설 쪽에서 말한 이유라고 했다.

세 사람분의 의류와 문구 용품으로 박스 세 개가 거의 가득 찼다. 고이치는 자리에서 일어나 다이스케와 시즈나를 내려다보았다.

"아래층에 가서 아버지와 엄마의 추억이 담긴 물건을 가져오자. 한 사람에 두 개씩이야. 아버지 것 하나, 엄마 것 하나."

다이스케는 느릿느릿 몸을 일으켰지만, 시즈나는 여전히 침대에 누워 있었다. 고이치는 한숨을 내쉬었다.

"시즈나, 넌 괜찮아? 나중에 울어도 오빠는 모른다? 오늘 딱 하루뿐이야. 이곳에 다시는 돌아올 수 없다고."

그러자 시즈나는 안고 있던 인형을 내던지고 겨우겨우 침대에서 내려왔다.

계단을 내려가 셋이서 부모님의 침실로 들어갔다. 사건 후, 찬찬히 둘러본 것은 고이치로서도 처음이었다. 형사의 부탁으로 이 방에 왔었지만, 제대로 둘러볼 수가 없었던 것이다.

이 방은 가족의 거실이기도 했다. 하루 세끼의 밥을 먹은 것도 이 방이었다. 다섯 명의 가족이 마주 보며 둘러앉았던 큼직한 식탁, 그리고 불단이 있고 텔레비전이 있었다. 붙박이장에는 석유스토브가 들어 있었다. 겨울이 되면 그것을 꺼내고 대신 그 자리에 선풍기를 넣어두곤 했다.

부모님이 살해된 흔적은 이제 남아 있지 않았다. 초등학교 선생님들과 학부모회 임원들이 경찰의 허가를 얻어 깨끗이 청

소해주었기 때문이다. 그래도 고이치는 아직 피 냄새가 감도는 것만 같았다.

시즈나가 어머니의 경대로 다가가 그 앞에 앉았다. 손에 든 것은 립스틱과 콤팩트였다. 어머니가 화장하는 것을 시즈나가 골똘히 지켜보던 광경이 고이치의 머릿속에 떠올랐다.

"시즈나, 둘 다 가져가도 돼." 고이치는 말했다.

"진짜? 아, 그래도……."

"하나는 내 몫이야. 시즈나 네가 갖고 있어."

시즈나는 꾸벅 고개를 끄덕였다.

다이스케는 아버지의 손목시계를 보고 있었다. 금빛의 오래된 시계지만 고급품이라고 아버지가 항상 자랑하던 것이었다.

"이거, 가져가도 돼?" 다이스케가 물었다.

"응, 괜찮아."

"형은 뭐 가져갈 거야?"

"나는 정해뒀어." 그렇게 말하고 고이치는 불단의 서랍을 열었다.

그 노트가 그곳에 들어 있었다. 요리 레시피를 적어놓은 노트였다. 그것을 꺼내 훌훌 넘겨보았다. 누르스름해진 종이에 촘촘하게 글씨가 적혀 있었다.

"이것만 있으면 돼." 고이치는 다이스케와 시즈나에게 말했다. "이것만 있으면 언제라도 아버지의 요리를 너희에게 해줄 수 있어."

7

―불길한 예감이 적중한 것 같군.

하기무라가 그렇게 생각한 것은 해가 바뀌고 얼마 안 되었
을 즈음의 일이었다.

양식당 부부 살해사건이 터지고 벌써 반년 가까운 시간이
흘러갔다. 물론 아직껏 해결에 이르지 못했다. 최대의 단서인
몽타주를 바탕으로 수사진은 약 2천 명을 조사해봤지만 범인
으로 보이는 인물은 결국 찾아내지 못했다.

부부가 안고 있었다는 빚에 대해서도 상세한 내용은 밝혀
지지 않은 채였다. 다만 사건 직전에 피해자 부부가 각각의 계
좌에서 도합 200여만 엔을 인출했다는 사실이 밝혀졌다. 모두
본인에 의한 인출이었다는 건 은행원이 증언해주었다.

그 현금이 어디에서도 발견되지 않았기 때문에 범인이 훔쳐
갔을 가능성이 컸다. 인출 직후에 누군가 우연히 빼앗아 갔다
고 생각하기는 어려웠다. 범인은 부부가 그만한 현금을 준비
했다는 것을 미리 알고 그날 밤 범행에 나섰던 것으로 보는 게
옳을 것이다. 그러면 누가 그걸 알 수 있었는가. 나아가 부부는

무엇 때문에 그런 현금을 준비했는가.

하지만 아리아케 집안 주위를 아무리 조사해봐도 이 물음에 대한 답은 얻어낼 수 없었다.

사건일로부터 한 달이 경과하자 수사팀 사이에 초조한 기색이 뚜렷해지기 시작했다. 이런 종류의 범죄가 해결되느냐 마느냐는 초동수사에 달려 있다. 엄청난 수의 수사원이 투입되고 거의 매일같이 탐문이며 취조가 이루어졌는데도 단서는 전혀 없는 것이나 마찬가지였으니까 초조감이 쌓이는 것도 당연한 일이었다.

어느 날인가, 피곤한 얼굴로 돌아온 현경 수사1과 형사가 벽에 붙은 몽타주를 보며 내뱉듯이 말했다.

"이 그림, 정말로 비슷하긴 한 거야?"

그 말을 들은 순간, 하기무라는 불길한 예감이 들었던 것이다. 영구 미제 사건이 되는 게 아닐까—.

날이 갈수록 수사본부의 분위기가 무거워지는 가운데, 해가 바뀌었다. 스피커를 통해 경찰서장의 새해 훈시를 들었고, 그 일주일 뒤에 관내에서 또 다른 사건이 발생했다. 요코스카 인터체인지 근처의 공터에서 젊은 여성의 사체가 발견되었던 것이다. 성폭행을 당했고 끈 같은 것으로 목이 졸린 흔적이 남아 있었다. 그 옆의 덤불숲에서 피해 여성의 것으로 보이는 핸드백이 발견되었지만, 지갑은 이미 빼내 가고 없었다. 다행히 면

허증이 남아 있어서 곧바로 신원은 판명되었다. 가까운 슈퍼에서 일하는 여자였다. 일을 마치고 집에 가는 길에 누군가에게 습격을 받은 것 같았다.

즉시 하기무라 일행에게도 소집령이 떨어졌다. 항상 그렇듯이 인근의 탐문 수사를 맡게 되었다. 그런 상사의 지시를 들으며, 이걸로 양식당 사건과는 인연이 끊기겠구나, 하고 하기무라는 생각했다.

물론 양식당 부부 살해사건의 수사본부는 요코스카 경찰서에 차려진 채였다. 하지만 수사원은 대폭 감축되어 이제는 스무 명가량이 남았을 뿐이었다. 그것도 명목상으로만 존재할 뿐, 경찰서 안에서 수사1과 형사의 얼굴을 보기도 힘들어졌다.

하기무라는 가시와바라와 함께 수사본부에 참여하고 있었지만, 실질적으로는 바깥에서 들어오는 정보만 기다리는 상태였다.

어느 추운 날 밤, 하기무라는 가시와바라와 조그만 어묵집에 들어갔다. 탐문 수사를 마치고 돌아오는 길이었다. 슈퍼 여점원이 살해된 사건은 아무래도 곧 해결이 될 모양이었다. 피해자와 같은 고등학교를 졸업한 남자가 용의자로 체포되었다. 그 남자가 피해자 주위를 끈질기게 어정거렸다는 건 동급생들 사이에서 유명한 이야기였던 것이다. 버려진 핸드백에서 그 남자의 지문이 검출된 것이 체포의 결정타가 되었다.

"어떤 사건이든 이런 식으로 간단히 해결되면 좋을 텐데."
하기무라는 저도 모르게 탄식을 흘렸다.

무슨 이야기인지 가시와바라에게도 바로 전달이 된 모양이었다. "〈아리아케〉 말이지?" 하고 되물어왔다.

하기무라는 나무젓가락으로 감자를 쪼개면서 고개를 끄덕였다.

"그야 증거는 별로 없었죠. 그 몽타주와 범인이 남기고 간 것으로 보이는 우산뿐이니까요. 게다가 한밤중이었던 탓에 목격자 정보도 없어요. 하지만 이렇게 아무것도 걸리지 않다니, 대체 어떻게 된 건지 모르겠어요. 이건 명백히 아는 사람의 범행일 테니까 아리아케 부부의 주변을 조사해보면 반드시 뭔가 눈에 띄어야 맞는 거 아닙니까?"

가시와바라는 자신의 잔에 맥주를 따르며 머리를 저었다.

"그런 소리 해봤자 결국 찾아내지를 못했으니 별수 없지. 내가 그 몽타주 들고 얼마나 많은 사람을 만나본 줄 알아?"

"알죠. 가시와바라 선배가 누구보다 열심히 뛰었다는 건 누구보다 내가 잘 알아요. 그러니 더 분통이 터지는 거예요."

"내가 단언하겠는데, 범인은 아는 사람이 아냐. 적어도 평소 그 부부와 빈번하게 왕래하던 사람은 아니란 거야. 그런 사람이라면 전부 다 만나봤어. 한 사람도 빠짐없이 샅샅이 다 만나봤다고."

"하지만 아는 사람이 아니라면 그런 한밤중에 집 안에 들어오게 해줬을 리가 없잖아요."

"나도 그게 이상해. 근데 내가 하다 하다 그 부인의 옛 남자까지 만나봤어."

"알고 있습니다. 하지만 수확은 없었죠."

"그래. 그저 한 바퀴 멀리 돌아온 셈이야." 가시와바라는 맥주를 들이켰다.

아리아케 부부의 인간관계를 샅샅이 뒤지던 수사원들이 아내인 도코의 과거에 주목한 것은 사건 발생으로부터 2주쯤 지났을 즈음이었다. 부부 주변에서 아무것도 얻어내지 못하자 각각의 과거를 파헤쳐보자는 얘기가 나왔던 것이다. 그 참에 중요하게 떠오른 문제 중 하나가 두 사람이 정식으로 혼인신고를 하지 않았다는 것이었다. 게다가 양쪽 모두 데려온 아이가 있었다. 고이치와 다이스케는 아리아케 유키히로의 아들이다. 그들의 친어머니는 다이스케를 낳고 얼마 안 되어 병으로 사망하였다. 한편 시즈나는 도코가 데리고 들어온 딸이지만 호적상의 아버지는 존재하지 않았다. 즉 혼외 자녀였다.

예전에 도코는 요코하마의 술집에서 일을 했고 그 무렵에 알았던 남자와의 사이에 생긴 아이가 시즈나였다. 당시 도코와 함께 일했다는 여성에 의하면, 상대 남자는 모 기업의 임원으로 결혼한 유부남에 자식도 있었다. 그래도 도코는 아이를 낳아 혼자서 키우는 길을 선택했다.

도코의 원래 성씨는 야자키라고 했다. 시즈나도 원래 그 성이었지만, 학교에서는 아리아케라는 성을 쓸 수 있도록 허락을 받았다. 오빠들과 성이 다르면 주위 아이들이 이상하게 생각하기 때문이었다.

어째서 아리아케 유키히로와 야자키 도코는 정식으로 혼인신고를 하지 않았는가. 그 답은 옛날에 도코가 교제했던 남자, 즉 시즈나의 부친으로 여겨지는 인물이 갖고 있었다.

그 남자에 의하면, 도코가 출산을 결심했을 때, 자기 자식으로 인지하지 않는 대신 아이가 성인이 될 때까지 일정한 양육비를 지불해주기로 약속했다. 단 조건이 한 가지 있었는데, 도코가 결혼을 할 경우에는 지불을 중단한다는 것이었다.

아무래도 도코는 그 양육비를 잃을까 봐 유키히로와의 혼인신고를 뒤로 미룬 모양이었다. 유키히로로서도 그렇다면 서둘러 혼인신고를 할 필요가 없다고 생각했는지도 모른다.

가시와바라가 만나러 갔을 때, 그 남자는 "도코가 양식당 주인과 내연 관계인 줄은 전혀 몰랐네. 나를 속이고 어지간히 돈을 뜯어 갔군"이라는 말을 흘린 모양이었다. 하지만 통장을 조사해보니 양육비 지불은 1년 넘게 밀려 있었다.

가시와바라는 그에게 시즈나를 받아줄 생각이 없느냐고 물어보았다. 천만의 말씀, 이라고 그는 즉석에서 부정한 데다 이런 말까지 했다.

"도코가 꼭 낳겠다고 해서 어쩔 수 없이 그러라고 했지만, 나는 그 아이를 원하지 않았어요. 그래서 아이와는 한 번도 만난 적이 없습니다. 애초에 정말 내 자식인지 어떤지도 확실하지 않아요."

그 얘기를 들었을 때, 자기도 모르게 그자를 두들겨 패줄 뻔했다, 라고 가시와바라는 말했었다.

그 인물과 이번 사건을 연결 지을 만한 것은 단 한 가지도 발견되지 않았다. 그래도 복잡한 인간관계에 흥미를 가진 몇몇 수사원들은 한참 동안 그자에 대한 탐문에 매달렸다. 하지만 결국 쓸데없는 시간 낭비였을 뿐이다.

"가시와바라 씨, 그거 알아요? 가나가와 현경이 수사본부를 설치했을 경우에 최근의 검거율이 거의 100퍼센트라고 하더라고요. 도쿄나 오사카에 비하면 단연 뛰어난 거예요."

"처음 듣는 소리네."

"〈아리아케〉 사건, 대체 어떻게 될까요?"

하기무라의 질문에 가시와바라는 씁쓸한 얼굴로 고개를 저었다.

"글쎄 말이야. 이대로 한 3년만 지나면 그 사건을 기억하는 건 우리하고 그 아이들밖에 없을지도 모르겠네."

하기무라는 한숨을 내쉬었다.

"불길한 예언이네요."

"나도 이런 말 하고 싶지 않아." 그리고 가시와바라는 맥주를 들이켰다.

그 말은 유감스럽게도 딱 맞는 예언이 되었다. 3년은커녕 벌써 1년 뒤부터 경찰서 내에서 그 사건을 입에 올리는 자는 보이지 않았던 것이다. 현경 본부가 수사를 지속한다고는 했지만, 그 진척 상황을 하기무라 쪽에 전해주는 일도 없었다.

그리고 다시 세월이 흘러 하기무라 자신의 뇌리에서도 그 세 아이들의 기억은 사라지려 하고 있었다.

어깨를 흔드는 사람이 있어서 다이스케는 퍼뜩 정신을 차렸다. 둘레둘레 주위를 둘러보았다. 바로 옆에 고이치가 서 있었다.

"너, 뭐 하고 있어? 숙제는 미리 해놓으라고 했지?"

"아……, 깜빡 자버렸다."

스읍 침을 삼켰다. 책상 위를 보자 펼쳐진 노트에 침이 묻어 있었다.

"한심하기는. 아무튼 숙제는 내가 나중에 도와줄게."

"와, 진짜? 좋았어!"

"오늘 밤만 특별히 봐주는 거야. 그보다, 빨리 준비나 해."

"그거라면 벌써 다 끝냈지. 어제부터 준비했다고."

다이스케는 바로 옆 2층 침대의 사다리를 올라갔다. 위쪽이 다이스케, 아래쪽이 고이치였다. 아동시설에 처음 입소했을 때부터 그 위치는 한 번도 바뀐 적이 없었다.

다이스케가 배낭을 들고 내려오면서 보니, 반대편 2층 침대의 아래쪽 커튼을 고이치가 열어보고 있었다. 그 너머에서는 뚱뚱한 소년이 전기스탠드를 켠 채 만화책을 보고 있었다.

"쓰요시, 아까 낮에 얘기했던 대로 나와 다이스케는 지금 잠깐 나갈 거야. 그러니까 지난번처럼 잘 말해줘."

쓰요시라고 불린 소년은 동그란 눈을 끔뻑거렸다.

"이런 한밤중에 어딜 가는데? 들키면 혼난다고."

"너는 몰라도 돼. 아무튼 잘 해주면 또 라면 사줄게. 알았지?"

쓰요시는 라면이라는 말에 신이 나서 고개를 끄덕였다. 식당 아주머니가 그의 밥만은 미리 수북하게 담아둘 정도로 먹보였다.

고이치는 창문을 열고 바깥의 상황을 살펴보았다. 그리고 다이스케 쪽을 돌아보며 한 차례 고개를 끄덕였다.

"오케이, 지금이야!"

다이스케는 침대 밑에 손을 집어넣어 그곳에 감춰둔 나일론 자일을 끄집어냈다. 이것을 처음 사용했던 건 중학교 2학년 때였다. 처음에는 무서웠지만 이제는 익숙해졌다.

자일을 침대 다리에 단단히 묶고 나머지 부분은 창밖으로 늘어뜨렸다. 장갑을 낀 고이치는 허리에 장착한 8자 고리에 자일을 끼우고 훌쩍 창틀에 올라탔다.

"그럼 나 먼저 간다." 그렇게 말하고 건물 벽을 마주한 채 스르르 내려갔다.

"와아, 멋있다." 쓰요시가 감탄하는 소리를 냈다.

나도 형 못지않아, 라는 생각을 가슴에 품고 다이스케도 창틀에 올랐다. 지면까지는 5미터 정도였다. 아래쪽을 쳐다보지 않는다는 철칙을 지키면서 약간 어설프게 휘청휘청 내려갔다. 8자 고리의 사용법은 물론 고이치에게서 배웠다.

무사히 바닥에 내려서자 위에서 지켜보던 쓰요시에게 손을 흔들어 신호를 보냈다. 그가 자일을 회수하기 시작했다.

"시즈나는 무사히 나왔을까?" 다이스케가 말했다.

"응, 시즈나라면 문제없지." 그렇게 말하며 고이치는 걸음을 옮겼다.

건물 벽을 따라 이동해서 부지 안의 자전거 보관소로 갔다. 벌써 시즈나가 나와 있었다. 면바지 위에 카디건을 걸친 모습이었다.

"왜 이렇게 늦었어? 몸이 꽁꽁 얼어버렸단 말이야."

"엇, 시즈나, 일찍 왔네?" 다이스케가 물었다. "어디로 나왔어?"

"나는 오빠들처럼 원시적인 방법은 안 쓰거든."

"가와구치한테 애교를 떨었구나?" 고이치가 피식 웃었다. "참 내, 이제 겨우 중학교 1학년 주제에."

가와구치는 아동시설에 자원봉사를 하러 나온 대학생이었다. 밤중에는 경비원 비슷한 일을 하고 있었다.

"글쎄, 어떻게 했는지는 비밀. 아무튼 빨리 가자. 너무 추워."

고이치와 다이스케가 자신의 자전거를 꺼냈다. 둘 다 고이치가 입수해 온 것이었다. 아르바이트한 돈으로 중고품을 사왔다고 말했지만 사실인지 어떤지는 알 수 없었다. 아동시설 지도원들도 명확한 도난의 증거가 없는 한, 잔소리는 하지 않았다.

시즈나를 뒤에 태우고 고이치가 자전거 페달을 밟았다. 그 뒤를 다이스케도 따라갔다. 이런 식으로 자전거를 타고 가면 아무리 싫어도 되살아나는 추억이 있다. 너무도 괴로운 추억이었다. 그래서 고이치에게서 오늘 밤의 계획을 들었을 때, 다이스케는 별로 내키지 않았다. 하지만 그런 그에게 고이치는 이렇게 말했다.

"그 사건에서 도망쳐서는 안 돼. 그래봤자 하나도 좋을 게 없어. 어차피 아무도 도와주지 않아. 그러니까 다시 한번 가보자. 거기서부터 다시 시작하는 거야."

고이치는 고등학교 3학년이다. 내년 봄에는 고교 졸업과 함께 아동시설을 떠나야 한다. 그 전에 꼭 해두고 싶은 일이 있다는 것이었다.

목적지는 근처의 풀덤불이었다. 세 사람은 자전거에서 내리자 그대로 바닥에 드러누웠다.

"사자자리 유성군이란 거, 사자자리의 별들이 별똥별이 되는 거야?" 시즈나가 물었다.

"그런 거 아냐. 사실은 사자자리하고는 아무 관계도 없어. 보이는 방향에 우연히 사자자리가 있는 것뿐이지."

고이치의 설명에, 에이, 뭐야, 라고 시즈나는 말했다.

하늘에는 구름이 없었다. 그날 밤과는 너무나 달랐다. 차츰 눈이 익숙해지자 수많은 별들이 플라네타륨*처럼 한눈에 들어왔다.

그리고―.

그 악몽의 밤을 만회하듯이 차례차례 유성이 칠흑의 하늘을 획획 달려갔다. 우와아, 하고 시즈나가 탄성을 올렸다.

다이스케는 말이 없었다. 너무나 아름다워서 소리가 나오지 않았던 것이다. 왠지 눈물이 났다.

"저기……." 고이치가 말했다. "우리, 저 별똥별 같다."

무슨 말인지 몰라 다이스케가 입을 다물고 있자 그는 말을

✦ 영사기로 둥근 천장에 천체의 운행 상황을 비춰 보이는 장치.

이었다.

"정처 없이 날아갈 수밖에 없고, 어디서 다 타버릴지도 몰라. 하지만……." 고이치는 잠시 틈을 두었다가 말을 이었다. "우리 세 사람은 이어져 있어. 언제라도 한 인연의 끈으로 이어져 있어. 그러니까 무서울 거 하나도 없어."

8

시곗바늘이 정확히 2시를 가리켰을 때, 미나미다 시호가 계단을 올라와 모습을 드러냈다. 가게 안을 쓰윽 둘러보더니 곧바로 다카야마를 알아보고 빙긋 웃으며 다가왔다.

시호는 연한 회색 정장을 입고 있었다. 키가 훌쩍 커서 보통 스커트를 입어도 다리 부분의 노출이 많아졌다. 그런 점도 다카야마의 마음에 쏙 드는 것이었다.

"미안, 기다렸어?"

"아니, 나도 지금 막 왔어. 아직 주문도 안 했고."

"다행이다."

시호는 숄더백을 어깨에서 내리며, 일단 다카야마의 맞은편 자리에 앉았다. 그리고 뭔가 생각난 것처럼 다시 일어섰다.

"우리, 옆에 나란히 앉는 게 좋을지도 모르겠다."

"아, 그런가?"

"우리 둘이서 그 사람 얘기를 들어야 하잖아." 그러더니 그녀는 망설이는 기색도 없이 다카야마 쪽으로 건너와 바로 옆자리에 앉았다. 화사한 꽃향기가 그의 콧구멍을 간질였다.

시호는 웨이터를 불러 로열 밀크티를 주문했다. 다카야마는 커피로 했다.

"좀 더 비싼 걸로 주문할 것이지." 시호가 말했다.

"왜?"

"어차피 그쪽에서 낼 거야. 괜히 눈치 볼 거 없어. 우리가 귀한 시간을 내준 셈이잖아."

"그야 그렇지만……."

다카야마는 메뉴판을 들어 가격을 확인했다. 분명 시호가 주문한 로열 밀크티는 커피보다 비싸지만 그 차이라야 기껏 200엔이다. 그 정도에 큰 이득을 본 것처럼 좋아하는 그녀의 서민적인 느낌 또한 다카야마의 눈에는 흐뭇하게 보였다.

"오늘은 정말 미안해." 시호가 두 손을 맞댔다. "이상한 일에 끌어들여서."

"신경 쓸 거 없어. 은행 금리가 여전히 너무 낮아서 뭔가 해야겠다고 생각하던 참이니까 마침 잘됐어."

"그렇게 말해주니 한결 마음이 놓이네. 나, 자기한테는 절대 신세 지고 싶지 않거든."

"무슨 그런 섭섭한 소리를." 다카야마는 컵을 들어 마른 목을 축였다. 시호가 사랑스럽게 '자기'라고 불러줄 때마다 아직도 가슴이 두근거리는 것이다.

"그나저나 왜 이렇게 안 오지? 우리보다 늦게 오다니, 정신이 나간 거 아냐?" 시호는 그렇게 말하고는 엇 하는 소리를 내며 자리에서 불쑥 일어섰다.

그녀는 몇 미터 앞의 테이블로 다가갔다. 그곳에 갈색 정장을 입은 남자가 등을 보이고 앉아 있었다. 그 남자 앞을 들여다보더니 그녀는 웃음을 터뜨렸다.

"선배, 여기서 뭐 하고 있어? 우리, 아까부터 저기서 기다리고 있었단 말이야."

남자가 놀란 듯 이쪽을 돌아보았다. 다카야마를 알아보자마자 다급하게 일어섰다.

"야아, 이거 참, 큰 실례를 했네." 남자는 가방을 겨드랑이에 끼고 두 손으로 아이스커피 잔과 계산서를 들고 다카야마 쪽 자리로 옮겨 왔다.

"선배, 언제부터 와 있었어?"

"한 20분 전쯤인가?"

"응, 분명 내가 왔을 때, 벌써 앉아 계셨던 것 같아." 다카야마는 말했다.

"그랬어요? 제가 미처 알아보지 못해 죄송합니다. 미나미다

와 함께 오실 거라고만 생각했거든요."

"하지만 내가 왔을 때도 못 알아봤잖아."

시호의 지적에 남자는 자신이 한심하다는 듯한 표정을 보였다. "정말로 이거 참, 면목이 없네."

"그러니 은행 책임량도 못 채우는 거 아니야?"

"제발 그 말만은 하지 말라니까." 남자는 선 채로 양복 안 호주머니에서 명함을 꺼냈다. "미나미다에게 들으셨겠지만, 저는 이런 사람입니다."

그의 명함에는 '산쿄은행 니혼바시 지점 영업부 고미야 야스시'라고 찍혀 있었다.

다카야마도 산쿄은행에 계좌를 갖고 있었다. 시호가 그것을 기억하고 있었는지, 이번 일을 부탁한 것이었다. 대학 선배가 책임량을 채우지 못해 난처해하고 있으니 좀 도와줬으면 좋겠다는 이야기였다.

"이렇게 도와주시고, 정말 고맙습니다." 고미야는 꾸벅꾸벅 몇 번이나 고개를 숙였다.

"일단 좀 앉는 게 어떨까? 사람들이 쳐다보잖아." 시호가 말했다.

"앗, 그럼 실례합니다." 고미야는 그제야 자리에 앉았다.

그는 은행 영업 사원의 이미지를 그대로 본뜬 듯한 모습이었다. 7대 3으로 정확히 가른 머리를 단정하게 빗어 넘겼다. 금테 안경은 눈에 튀지 않고 넥타이 색깔도 수수했다. 그리 큰 키도 아닌 것 같은데 유난히 앉은키가 크게 느껴지는 건 등을 꼿꼿이 세웠기 때문일 것이다.

아주 성실해 보이는 인물이어서 다카야마는 마음이 놓였다. 누군가를 처음 만나 인사를 나누는 일에 그는 그다지 능숙한 편이 아니었다.

"고미야 선배, 아직 자세한 이야기는 안 했어. 아니, 그보다 나부터가 우선 제대로 이해를 못 했어. 그러니까 좀 더 자세히 설명해줘."

"그야 물론이지. 지금부터 설명을 드리겠습니다." 고미야는 가방에서 한 장의 서류를 꺼내 다카야마와 시호에게 보여주었다. "그러니까 이번에 안내해드릴 상품은 미국 달러표시채권이라는 것인데, 이건 유럽 금융공사라는 곳에서 운용합니다. 기간은 약 2년이고, 연이율은 미 달러 기준으로 4.3퍼센트가 나왔습니다."

"2년이라면, 그동안에는 해약을 못 하는 거야?" 시호가 물었다.

"해약할 수는 있지만, 그럴 경우에는 원금에 대한 보장이 없어. 이건 결국 고객이 맡겨준 돈을 여기저기 투자해서 그걸로 이익을 얻으려는 것이기 때문에 투자가 순조롭게 풀리지 않을 때는 마이너스가 될 수도 있어. 그래도 상환일까지 계속 맡겨

줄 경우에는 원금과 이 정도의 이자는 보증하겠다, 그런 얘기야."

"그 유럽인지 어딘지의 금융공사는 괜찮은 데야? 혹시 망하거나 하지 않아?" 시호가 미심쩍다는 듯이 말했다.

"절대로 망하지 않는 기업이라는 건 이 세상에 존재하지 않겠지만……." 그렇게 말하고 고미야는 수첩을 펼쳤다. "이런 기업들에는 등급이라는 게 있는데―."

무디스에서 내린 등급은 Aaa이고, S&P에서는 AAA가 나왔다고 고미야는 말했다. 다카야마는 뭐가 뭔지 제대로 알아듣지도 못했다. 아무튼 틀림없는 회사라는 이야기인 모양이었다.

시호는 다시 몇 가지 질문을 했다. 거기에 대해 고미야는 하나하나 진지하게 답했다. 대학 선배랍시고 은근히 대접을 받으려는 태도도 없고, 그러기는커녕 후배인 그녀까지 겸손하게 대하는 성실성에 다카야마는 호감을 느꼈다. 이런 인물이라면 돈을 맡겨도 괜찮겠다, 하고 생각했다. 실제로 두 사람의 대화만 들어서는 이게 어떤 상품인지 정확하게 알 수도 없었다. 그는 경제에 관해서는 무지했다.

"자기, 어떻게 할 거야? 지금까지 들어본 얘기로는 괜찮을 것 같기는 한데." 시호가 다카야마에게 물어왔다.

"응, 괜찮겠어. 결정은 너한테 맡길게." 다카야마는 대답했다. 너한테 맡긴다는 말에는 시호가 자신의 파트너라는 분명

한 실감이 담겨서 그는 내심 흐뭇했다.

"그거, 최저 200만 엔부터라고 했지?" 시호가 확인했다.

"응, 그 정도로 해줬으면 좋겠어."

"전화로도 말했지만, 나는 50만 엔밖에 없어. 그래서 그 나머지만 이 사람에게 들어달라고 할 생각인데, 그런 것도 가능해?"

"물론 가능하지. 다만 명의는 한 사람으로 해야 하는데?"

"그럼 이 사람 명의로 해줘."

"알았어. 단지 그럴 경우, 2년 뒤에 상환할 때는 다카야마 씨의 계좌에 전액이 들어갈 텐데, 그건 문제가 없겠지?" 고미야가 다카야마와 시호의 얼굴을 번갈아 바라보며 확인했다.

"전혀 문제없어." 시호가 즉시 대답했다. "나중 일은 우리끼리 해결할 거야. 그때는 우리, 어떻게 될지 모르니까. 어쩌면 내 예금이 전부 히사노부의 계좌로 옮겨 가 있을지도."

그녀의 말에 다카야마는 체온이 급상승하는 것을 느꼈다. 자기도 모르게 그녀의 옆얼굴을 쳐다보았지만, 시호는 별로 중요한 말을 했다는 표정도 없이, 그치? 라고 동의를 청해왔다.

음, 그렇지, 라고 대답하는 다카야마의 목소리는 한껏 들떠 있었다.

"그러면 이런 데서 좀 미안하긴 하지만, 거래하시는 걸로 결정하지요." 고미야는 가방에서 다양한 서류들을 꺼내놓았다.

우선 계약서에 사인하고 도장을 찍었다. 나아가 은행의 지불 청구서에도 똑같이 했다. 그런데 거기에 금액을 써넣으려는 순간, 다카야마는 얼굴을 들었다.

"아, 내가 전액을 다 내는 걸로 하는 게 어떨까요?"

"무슨 말씀이신지?"

"200만 엔을 모두 내 예금으로 충당할 수 있어요. 그러면 이런 번거로운 수속은 안 해도 되잖아요." 옆자리의 시호를 보았다. 그녀도 지불 청구서를 작성하는 중이었다. 그녀의 청구액은 50만 엔이다.

"그건 뭐, 나야 괜찮습니다만······." 고미야는 슬쩍 시호 쪽의 눈치를 보았다.

"아니, 그건 안 돼." 하지만 시호는 단호하게 말했다. "자기한테 신세 지고 싶지 않아. 내가 들자고 한 거니까 나도 돈을 낼 거야."

"그래도 이건······."

그녀는 고개를 저었다.

"그러면 내가 부담스럽다니까. 사실은 반반으로 하고 싶었단 말이야."

다카야마는 쓴웃음을 지으며 한숨을 내쉬었다.

"알았어. 고집이 여간 아니라니까."

"고집이 아냐, 돈 문제에 정확한 거지." 그러면서 그녀는 다시 서류 작성에 들어갔다.

서류 정리가 끝나자 다카야마와 시호는 예금통장을 고미야에게 건넸다. 고미야는 수령증에 사인을 해서 두 사람에게 건네주었다.

"20분만 기다려주세요. 얼른 수속하고 올 테니까요."

고미야가 가방을 안고 일어섰다.

"선배, 다녀와." 시호가 가볍게 손을 흔들었다.

고미야는 계단으로 향했지만 금세 되돌아왔다. 죄송하다는 듯한 얼굴로 다카야마를 바라보았다.

"중요한 걸 잊어버릴 뻔했네요. 오늘, 보험증은 가져오셨어요?"

"건강보험증 말이죠? 시호가 일러준 대로 가져왔지요." 다카야마는 상의 호주머니에 넣어두었던 건강보험증을 내밀었다.

"그런 게 왜 필요한 거야?" 시호가 불만스러운 듯 물었다.

"미안해. 요즘 이래저래 출금 수속이 복잡해졌거든."

고미야가 일어나 나간 뒤, 시호는 오렌지 주스를 주문했다.

"자기도 뭔가 마시지 그래?"

"나는 됐어. 아직 커피가 남았어."

"정말 미안해. 무리한 부탁을 해서."

"괜찮다니까. 나도 할 만해서 한 거야. 이거, 꽤 괜찮은 거 같아. 은행에 묵혀두는 게 아까웠는데."

고마워, 라고 시호는 미소를 지었다.

서로 알게 된 지 아직 한 달도 안 되었지만 이번 일로 두 사람의 거리가 성큼 줄어든 것을 다카야마는 실감할 수 있었다. 물론 프러포즈까지는 아직 성급하지만, 지금 이 상태를 계속 유지한다면 반드시 바람직한 결과가 나온다는 확신과도 같은 예감이었다.

이런 미인이 내 사람이 되다니―. 옆에서 오렌지 주스를 마시는 시호를 다카야마는 바라보았다. 바라보는 것만으로도 행복했다.

"왜 그래?" 시선을 알아차린 듯 시호가 눈을 깜빡였다.

"아니, 아무것도 아냐." 다카야마는 시선을 돌렸다. 너한테 반해버렸어, 라는 말을 선뜻 입 밖에 낼 수 있는 성격이 아니었다.

고미야가 돌아왔다. 이마에 땀이 맺혀 있었다.

"기다리시게 해서 미안합니다. 우선 통장부터 돌려드릴게요. 확인해보십쇼." 가방에서 꺼낸 두 개의 통장을 시호와 다카야마 앞에 각각 내려놓았다.

다카야마가 통장을 들고 내용을 확인했다. 150만 엔이 인출되어 있었다.

"그리고 보험증은 여기 있습니다. 정말 고마워요. 일주일쯤 뒤에 다카야마 씨에게로 증권이 우송될 겁니다. 혹시라도 뭔가 문제가 있으면 저한테 연락주세요." 고미야는 공손한 어조로 말했다.

"선배, 책임량은 무사히 달성한 거야?" 시호가 물었다.

그러자 고미야는 뺨이 환하게 풀어지며 고개를 끄덕였다.

"음, 덕분에 살았다, 정말."

"이제 다시는 나한테 부탁하기 없기야?"

"응, 미안해. 이 은혜는 꼭 갚을게." 고미야는 테이블의 계산서를 들고 일어섰다. "그러면 저는 이만 실례합니다. 정말 고맙습니다. 앞으로도 산쿄은행, 잘 부탁합니다."

몇 번이나 머리를 숙이고 나가는 고미야를 다카야마는 웃으며 눈으로 배웅했다.

"저 선배분, 착한 사람인 것 같아." 그는 말했다.

"그러니 책임량도 못 채우는 거야. 매사에 강하게 밀어붙이지를 못하는 거 같아." 시호는 문득 손목시계를 들여다보고, 깜짝 놀란 얼굴을 했다. "어머, 벌써 시간이 이렇게 됐어? 나, 가봐야겠어."

"근무시간에 나온 거야?"

"응, 이제부터 회의가 있어. 자기는 천천히 있다가 와도 되는데."

"아니, 나도 나갈 거야."

커피숍 앞에서 다카야마 히사노부는 택시를 탔다. 그를 배웅한 뒤, 그녀는 걸음을 옮겼다. 잠시 뒤 숄더백에 들어 있던 휴대전화가 울렸다.

"네."

"고객의 기분은 어떠셔?"

"아주 신났어. 노 프로블럼." 그녀는 휴대전화에 대고 말하며 주위를 둘러보았다.

사거리의 대각선 맞은편에 아리아케 다이스케의 모습이 보였다. 갈색 정장에 금테 안경. 은행 영업 사원을 연출할 때의 차림새였다.

"한 달에 150만 엔이라. 이거, 경기가 영 시원찮은데?"

"어쩔 수 없지. 고이치 오빠가 그 정도만 하라고 지시했는데 어쩌겠어? 추가분 50만 엔, 어떻게든 뜯어낼 생각이니까 괜찮아."

"뭐, 너라면 충분히 가능하지. 그 사람, 너한테 완전히 푹 빠진 것 같더라."

"그야 당연하지. 나를 뭘로 보는 거야?"

다이스케가 느물느물 웃는 게 보였다.

"자, 그럼 나중에 보자."

"응, 그래." 그렇게 말하고 시즈나는 전화를 끊으며 다이스케를 향해 슬쩍 손을 흔들었다.

　지하철 도자이센의 몬젠나카초역에서 내려 가사이바시 거리를 따라 잠시 걸었다. 자동차 대리점 앞쪽에 있는 회색 맨션으로 들어갔다. 요즘 같은 세상에 오토록도 없는 낡은 건물이다.

　3층까지 계단으로 올라가 305호실 문 앞에서 멈췄다. 현관문 윗부분에 쌀알만 한 크기의 발광 다이오드가 달려 있다. 그것이 깜빡이지 않는 것을 확인한 뒤, 다이스케는 열쇠를 꺼냈다. 깜빡거릴 경우에는 즉각 그 자리에서 뛴다―. 그것이 다이오드를 붙였을 때 고이치가 정한 규칙이었다. 안에 누군가 숨어서 기다릴 가능성이 있다, 라는 신호인 것이다. 경찰만이 아니다. 그들을 쫓고 있는 사람은 그 밖에도 많았다.

　원룸 맨션이지만 제법 넓은 편이다. 싱글 침대 두 개를 들여놓고도 고이치가 작업할 공간은 충분히 확보되었다. 애초에 식탁이나 테이블이나 소파 같은, 일반적인 가정에서라면 갖추고 있을 가구들이 이곳에는 하나도 없다.

　고이치는 컴퓨터 데스크를 마주하고 있었다. 더위를 타는 그는 실내에서는 대개 탱크톱 차림이다.

　"일이 잘된 거 같던데?" 컴퓨터 화면에서 시선을 떼지 않은 채 고이치가 말했다.

　"시즈나한테서 연락 왔었어?" 다이스케는 양복 상의를 벗고 넥타이를 풀며 침대에 걸터앉았다.

"응. 고이시가와에 들렀다가 이쪽으로 온대."

"고이시가와?" 물어본 뒤에 다이스케는 고개를 끄덕였다. "아, 그 선생?"

"여행에 대해 상의하고 싶다고 학교 근처에서 만나자고 했대. 완전 천하태평인 선생님이야. 수업 중에 여자한테 휴대전화를 걸고."

"여행이라니, 전에 시즈나가 말했던 그 온천 여행?"

"그런가 봐."

"형, 여행을 가게 놔둘 생각이야?"

"그럴 리가 있나?" 고이치는 빙그르르 의자를 돌려 곁에 놓여 있던 봉투를 다이스케 옆으로 던졌다.

다이스케는 내용물을 확인했다. 미국 달러표시채권의 증권이었다. 물론 위조한 것이다. 명의는 다카야마 히사노부로 되어 있었다. 액수는 200만 엔.

"잘 나왔지?" 고이치는 씨익 웃었다.

"항상 그렇지만, 형은 정말 대단해. 이걸 위조라고 생각할 사람은 없을 거야."

"다음 주에, 항상 하던 순서대로 우송해줘."

"이걸로 2년 동안은 평안한 건가?"

"그러면 좋겠다만. 다카야마가 급하게 돈 쓸 일이 없기만을 빌어야지."

"그 친구 계좌에 아직 500만 엔 이상이 남았어. 그거 말고도 또 예금이 있다니까 웬만한 일이 없는 한, 귀찮아서라도 해약은 안 할 거야."

"아마도. 하긴 그런 사정을 다 알고 우리가 점을 찍었지."

고이치는 두 팔을 들고, 의자에 앉은 채 기지개를 켰다. 드러난 어깨에 근육이 울룩불룩 튀어나왔다.

이번에 다카야마 히사노부에게 덫을 친 '달러표시채권 작전'은 마음에 쏙 드는 작업 중의 하나였다. 돈을 토해내게 할 때 무리한 짓을 하지 않아도 되고, 본인이 속았다는 것을 깨닫기까지 상당한 시간이 걸리기 때문이다.

한 가지 약점은, 그리 큰 금액을 뜯어낼 수 없다는 것이었다. 현재, 은행에서 200만 엔 이상의 돈을 인출하려면 반드시 본인 인증이 필요하다. 200만 엔 이하라도 경우에 따라서는 증명을 요구하기도 한다. 그래서 다카야마에게서 건강보험증을 받아갔던 것이다. 그래도 건강보험증만으로는 200만 엔 이상의 금액을 인출하기는 어렵다. 사진이 붙어 있지 않기 때문이다.

다카야마가 자신이 전액을 다 내겠다고 했을 때 시즈나가 고집스럽게 거절한 것도 그런 사정이 있었기 때문이다. 본인 확인의 법률이 제정되기 전에는 200만 엔은 물론 500만 엔까지도 너끈히 뜯어낼 수 있었는데, 라고 다이스케는 아쉬워하곤 했다.

"아참, 오늘의 성과를 보여드려야지." 다이스케는 곁에 있던 가방을 열었다.

은행 돈 봉투를 고이치 앞에 던져주면서 휘이 휘파람을 불었다. 이 순간에는 항상 약간 자랑스러운 기분이 든다.

고이치는 봉투 안을 들여다보고 두세 번 고개를 끄덕였다. "나머지 50만 엔은 시즈나의 연기력에 달려 있겠군."

"어떻게든 뜯어내겠대. 아주 자신만만하더라고. 자기를 뭘로 보냐고 하던데?" 휴대전화로 시즈나와 나눴던 이야기를 다이스케는 떠올렸다.

"시즈나라면 괜찮아. 성공할 거야." 고이치는 웃었다.

현재로서는 다카야마에게서 뜯어낸 돈이 150만 엔이지만 다시 50만 엔을 더 건져 올 가능성이 있었다. 그건 그리 어려운 일이 아니었다. 시즈나가 다카야마에게 "갑자기 돈 쓸 데가 생겼으니 내가 투자했던 50만 엔을 미리 받았으면 좋겠다"라고 하면 된다. 다카야마로서는 자신이 투자한 돈은 150만 엔뿐인데 실제로는 200만 엔짜리 채권을 손에 쥐고 있기 때문에 그녀에게 미리 50만 엔을 내주는 데 아무 저항감도 없을 터였다. 물론 그 시점까지 이 사기극이 발각되지 않아야 한다는 조건이 필요하다.

이런 작전은 고이치가 고안해냈지만, 정말 절묘한 방법이라고 다이스케는 절절히 생각했다.

"형은 뭐 했어?" 옷을 갈아입으며 다이스케가 물었다.

"다음 타깃에 관한 정보를 수집하고 있었어." 고이치가 다시 컴퓨터 쪽으로 돌아앉았다.

"결정했어?"

"일단은."

"다음은 누구야? 의사인가?"

"의사는 아니야. 이따가 시즈나가 오면 알려줄게."

"아무튼 돈 많은 사람이겠지?"

"당연하지. 우리는 돈이 남아도는 자들이 아니면 노리지 않아."

"나는 어떤 분장을 해야 돼? 또 은행원?"

"아니, 이번에는 그 수법이 아냐. 너는 보석상 역할을 해주면 돼."

"우와, 보석상? 그건 처음 해보는 거잖아."

"공부를 상당히 많이 해둬야 할 거다. 천만 엔짜리 다이아몬드를 팔아치워야 하니까."

고이치의 말에 다이스케는 눈을 허옇게 떴다.

"제정신이야?"

"시나리오는 지금부터 짤 생각이지만, 아무튼 이번에는 큼직한 승부를 하고 싶어."

다이스케는 오른쪽 주먹으로 왼손을 타악 치며 일어섰다. 냉장고에서 캔 맥주를 꺼내 마개를 땄다.

"천만 엔이라……. 작전 짜려면 고생 좀 해야겠네." 그렇게 중얼거리고 맥주를 벌컥벌컥 들이켰다.

이들이 사기 행각을 벌이기 시작한 것은 3년쯤 전부터였다. 아동시설에서 나온 지 얼마 안 된 시즈나가 자격증 교재 사기 판매에 걸려들었던 게 계기였다.

그 무렵, 고이치는 작은 디자인 사무실에 근무하고 있었다. 고등학교를 졸업한 뒤에 다녔던 전문학교의 선배가 소개해준 곳이었다. 한편, 다이스케는 여기저기 아르바이트를 전전하고 있었다. 프리터라고 하면 그럴싸하게 들리지만, 실상은 어떤 직장에도 길게 붙어 있지 못한 것이었다.

고이치와 다이스케는 함께 살고 있었다. 거기에 시즈나도 합류했다. 그녀는 패밀리 레스토랑에서 일했지만, 아직 혼자서 방을 얻을 만한 여유가 없었던 것이다.

어느 날, 시즈나가 쇼핑을 하는데 한 여자가 다가왔다. 옷차림이 세련된 서른 살 남짓한 여자였다. 그녀는 시즈나에게 "내 이상에 너무 딱 맞는 사람이라 나도 모르게 말을 붙이게 되었어요"라고 말했다고 한다. 그리고, 단 30분이라도 좋으니 자기 이야기를 들어달라면서 시즈나를 커피숍으로 데려갔다.

그 여자는 자신이 에스테틱 어드바이저로 일하고 있으며,

전국 각지의 에스테틱 숍에 우수한 에스테티션을 소개하는 것이 업무 중의 하나여서 그 일을 위한 인재를 찾고 있노라고 설명했다.

우수한 인재란, 한마디로 젊고 아름다운 여성이란 게 그 여자의 설명이었다. 우선 에스테티션이 예쁘지 않고서는 손님이 그 에스테틱 숍을 믿어주지 않는다는 여자의 말에는 설득력이 있었다.

시즈나는 그 이야기에 귀가 솔깃했다. 에스테티션으로 일해보는 것도 나쁘지 않겠다고 생각했다. 어쩌면 자신의 미모를 치켜세우는 바람에 우쭐하는 마음도 있었을 것이다.

하지만 당장 에스테틱 숍에서 일할 수 있다는 이야기는 아니었다. 그 전에 우선 에스테티션 자격을 따지 않으면 안 된다는 설명이었다. 비디오와 교재에 의한 강습을 받고 시험에 합격하기만 하면 일할 곳은 얼마든지 소개해줄 수 있다고 했다. 교재는 모두 합해 30만 엔 가까이나 들었다. 당시의 시즈나가 마련할 수 있는 돈이 아니었다. 그래서 대출을 받기로 했다.

시즈나는 이 일을 고이치와 다이스케에게는 말하지 않았다. 혼날 거라고 생각했기 때문이 아니었다. 몰래 에스테티션 자격증을 따서 오빠들을 놀라게 해주자는 어린애다운 생각에서였다.

하지만 같은 집에 살면서 계속 교재를 감춰둔다는 건 어려운 일이었다. 다이스케는 그렇다 쳐도, 눈치 빠른 고이치를 속일 수는 없어서 곧바로 들통이 났다. 게다가 고이치는 그런 교재가 무엇을 의미하는지도 순식간에 알아차렸다.

"너, 사기당한 거야."

그는 담담하게 자격증 교재 사기 판매에 대해 설명하기 시작했다. 비싼 돈을 들여 교재를 사게 해놓고 그걸 제대로 보내주는 건 처음 한두 달뿐이고, 이윽고 연락도 되지 않는다. 취직 자리를 알선해준다는 것도 물론 거짓말이다.

처음에는 장난치다 들킨 아이 같은 얼굴로 실실 웃기만 하던 시즈나가 고이치의 설명을 듣고 있는 사이에 얼굴이 새파래졌다. 사기를 당했다는 걸 그제야 깨달은 모양이었다.

"나, 해약하고 올래. 돈을 다시 찾아야지."

시즈나의 말에 고이치는 고개를 가로저었다.

"소용없어. 계약 취소 기간도 진즉에 끝났어."

"그렇다면 경찰에 가야지. 사기당했다고 말할 거야."

"경찰은 아무것도 해주지 않아. 신고를 하려면 소비자센터겠지."

"그럼 거기로 가볼 거야."

"관둬라. 시간 낭비야. 소비자센터도 그 업자에게 연락이 안되는데 무슨 뾰족한 수가 있겠냐."

시즈나는 울먹거리는 얼굴로 어깨를 축 늘어뜨렸다.

"그럼 어떻게 해야 돼? 이불 뒤집어쓰고 펑펑 울기만 할까?"

"그건 말도 안 돼!" 다이스케는 말했다. "왜 이대로 포기하라는 거야? 형은 분하지도 않아?"

"너는 아무 말 말고 있어."

"말을 안 할 수가 있어? 30만 엔이야. 큰돈이란 말이야. 그런 말도 안 되는 일 때문에 왜 시즈나가 다달이 대출금을 갚아야 하느냐고."

"조용히 해."

"나는 포기 못 해. 도저히 이해가 안 돼."

그러자 고이치는 머리를 북북 긁으며 한숨을 내쉬더니 다이스케를 보았다.

"누가 포기한다고 했어? 나는 그런 말 한 적 없어."

"그래도……."

"한마디로 30만 엔을 되찾기만 하면 되는 거야. 그렇지?"

"그야 그렇지만, 형이 그건 안 된다는 식으로 말했잖아."

"그 업자에게서 되찾아오는 건 어렵겠지. 혹시 가능하다고 해도 그건 시간과 노력이 너무 많이 들어."

"그럼 대체 어디서 되찾느냐고."

그러자 고이치는 홍 코웃음을 치고 다이스케와 시즈나를 번갈아 바라보았다.

"너희들, 돈은 돌고 도는 것이라는 말, 알고 있어? 돈이라는 건 한 군데 머물지 않고 수많은 사람의 손을 돌아다니는 거야. 시즈나의 돈이 그 업자의 수중에 들어갔다면 우리는 또 다른 데서 거둬들이면 돼."

"그러니까 그게 어디냐니까?"

다이스케가 묻자 고이치는 입가를 치켜들더니 "글쎄, 어딜까?"라며 웃었다.

그렇게 고이치가 제안한 아이디어는 다이스케와 시즈나를 아연실색하게 했다. 즉 완전히 똑같은 방법으로 다른 누군가에게 자격증 교재 사기 판매를 하자는 것이었다.

"이 세상은 속느냐 속이느냐, 둘 중의 하나야. 정치인이나 악덕 공무원들을 봐. 국민을 속이고 자기 잇속만 채우고 있어. 하지만 그런 걸 알았다고 국민이 폭동을 일으키기라도 했어? 그냥 포기해버리지? 제대로 집어먹은 놈이 이기는 세상이야. 우리도 당하면 되갚는 거야. 우리에게 속은 놈은 자기만 손해 보고 싶지 않다면 또 다른 누군가를 속이면 되는 거고."

"마지막에 상투 잡은 놈이 지는 것처럼?"

다이스케의 말에, 그렇지, 바로 그거야, 라고 고이치는 고개를 끄덕였다.

고이치는 시즈나에게 처음 교재 구매 권유를 받았을 때의 상황을 자세하게 재현해보라고 했다. 그것을 다시 분석해 시나리오를 작성하고, 시즈나와 다이스케에게 그것을 수없이 연습하게 했다. 그리고 시즈나가 속아서 사들인 교재는 디자인 사무실의 기재를 이용해 새것처럼 다시 포장했다.

그다음은 거리로 나가 타깃을 찾아내는 것뿐이었다. 자신의 용모에 어느 정도 자신이 있고 현재의 생활에 만족하지 못해 장래에 대해 막연한 불안을 품고 있는 듯한 젊은 여자— 한마디로 사기를 당하던 때의 시즈나 같은 아가씨였다.

다이스케는 멍한 타입의 여자가 좋을 거라고 했지만, 시즈나는 고개를 저었다.

"자신을 똑똑하다고 생각하는 타입이 더 나아. 그런 여자일수록 틀림없이 속이기가 더 쉬워."

"우리 시즈나 같은 타입인가?"

"쳇, 그래, 어쩔래?" 시즈나는 잔뜩 약이 오른 얼굴로 인정했다.

두 사람이 선택한 건 유라쿠초 백화점에서 쇼핑을 하고 있던 젊은 아가씨였다. 화장품을 고르는 모습을 보고 에스테틱에 관심이 많은 여자라고 짐작할 수 있었다.

시즈나가 말을 걸어 커피숍으로 데려갔다. 그녀는 자신이 사기당했던 경험을 살려 능숙하게 상대를 구슬렸다. 그 참에 다이스케가 등장했다. 그는 새로 포장한 에스테틱 교재를 종이봉투에 넣어 들고 왔다.

"교재 재고가 매진이라서 일단 한 세트만 확보했습니다. 오늘 신청하시면 지금 이 자리에서 드릴 수 있습니다."

그 말이 마지막 쐐기가 되었다. 상대는 계약하겠다고 말했다. 다이스케와 시즈나는 여자를 소비자금융 영업소에 데려가 그 자리에서 30만 엔을 대출받을 수 있게 안내했다. 타깃의 여자는 전혀 의심하는 일 없이 다이스케에게서 건네받은 교재를 들고 싱글벙글 돌아갔다.

며칠 뒤, 시즈나에게 다시 그 수상쩍은 에스테틱 교재가 우편으로 도착했다. 첫 달에 받았던 것보다 내용이 훨씬 빈약한 물건이었다. 그것을 자신들이 속인 여자에게 전송했다. 그리고 고이치가 예언했던 대로 교재가 우송된 것은 그게 마지막이었다. 따라서 그 여자에게 전송하는 것도 더 이상 할 수 없게 되었다.

"하마터면 나만 당할 뻔했어. 역시 사기였잖아?" 시즈나는 입술을 깨물었다. "큰오빠가 아니었으면 내내 이불 뒤집어쓰고 울기만 했을 거야."

그러자 고이치는 엄지손가락을 세우며 의기양양하게 말했다. "우리가 힘을 합하면 이 정도쯤은 간단하지."

10

다이스케가 저녁 식사를 준비하고 있는데 문 열리는 소리와 함께 시즈나가 나타났다.

"나 왔어." 그녀는 코를 킁킁거리며 다이스케를 보더니 쓴웃음을 지었다. "또 카레야? 메뉴를 좀 다양하게 해줄 수 없어?"

"오늘 저녁은 달라. 그냥 카레가 아니라 채소 카레야."

"뭐야, 그게? 냉장고에 남은 거 죄다 넣었구나? 큰오빠가 저녁 식사 당번일 때는 여기 오는 것도 나름 기대가 되는데, 작은오빠는 영 아니라니까." 시즈나는 침대에 앉아 가방과 종이 봉투를 옆에 내던졌다. "아, 피곤해."

여전히 컴퓨터만 들여다보던 고이치가 몸을 돌려 그녀 쪽을 향해 다리를 꼬고 앉았다.

"그 선생, 기분은 좀 어떠셔?"

"나쁠 리가 있어? 갑작스런 호출에 내가 응해줬는데."

"여행 가는 거 상의하자는 얘기였어?"

시즈나는 시들한 얼굴로 고개를 끄덕였다.

"단풍 구경은 때맞춰서 가야 한다고 팸플릿을 잔뜩 모아뒀더라니까. 방마다 노천탕이 딸린 여관이 있다면서 거기로 결정하자고 조르더라고."

"언제?"

"다음 달 둘째 토요일에 갔으면 좋겠다는데?"

고이치는 벽에 붙은 달력으로 눈길을 돌렸다. "앞으로 3주일밖에 안 남았군."

"얼른 마무리해버리자." 다이스케는 냄비 안을 천천히 휘저으며 말했다. "그 중학교 선생, 예상했던 것보다 모아둔 돈도 별로 없었잖아. 대충 50만 엔쯤만 빼내고 일찌감치 떼버리는 게 좋겠어. 생명보험 계약하는 그 방법이면 될 거야."

고이치는 팔짱을 끼고 시즈나를 바라보았다.

"지금의 느낌은 어때?"

그녀는 미간을 찌푸리며 고개를 갸우뚱했다.

"약간 미묘한 시기랄까? 큰오빠가 말했던 대로 자린고비에다 경계심도 강해. 보험계약 때문에 자기한테 상냥하게 해주는 거 아닌가, 은근히 의심하는 눈치야."

"뭐, 그게 사실이기는 하지." 고이치는 뺨을 풀며 히죽 웃었다.

세 사람은 다카야마 히사노부와 병행하여 어느 독신 교사를 노리고 있었다. 고이시가와의 중학교에서 과학을 가르치는 서른다섯 살의 남자였다. 9월에 한 결혼정보회사가 주최한 파티에서 시즈나가 물어 온 타깃이었다. 고이치가 상세히 조사한 끝에 'C클래스'라고 판단했다. 100만 엔 이상은 기대할 수 없지만 작업을 걸어볼 가치는 있음, 이라는 뜻이었다. 100만 엔 이상도 기대할 수 있는 경우는 'B클래스', 다카야마 히사노부는 이쪽에 해당한다. 상한선이 무한한 경우는 'A클래스'. 하지만 그런 타깃을 잡는 데 성공한 적은 지금까지 딱 두 번뿐이었다.

"온천 여행만 다녀오면 돈은 엄청 빼줄 것 같긴 해."

시즈나의 말을 듣자마자 "뭐야" 하고 다이스케의 목소리가 거칠어졌다.

"그런 수법은 쓰지 않는다는 게 우리 규칙이잖아!"

"아이, 나도 알아. 그냥 한번 해본 소리야."

"농담이라도 그런 소리는 하지 마. 우리는 어떤 일이 있어도—."

"나한테 매춘 같은 짓은 안 시키겠다, 그거지? 빤한 소리, 이제 그만해. 듣기도 지겨워."

자신이 할 말을 시즈나에게 빼앗긴 채 다이스케는 입을 꾹 다물었다. 어쩔 수 없이 고이치 쪽을 돌아보자 그는 천천히 눈을 깜빡이며 고개를 끄덕였다. 규칙 변경은 없으니 걱정 말라는 뜻이어서 다이스케는 다시 카레 요리에 집중하기로 했다.

돈은 돌고 도는 것, 그러므로 그 돈을 우리에게 돌아오도록 하자, 라는 것이 세 사람이 본격적으로 사기극을 시작했을 때의 캐치프레이즈였다. 하지만 그때 고이치는 몇 가지 규칙을 만들었다. 그 첫 번째가 시즈나의 몸만은 절대로 이용하지 않는다는 것이었다. 누이에게 매춘을 시키느니 차라리 죽는 게 낫다고 하기도 했다.

물론 다이스케도 동감이었다. 시즈나에게 그런 짓을 시키느니 차라리 자기가 노파와 섹스해서 돈을 마련하겠다고 말했다.

"아니, 그것도 안 돼. 그것 역시 매춘이야. 우리는 그런 시시

한 짓은 하지 않아. 순수한 사기 테크닉만으로 승부할 거야."
고이치는 힘주어 말했다.

그때의 형의 말은 지금도 다이스케의 귀에 남아 있었다. 그래서 시즈나가 그자와 온천 여행을 떠나도록 하는 일은 없을 거라고 믿었다. 하지만 실은 시즈나 쪽이 걱정이었다. 그녀는 작전이 어려움에 부딪힐 때마다 자신을 이용해도 괜찮다는 식으로 말하곤 했다. 그 말이 본심은 아니겠지만 그래도 다이스케는 은근히 걱정이 되었다. "키스, 그리고 옷 위로 가슴을 더듬는 것 정도는 괜찮아!"라는 규칙을 멋대로 정해버린 것도 시즈나였던 것이다.

팔짱을 끼고 생각에 잠겨 있던 고이치가 입을 열었다.

"기한을 정하자. 이달 안으로 마무리한다. 50만 엔 보험, 그걸로 갈 거야. 보험 외판의 책임량을 채우지 못했다고 울면서 매달려봐."

"그게 통할까?" 시즈나가 고개를 갸웃거렸다.

"그럼 질투 작전을 써보자. 다이스케, 네가 나설 차례야."

"나야 오케이지."

"그것도 안 통하면 철수한다. 애초에 C클래스 타깃이었고, 지금 그쪽에 시간과 노력을 들일 때가 아니야. 그보다 좀 더 거대한 계획이 있거든."

"거대한 계획?" 갑자기 시즈나의 얼굴이 환해졌다. 새 프로

젝트가 시작될 때마다 그녀가 반드시 내보이는 표정이다.

"자세한 얘기는 저녁 먹은 뒤에 하자. 너무 신나서 밥맛도 모를 테니까." 고이치는 의미심장하게 턱을 슬슬 쓰다듬으며 말했다.

저녁 식사 준비는 이 집에 사는 고이치와 다이스케가 맡았다. 당번제로 일주일마다 교대하기로 했다. 시즈나는 니혼바시 하마초에 맨션을 마련해서 평소에는 그쪽에서 잤다. 하지만 그쪽 맨션에는 그녀와 두 오빠를 이어주는 물건은 하나도 없었다. 이 집도 마찬가지였다. 그녀가 드나든다는 것을 보여줄 만한 물건은 단 한 가지도 없었다.

현재, 고이치는 디자인 사무실을 그만두었다. 하지만 그쪽 일을 전혀 하지 않는 건 아니고 하청 비슷한 일을 프리랜서로 계속하기는 했다. 디자인 관련 커넥션이 본업에 도움이 되기 때문이라는 게 그 이유였다.

본업이란 물론 사기 업무.

시즈나가 자격증 교재 사기 판매에 걸려들고 그 손실을 다른 사람에게서 회수하자는 작전을 성공시켰을 때도 설마 이 일을 본업으로 삼자는 이야기는 세 사람 중 어느 누구도 하지 않았다. 단지 세 사람이 힘을 합하면 잃은 돈을 거둬들이는 일쯤, 어렵지 않게 해낼 수 있다는 확신을 얻은 건 사실이었다. 적어도 다이스케는 새삼 자신들의 인연의 힘을 실감했다.

세 사람이 본격적으로 그 힘을 이용하기로 결심하게 된 것은 한 가지 사건 때문이었다. 다른 사람도 아닌 고이치가 피해자 입장이 된 것이다.

긴 연휴가 끝난 날 아침, 고이치가 늘 하던 대로 디자인 사무실에 나가보니 사무실 안이 빈 둥지가 되어 있었다. 디지털 카메라도 컴퓨터도, 복사기와 프린터도, 색 견본이며 잉크며 종이도, 심지어 연필과 볼펜, 화장지와 재떨이까지도 모두 사라지고 없었다. 아무것도 남아 있지 않았다. 아니, 실은 딱 한 가지 남은 게 있었다. 사무실 열쇠였다. 블라인드까지 뜯겨져 나간 창틀에 사무실 열쇠가 덜렁 놓여 있었다.

처음에는 무슨 일이 벌어졌는지도 알지 못했다고 고이치는 나중에 말했다. 그야 당연히 그렇겠지, 라고 이야기를 듣던 다이스케도 생각했다. 항상 다니던 직장이 갑작스럽게 깡그리 사라진다면 누구라도 어쩔 줄 모르고 당황할 것이다.

당연한 일이지만, 경영자는 행방을 감춰버렸다. 그리고 상투적인 얘기대로, 채권자들이 얼굴이 벌게져서 들이닥쳤다. 사무실이 엄청난 빚을 떠안고 있었다는 사실을 알게 된 것은 그때였다.

채권자들이 아무리 들이대도 고이치가 설명해줄 수 있는 건 하나도 없었다. 그 역시 피해자였다. 직장을 잃은 것뿐만이 아니었다. 두 달여 분의 월급을 받지 못했다. 게다가 개인적인 업무 도구를 갖추는 게 좋다고 부추기는 바람에 얼마 전에 지갑을 탈탈 털어 40만 엔이 넘는 디지털 비디오카메라를 구입했다. 물론 그 카메라도 사라졌다. 처음부터 들고 튈 생각으로 고이치에게 구입을 졸라댄 게 분명했다.

나아가 비용을 앞당겨 받았던 일거리가 몇 개나 남아 있었다. 그중에는 고이치가 직접 영수증에 사인해준 것도 있었다. 상대는 그것을 증거로 고이치에게 대금 환불을 청구해왔다.

고이치는 어쩔 수 없이 자신이 하청받은 일은 해주겠다고 약속했다. 친한 디자이너에게 부탁해 기재를 빌려 썼다. 물론 모든 경비는 그가 지불해야 했다. 그 돈을 다이스케와 시즈나가 아르바이트로 벌어주었다.

그 일을 모두 끝냈을 때, 고이치는 몸무게가 4킬로그램이나 줄었다.

"나는 이제 누구도 믿지 않는다." 홀쭉하게 여윈 얼굴로 고이치는 다이스케와 시즈나에게 말했다. "믿을 수 있는 건 너희뿐이야. 그런 것쯤은 이미 잘 알고 있다고 생각했었는데 이런 일을 겪게 해서 너희한테 부끄럽다. 이제 절대로 똑같은 실수는 안 할게."

형이 잘못한 게 아니야, 라고 다이스케는 말했다.

"그냥 사기를 당한 것뿐이잖아. 부끄러울 거 없어."

하지만 고이치의 번뜩이는 눈빛은 전혀 누그러들지 않았다.

한층 험악한 얼굴로 조용히 내뱉었다.

"내가 전에도 말했었지. 이 세상은 속느냐 속이느냐 둘 중의 하나야. 나는 그걸 잘 알면서도 속았어. 바보 중의 바보야. 너희한테까지 피해를 주다니, 형으로서 부끄럽다. 정말 최악의 형이야."

고개를 숙이는 고이치의 어깨에 시즈나가 손을 얹었다.

"오빠, 그렇다면 우리도 속이는 쪽이 되자."

고이치가 그녀를 올려다보았다. 다이스케도 누이를 바라보았다. 무슨 소리를 하는 건지 알 수 없었다.

"이건 뭔가 이상하잖아. 왜 우리만 이런 꼴을 당해야 해? 아빠 엄마는 살해되고, 집에서는 쫓겨나고, 그 집을 처분한 돈도 친척 누군가가 가로채 가고, 이제 겨우 셋이서 사이좋게 살려고 하는데, 줄줄이 우리에게서 돈을 빼앗아 가잖아? 이런 건 이상하지. 너무 부당해. 큰오빠, 이 세상은 속느냐 속이느냐 둘 중의 하나라고 했지? 그렇다면 언제까지고 속는 쪽에 서 있는 건 너무 바보 같잖아? 우리도 속이는 쪽으로 돌아서자."

"속이는 쪽이라니, 그게 무슨 소리야?" 다이스케가 물었다.

"내가 어리석게 당했던 만큼 오빠들이 다시 찾아줬어. 우리, 그때 정말 잘해냈어. 그걸 하면 돼. 본격적으로 사기를 쳐서 세상 사람들에게서 실컷 돈을 뜯어내는 거야."

"아무리 그래도 사기꾼이 될 수는 없어. 형, 그렇잖아?"

하지만 고이치는 그렇다고 말해주지 않았다. 고개를 깊숙이 숙인 채 꼼짝도 하지 않았다. 그 뒤에도 내내 고이치는 침묵에 잠겨 있었다.

디자인 사무실의 경영자가 발견된 것은 그로부터 약 일주일 뒤였다. 아키타현의 오가반도에서 사체로 발견되었던 것이다. 투신자살을 했는지, 유서도 남아 있었다.

그는 새롭게 설립할 계획인 IT기업에 투자를 했었다. 회사가 정식으로 출범하면 디자인 부문을 담당하기로 했다. 모든 재산과 인생의 승부를 거기에 걸었다. 하지만 회사가 설립될 전망도 없고 그에게 참가를 권했던 사람은 행방불명이 되어버렸다. 남은 것은 막대한 빚과 절망감뿐이었다. 앞뒤 생각할 것도 없이 도망쳐버렸지만, 더 이상 살아갈 자신도 없어 목숨을 끊기로 결심했다는 말들이 그 유서에 적혀 있었다.

아마도 그것이 결정타가 된 모양이었다. 그 소식을 들은 얼마 뒤에 고이치가 선언하듯이 말했던 것이다.

"우리는 속이는 쪽으로 돌아선다. 이제 절대로 어처구니없는 일은 안 당할 거야."

시즈나가 두 주먹을 꼭 움켜쥐었다. 다이스케도 동의했다. 고이치가 이렇게까지 말하는 걸 보면, 그것이 자신들에게 가장 좋은 길인 거라고 생각했다.

"우리가 가진 최대의 무기는 시즈나의 미모야. 이걸 이용하지 않을 도리는 없어. 이 세상에는 돈은 남아돌지만 여자만은 마음대로 안 된다는 남자들이 엄청나게 많아. 그런 자들을 노릴 거야. 가난한 사람의 돈에는 손대지 않는다. 이것도 규칙 중의 하나야." 고이치는 말했다.

따로 상의한 것도 아닌데 어느새 역할 분담이 정해졌다. 사기 작전의 입안과 사전 조사는 고이치의 일이었다. 다이스케와 시즈나는 그것을 실행하는 역할이었다. 기본적으로는, 먼저 시즈나가 남자에게 접근해 친근한 관계를 만들고 돈을 우려낼 단계가 되면 다이스케가 등장한다는 수법이었다.

세 사람의 '새 사업'은 척척 풀려나갔다. 시즈나는 아름다운 외모뿐만 아니라 아둔한 남자의 마음을 사로잡는 천부적인 재능을 갖고 있었다. 잠깐만 이야기를 나눠보면 상대가 어떤 타입을 선호하는지, 거의 완벽하게 간파해내는 것이다.

한편 다이스케는, 고이치와 시즈나의 말을 빌리자면 '의태擬態의 천재'라고 했다. 보험 외판원, 은행원, 점술가, 야구 선수, 호스트, 어떤 직업이든 변신이 가능했다. 그리고 일단 변신을 하면 어디서 어떻게 보건 다른 직업은 도저히 생각할 수 없을 만큼 척 어울렸다.

"배우가 되었다면 지금쯤 할리우드에 진출했을 거야." 시즈나가 그런 말을 한 적도 있었다.

다이스케 스스로는 잘 알지 못했다. 그저 형과 누이에게 방해나 되지 않게 열심히 자신의 역할을 할 뿐이었다. 그래도 이 '변신'에서 삶의 즐거움과 보람을 발견한 것만은 사실이었다. 다음에는 어떤 사람으로 변신할 것인지 상상해보는 것만으로도 가슴이 설렜다. 변신을 위해 연구하는 과정도 즐거웠다. 지금껏 다양한 직장을 전전해왔지만 이만큼 충실감을 맛본 적은 한 번도 없었다.

셋이서 카레로 저녁 식사를 마친 뒤, 고이치가 서류를 꺼내왔다.

"흠, 슬슬 다음 작전에 들어가볼까?"

"아이, 괜히 폼 재지 말고 빨리 알려주기나 해." 시즈나가 입을 뽀로통하게 내밀었다.

"이번 타깃은 이 사람이야." 고이치가 서류를 유리 테이블에 올려놓았다.

그 서류에는 사진이 첨부되어 있었다. 서른 살쯤의, 턱이 가느다란 남자가 찍혀 있었다. 미남이라고 할 정도는 아니지만 기품 있어 보이는 얼굴이었다.

"다른 타깃에 비해 괜찮게 생긴 편이네." 시즈나도 말했다.

"이름은 도가미 유키나리. 레스토랑 체인점의 젊은 후계자야."

"이 사람에게 천만 엔짜리 다이아몬드를?" 다이스케가 물었다.

"그래." 고이치는 여유 있게 고개를 끄덕였다. "도가미 유키나리에게 반드시 다이아몬드를 팔아야 해. 그리고 도가미 유키나리는 그 다이아몬드를 시즈나에게 선물하는 거야."

시즈나는 입술을 슬쩍 깨물며 엄지손가락을 번쩍 쳐들었다. "좋아, 후끈 달아오르는데?"

11

가와노 다케오는 마치 여행 대리점 영업 사원처럼 테이블 위에 팸플릿을 늘어놓기 시작했다. 거기에 한 장의 리포트 용지까지 올려놓았다. 리포트에는 직접 손으로 쓴 온갖 숫자가 보였다.

"여기저기 조사해본 결과, 역시 하코네가 좋을 거 같아. 거기에 교통편 등을 생각하면 여기 세 군데 여관이 좋겠어. 등급도 적당하고 요리도 근사하게 나올 거야. 요금에는 별로 큰 차이는 없어. 나름대로 여러 곳을 비교해봤는데, 정리하자면 대략 이 정도야." 가와노는 리포트 용지를 시즈나 쪽으로 밀어주었다.

세 곳의 여관을 이용했을 경우, 각각 비용이 얼마나 드는가를 계산해놓은 모양이었다. 여행 경비는 모두 가와노가 내기로 했기 때문에 여자 친구에게 군이 이런 것을 보여줄 필요는 없을 터였다. 아마도 나는 너를 위해 이만큼 돈을 들인다, 라는 점을 과시하고 싶은 모양이었다. 어휴, 이러니 여자가 안 따르는 거야, 하고 시즈나는 마음속으로 투덜거렸다.

물론 그런 속마음은 얼굴에 드러내지 않았다. 다 좋을 거 같아, 라고 가와노를 향해 미소를 지었다.

"그럼 내가 결정할까?"

"응, 그건 좋은데, 미안해. 아직 휴가를 낼 수 있을지 어떨지 모르겠어."

그 즉시 가와노의 얼굴이 흐려졌다.

"그래도 토요일 일요일인데······."

시즈나는 머리를 저었다.

"외판원에게는 토요일이고 일요일이고 없어. 직장 다니는 고객들과 여유롭게 이야기할 수 있는 건 주말밖에 없잖아. 고객들이 평일에는 다들 근무를 하니까."

"······아, 그래?" 가와노는 토라진 표정을 지었다.

숱이 줄어든 머리, 늘어진 볼, 칠칠맞게 불룩 나온 배―. 어떻게 봐도 서른다섯 살로는 보이지 않는 한심한 풍모였다. 대학에서 화학을 전공하고 일단 약품회사에 취직했지만 조직에 제대로 섞여 들지 못해 겨우 반년 만에 사표를 냈다. 현재는 과학 교사로 생활을 꾸려가고 있지만, 학교에도 친한 사람이 없고 학생들도 괴짜 취급을 하는 모양이다. 이상이 고이치가 전해준 정보였다.

하지만 정말로 괴짜인 건 아니고, 단순히 사람과의 교제가 서툰 것뿐이었다. 그래도 남들처럼 연인도 사귀고 싶고 그 참에 결혼도 하고 싶어서 결혼정보회사의 이벤트 파티에 인터넷으로 신청을 했다. 하지만 자기 쪽에서 여자에게 말을 건넬 배짱 같은 건 없었다. 시즈나 쪽에서 먼저 접근했을 때도 처음에는 갈라진 목소리에 눈빛은 겁에 질린 강아지 같은 모습이었다.

그런 남자를 손안에서 갖고 노는 일 따위, 시즈나에게는 식은 죽 먹기였다. 파티 이후로 그에게서 문자가 오지 않은 날은 없었다. 지금까지 식사를 세 번 했고, 그중 한 번은 영화도 함께 보러 갔다. 겨우 그것만으로 가와노는 떨 듯이 좋아했다. 완전히 시즈나의 남자 친구가 되었다는 듯한 태도였다.

슬슬 본격적인 작전에 들어가 돈을 뜯어내자고 생각했을 무렵, 가와노가 온천 여행을 가자고 제안해왔다. 여자와의 교제에 익숙하지 않은 사람이라고 파악하고 있었던 만큼 이런 적극성은 뜻밖이었다. 하지만 그와 이야기해보니 그 속셈이 빤히 보였다. 그는 인터넷 게시판을 수시로 들락거렸다. 주위 사람에게 말하기 힘든 일도 마음 놓고 상담할 수 있어서 편리하다고 했다. 아무래도 그 게시판에서, 그녀와 깊은 관계를 맺으려면 온천 여행을 제안해보라는 조언을 받은 모양이었다. 누군지는 모르지만 참 오지랖도 넓은 사람이구나, 하고 생각했다.

두 사람은 이케부쿠로역 옆에 있는 대형 서점에 와 있었다. 서점 2층이 커피숍인 것이다. 시즈나는 홍차를 마시며 창밖으로 시선을 던졌다.

편의점 앞에 화려한 체크무늬 셔츠를 입은 남자가 서 있었다. 머리는 길고, 검은 테 안경을 썼다. 손에는 종이봉투를 들고 있었다. 처음 그 모습을 보았을 때, 시즈나는 웃음이 터졌다. 만일 그 모습으로 아키하바라처럼 조명이 번쩍거리는 거리에 가 있다면 주위 풍경에 완전히 녹아들어서 도저히 못 찾아낼 것 같았다.

그녀는 테이블 밑에서 가방 속에 든 휴대전화를 더듬었다. 단축 번호를 누르는 일은 잠깐 더듬어보는 정도면 충분했다.

편의점 앞에 있던 남자가 반응하는 게 보였다. 호주머니에서 휴대전화를 꺼내고 있었다. 그 모습을 확인한 뒤에 전화를 끊었다. 이걸로 신호 완료였다.

"그럼 유카리가 쉴 수 있는 날은 언제쯤 알 수 있어?" 가와노가 물어왔다.

"글쎄……."

고개를 갸우뚱하며, 유카리라는 이름은 어떤 한자를 쓰는 거였지, 라고 시즈나는 생각했다. '有香里'였는지 '由加里'였는지, 아무래도 자신이 없었다. 처음 자기소개를 한 뒤로 이름을 한자로 써본 적이 없다. 휴대전화 문자는 항상 한자 없이 '유카리'라고만 보냈다.

"내 책임량만 처리하면 휴가 일정을 짜기도 쉬울 텐데."

"책임량이란 거, 그렇게 빡빡한가?"

"그야 그렇지." 시즈나는 고개를 끄덕였다. "계약을 따 오지 못하면 회사도 우리를 고용한 의미가 없잖아. 조금이라도 실적이 안 좋으면 즉각 월급에 반영되는데, 뭐."

가와노는 얼른 이해가 안 된다는 얼굴을 하고 있었다. 회사나 기업이라는 말이 그에게는 큰 약점이었다. 자신이 도망쳐 나왔다는 의식이 있기 때문인지도 모른다. 이런 사람에게 진학 지도를 받아야 하는 학생들이 딱하다고 시즈나는 생각했다.

"내가 보험 하나쯤 들어주면 좋겠지만, 그게……." 가와노는 숱이 줄어든 머리칼을 쓸어 올리며 웅얼거렸다.

내 말이 그 말이야, 라고 쏘아붙이고 싶은 것을 꾹 참고 시즈나는 미소를 지었다.

"다케오 씨에게는 폐 끼치고 싶지 않아. 여행 비용도 필요할 텐데."

"그건 그래. 여행 다녀온 뒤에 예금이 얼마나 남아 있느냐가 문제라니까. 그때도 여유가 있으면 나도 조금쯤 도와줄 수 있을 텐데 말이야."

무슨 얼빠진 소리야, 하고 시즈나는 내심 분통이 터졌다. 여행 비용이라면 리포트 용지에 일일이 적어서 보여줄 만큼 이미 파악이 다 끝났으면서.

낭비는 절대로 없다는 가와노에게는 천만 엔 가까운 예금이 있었다. 그것은 동시에 그가 인색한 사람이라는 증명이기도 했다. 꾸물꾸물하면서 보험을 한 건도 들어주지 않는 건 시즈나를 경계하기 때문이라고 생각했는데, 가만 보니 그저 단순히 제 손안의 돈이 나가는 게 싫은 것뿐이었다.

가와노가 시즈나의 뒤쪽으로 시선을 던졌다. 누군가 다가오는 기척을 그녀도 등 뒤로 느꼈다.

한 남자가 두 사람의 테이블 옆에서 걸음을 멈췄다. 조금 전까지 편의점 앞에 있던 장발의 인물이다.

"아, 역시 그렇구나." 남자는 시즈나의 얼굴을 들여다보며 씨익 웃었다. "유카리 씨죠?"

앗, 하고 시즈나는 놀라는 소리를 냈다. "어머, 야마다 씨!"

"뒷모습만 보고도 알았지. 아, 지금 일하는 중인가?" 남자는 웃는 얼굴로 그녀와 가와노를 번갈아 훑어보았다.

"아뇨, 그런 건 아니고요……."

"그래? 이제 슬슬 월말도 다가오고, 책임량에 쫓기는 거 아닌가 했어. 이번 달 책임량은 채웠어?"

"네, 그럭저럭……."

저어, 하고 가와노가 끼어들었다.

"친구분이신가?"

"아니, 친구는 아니고……."

"아, 나는 유카리 씨의 구세주라고 할까요?"

남자가 가와노를 향해 말하고, 시즈나를 돌아보며 "그렇지?" 하고 동의를 청했다.

"구세주?" 가와노의 미간이 찌푸려졌다.

"아, 야마다 씨, 우리가 지금 중요한 이야기를 하던 참이거든요, 죄송하지만 다음에 다시 만나서……."

"어, 그래? 그러면 뭔가 힘든 일이 생기면 우선 나한테 연락해. 꼭 해야 돼, 알았지?"

"네, 고마워요."

"지난번 그 유원지, 정말 즐거웠어. 한 번 더 가자고, 응?"

"네에, 그럼요."

장발의 남자는 느물느물 웃으며 멀어져갔다. 그 정체를 다 알고 있는데도 저절로 등이 근질거릴 만큼 능청맞은 모습이었다.

"저 사람, 대체 누구야?" 가와노가 물어왔다.

"고등학교 선배야. 길에서 우연히 만났는데, 내가 보험 외판원이고 책임량에 쫓기고 있다고 했더니 그 자리에서 당장 계약을 해줘서……."

"흠." 가와노는 상처 입은 듯한 얼굴이 되었다. "유원지에도 갔었어?"

"답례를 하겠다고 했더니 유원지에 놀러 가자고 하더라고.

그치만 딱 한 번뿐이야."

"이렇게 말하면 실례겠지만, 좀 기분 나쁜 사람이네. 오타쿠 같다고 할까."

"직업이 뭔지는 잘 모르겠지만 돈은 엄청 많아. 그래서 책임 량을 못 채우고 다급해지면 아무래도 찾아가서 매달릴 수밖에 없더라고."

"저런 사람에게?" 그 즉시 가와노의 눈이 험악해졌다. "저런 오타쿠 같은 놈에게 매달린단 말이야?"

"그래도 막판에 몰렸을 때는 어쩔 수 없어." 시즈나는 냉랭한 얼굴로 말하고 홍차를 마셨다.

가와노는 커피 잔에 손을 내밀었다. 잔을 들어 올릴 때, 받침 접시 위에서 달그락거리는 소리를 냈다. 동요하고 있는 게 분명했다.

"그건 바람직하지 않아. 억지 데이트까지 하면서 계약을 따내다니, 이상하잖아."

"데이트가 아냐. 그냥 유원지에 간 것뿐이라니까."

"그래도 저자는 유카리를 연인이라고 생각하는 거 같았어."

"그렇지 않아."

"아무튼 유카리가 그런 짓을 하는 건 싫어. 앞으로는 하지 마."

"그래도 책임량이……." 시즈나는 고개를 떨구었다.

가와노가 난폭하게 잔을 내려놓았다. "얼마야?"

"뭐가?" 그녀는 얼굴을 들었다.

"그 책임량 말이야. 앞으로 얼마면 채울 수 있는데?"

명백하게 흥분해서 발끈하는 그의 얼굴을 보며 시즈나는 저도 모르게 혀를 널름 내밀고 싶어졌다. 그런 마음을 억누르며 그녀는 머뭇거리는 척 입을 열었다.

쌍안경에 잡힌 서점에서 시즈나와 가와노가 나왔다. 시즈나는 남자의 오른팔에 자신의 팔을 끼고 있었다. 그들은 그대로 길을 건너 은행으로 들어갔다.

다이스케는 쌍안경을 눈에서 떼고 손목시계를 들여다보았다. 벌써 6시를 지난 시각이다. 오늘은 한 가지 더 할 일이 있었다. 뒤로 미룰 수 없는 중요한 용건이다. 중학교 교사의 푼돈을 뜯어내는 일에 시간과 노력을 빼앗기느라 그쪽 일을 늦출 수는 없다.

다시 쌍안경을 눈에 댔다. 벤치에 앉아 이런 짓을 하면 보통은 의심을 사겠지만 오타쿠 행색을 하고 있는 한, 아무 문제가 없다.

이윽고 두 사람이 은행에서 나왔다. 시즈나는 가와노에게 몇 마디 하더니 지나가던 택시를 세웠다. 가와노에게 손을 흔들고 그 차에 올랐다. 가와노는 몹시 아쉬운 듯, 달려가는 택시를 한참이나 지켜보고 있었다.

다이스케도 일어나 찻길로 나섰다. 서둘러 택시를 향해 손을 들었다. 올라타자마자 아오야마로 갑시다, 라고 말했다.

휴대전화가 울렸다. 시즈나였다.

"야마다입니다." 다이스케가 말했다.

"입금, 완료했어. 한 장 넣었어."

"와우, 대단하네." 다이스케는 고개를 저었다. 한 장이라는 건 100만 엔을 가리키는 말이었다. 자린고비 가와노도 연인을 오타쿠에게 빼앗기지 않기 위해 필사적이었던 모양이다.

"지금 니혼바시 쪽 본사에 들러서 포장을 다시 한 다음에 아오야마로 갈게."

"알았어. 나는 미리 가서 사전 조사를 해둘게."

전화를 끊은 뒤, 다이스케는 안경을 벗고 긴 머리 가발을 벗었다. 거울을 꺼내 잽싸게 헤어스타일을 다듬었다. 시즈나처럼 '포장'을 새로 하는 데 시간을 들일 여유는 없었다.

아오야마에서 내리자마자 가까운 빌딩 화장실로 뛰어들었다. 종이봉투에서 꺼낸 가방에는 셔츠와 재킷이 들어 있었다. 재빨리 갈아입은 뒤, 벗은 옷이며 변장 도구, 종이봉투는 다시 가방에 쓸어 담고 화장실을 나왔다.

목적지는 골동품 거리의 도로변에 있는 한 가게였다. 〈baron〉이라는 간판이 나와 있었다. 다이스케는 도로를 끼고 맞은편 인도에 서서 휴대전화를 꺼냈다. 귀에 대고 이야기하는 척하기 시작했다. 물론 그 눈은 〈baron〉의 입구 쪽을 향해 있었다.

한껏 차려입은 남녀가 차례차례 그 가게로 들어갔다. 주 연령층은 20대에서 30대 중반쯤일까. 커플도 있고 동성 그룹도 있었다. 혼자서 들어가는 사람도 몇몇 눈에 띄었다.

오늘 밤, 그 가게에서 작은 파티가 거행될 예정이었다. 그리고 그 자리에 다이스케 일행에게 매우 중요한 인물이 나타날 터였다.

시계를 보았다. 이제 곧 7시다.

택시 한 대가 가게 앞에 서고 한 남자가 차에서 내렸다. 갈색 인조가죽 재킷을 입고 있었다. 그 옆얼굴을 보고 다이스케는 손에 든 휴대전화의 화면으로 시선을 돌렸다. 남자의 얼굴 사진이 띄워져 있다. 택시에서 내린 남자와 비교해보았다.

남자는 가게 안으로 사라졌다. 그것을 확인한 다음에 다이스케는 휴대전화의 버튼을 눌렀다.

"네, '계획 아트 사무실'입니다." 고이치의 목소리가 들렸다.

"타깃이 가게에 들어갔어. 동행 없음. 차량은 택시."

"예정대로군. 손님층은 어땠어?"

"다양해. 여자 혼자 들어가도 전혀 어색하지 않아. 어떻게 할까?"

다이스케의 물음에 고이치가 몇 초 동안 침묵했다.

"아냐, 역시 원래 계획대로 가자. 시즈나 혼자서는 도리어 눈에 띄어. 함께 잠입해."

"알았음."

전화를 끊고 다이스케가 다시 〈baron〉을 지켜보고 있는데 누군가 뒤에서 어깨를 툭 쳤다. 시즈나였다. 회색 원피스에 재킷을 걸치고 있었다. 화장도 고친 것 같았지만, 조금 전보다 약간 얌전한 인상으로 변해 있었다.

"그 메이크업으로 괜찮겠어?"

"왜, 마음에 안 들어?"

"아니, 섹시한 맛이 좀 부족하다 싶어서."

"우리의 적은 섹시 메이크업 따위에 질린 사람이야. 자, 가시죠, 가스가이 씨."

"네, 가십시다, 사오리 씨."

자동차의 흐름이 끊기기를 기다렸다가 두 사람은 찻길을 건넜다.

12

디캔터에서 글라스에 빨간 액체를 따르는 순간, 이건 괜찮구나, 하고 도가미 유키나리는 감지했다. 글라스를 빙그르르 돌린 뒤에, 안쪽에 묻은 와인이 조용히 흘러내리는 모양을 살펴보았다. 그가 원했던 와인의 속도와 점성이었다. 다시 한번 돌리면서 향기를 맡고, 한 모금 입 안에 머금었다. 상큼하고, 약간 타닌 맛도 나지만 연한 달콤함이 느껴져서 그리 나쁘지 않았다. 송아지고기 커틀릿에 잘 어울리겠다고 생각했다.

"산지는 피에몬테입니다." 디캔터를 든 젊은 남자가 말했다. 나비넥타이를 매고 있지만, 별로 어울리지 않았다. 소믈리에 수업 중, 정도일까.

"북이탈리아죠?"

"네. 이 와인에는 그랑 리제르바라는 글자가 찍혀 있습니다. 리제르바라는 것은······."

"아, 괜찮아요. 알고 있습니다." 유키나리는 오른손을 내밀어 그의 말을 가로막았다. 시음 중에 이러니저러니 말을 걸어오는 건 별로 좋아하지 않았다. 아무래도 선입견이 들어가기 때문이다.

다시 한 모금 마시고 조용히 눈을 감았다. 식사하는 모습을 머릿속으로 상상해보았다. 커틀릿을 먹고 그 맛이 입에 남아 있는 동안에 이 와인을 마신다면 손님들은 어떻게 느낄까. 데미글라스 소스와의 어울림은 어떤가.

'리제르바'라는 건 숙성에 법적인 의무 기간을 설정해둔 와인을 말한다. 5년이었는지 6년이었는지 가물가물하지만, 그런 건 아무래도 상관없었다. 문제는 맛이다. 그리고 메인 요리에 잘 맞는가 하는 점이다.

나쁘지 않아, 라고 결론을 내리고 유키나리는 글라스를 테이블에 내려놓았다. 아, 하지만, 이라고 다시 생각에 잠겼다.

가격이 맞지를 않아. 가게에 내놓자면 7천 엔이 넘는 가격표를 붙여야 할 것이다. 가볍게 저녁을 먹으러 나온 커플에게 이건 너무 비싼 가격이다.

유키나리는 호주머니에서 수첩을 꺼내 우선 와인의 이름을 메모했다. 구입량에 따라서는 가격을 협상해볼 수 있을지도 모른다.

그 자리에서 물러나며 그는 주위를 둘러보았다. 입식 파티라는 형식을 취하고 있지만, 사실은 이탈리아 와인 시음회였다. 테이블에 차려진 요리마다 그 요리와 어울리는 것으로 추천하는 와인이 놓여 있었다.

초대된 사람들은 주로 음식점 관계자였지만 저명인사의 얼굴도 드문드문 눈에 띄었다. 그중 어느 쪽도 아닌 듯한 사람들도 적지 않았다. 초대권이 인터넷 옥션에 나돌고 있다는 얘기를 들었다. 주최 측에서도 사람이 모이지 않는 것보다 낫다고 생각해서 그냥 봐주고 있을 터였다.

유키나리는 생선살 마리네와 화이트 와인이 늘어선 코너에서 멈춰 섰다. 화이트 와인을 어떤 상품으로 정해야 하느냐는 것이 요즘 그를 괴롭히는 문제 중의 한 가지였다.

글라스를 손에 들었을 때, 그의 귀에 여자의 목소리가 뛰어들었다.

"지난번에 굉장히 맛있는 식당을 누가 알려줬어요. 양식당인데……."

양식당, 이라는 말에 유키나리는 반응했다. 슬쩍 고개를 돌려보았다.

바로 옆에 젊은 남녀가 서 있었다. 커플인 것 같은데 미묘하게 분위기가 다르다. 남자 쪽이 유난히 저자세인 것처럼 느껴졌기 때문이다.

"양식당이라는 건 좀 특이하군요. 어떤 가게인데요?" 남자가 물었다.

"〈도가미 정亭〉이라고 해요. 이름이 좀 이상하죠?"

여자의 말에 유키나리는 저절로 몸이 꼿꼿해졌다. 그 이름이 튀어나올 줄은 예상도 못 했다.

"와인 따라드릴까요?" 여점원이 상냥하게 웃으며 말을 건네왔다.

"네, 고마워요." 유키나리는 빈 글라스를 내밀었다. 하지만 마음은 완전히 옆 사람들의 대화 쪽으로 가 있었다.

"그 식당이라면 나도 알아요. 도내에 체인점이 몇 군데 있지요? 나는 아직 가본 적이 없는데, 그렇게 맛있어요? 뭘 드셨는데?"

"나는 비프스튜를 먹었어요. 친구하고 함께 갔는데 그쪽은 시푸드 프라이를 주문했고 역시 맛있다고 했어요."

"그럼 나도 다음에 아내를 데리고 한번 가볼까?"

"아, 여자들은 그 식당을 좋아하는 사람과 싫어하는 사람으로 크게 갈릴지도 몰라요. 부인을 데려가실 거면 그 점은 미리 말해두시는 게 좋을걸요?"

화이트 와인을 시음해보려던 유키나리의 손이 멎었다. 그대로 흘려 넘길 수 없는 말이었다.

"그래요? 어떤 점이?"

상대 남자가 묻고 있었다. 유키나리도 귀를 바짝 세웠다.

"그건 한마디로 말씀드리기가 어렵네요. 여자라면 다 알겠지만……. 어쩌면 나 혼자만 그렇게 느끼는 건지도 모르겠어요."

"그거 궁금한데요? 하지만 도리어 흥미가 생기는군요."

"그러니까 한번 가보세요. 그러면 아실 거예요."

"흠, 그렇군. 나도 가까운 시일 내에 가봐야겠네."

두 사람은 천천히 걷기 시작했다. 유키나리는 당황했다. 마시던 화이트 와인을 테이블에 내려놓고 그 뒤를 따라갔다.

두 사람은 나란히 걸으며 담소하고 있었다. 여자는 키가 크고, 언뜻 본 옆얼굴로 판단하자면 20대 초반이라는 느낌이었다. 남자 쪽도 젊은 사람인 듯했지만, 여자보다는 연상일까. 적당한 살집에 적당한 키, 어딘가의 비즈니스맨이라는 분위기가 그 등에 감돌았다.

저어, 하고 뒤에서 말을 건넸다. 두 사람은 동시에 멈춰 서서 돌아보았다. 둘 다 멈칫하는 얼굴이었다.

유키나리는 순간, 가슴이 철렁했다. 여자가 뒷모습으로 상상했던 것보다 훨씬 더 미인이었기 때문이다.

"아, 갑작스럽게 죄송합니다. 실은 저쪽에서 두 분이 나누시는 얘기를 잠깐 들었어요."

두 사람은 서로를 마주 보았다. 여자 쪽이 고개를 갸웃했다.

"양식당 이야기요." 유키나리는 말했다. "〈도가미 정〉에 대한 이야기를 하셨죠?"

아아, 라고 여자는 고개를 끄덕였다.

"네, 얘기했었죠. 근데 그게 왜요?"

"혹시, 뭔가 마음에 들지 않는 점이 있었습니까?"

"네?"

"아뇨, 그 〈도가미 정〉 말이에요. 여자들이라면 좋아하는 분과 싫어하는 분이 있을지 모른다고 하셨지요? 구체적으로 어떤 이야기인지, 좀 알려주셨으면 합니다만."

그러자 남자 쪽이 한 걸음 앞으로 나섰다.

"실례지만, 당신은?"

"앗, 이거 죄송합니다. 먼저 인사를 드렸어야 하는데." 유키나리는 상의 호주머니에서 명함을 꺼냈다. "실은 이런 사람입니다."

그 명함에는 '유한회사 도가미 정 / 전무 도가미 유키나리'라고 인쇄되어 있었다. 그것을 들여다본 여자의 눈이 휘둥그레졌다. 남자 쪽도 아연한 표정이었다.

"어머, 제가 괜한 소리를 했나 봐요." 그녀는 손으로 입가를 가렸다.

"이거, 미안합니다." 남자도 꾸벅 머리를 숙였다. "설마 바로 가까이에 그 식당 분이 계신 줄도 모르고. 그게 그러니까, 절대로 일부러 그런 게 아닙니다. 부디 기분 나빠 하지 말아주십시오. 게다가 이분은 〈도가미 정〉의 음식이 맛있다고 한 거예요."

유키나리는 고개를 저었다.

"기분이 나쁘다니요. 오히려 큰 행운이라고 생각합니다. 고객의 생생한 목소리를 직접 들을 수 있다니, 쉽게 만날 수 없는 기회예요. 그런 만큼 역시 마음에 걸리는군요, 숙녀분이 저희 식당에 대해 어떤 느낌을 가지셨는지." 그는 지그시 여자를 바라보았다.

그녀는 난처한 듯 고개를 숙이고 눈을 깜빡거렸다.

"미안해요. 그리 깊은 뜻은 없었어요. 그냥 철없이 몇 마디

한 것으로 생각해주세요."

"그런 순수한 느낌이 소중한 겁니다. 부탁입니다, 부디 솔직하게 말해주세요."

"아, 잠깐, 진정하시고요." 남자가 사이에 들어왔다. "이 아가씨는 저희 고객의 따님이시고 음식점 관계자가 아닙니다. 그저 가벼운 마음에서 한 말이니, 이 정도로 끝내주실 수 없을까요?"

"아뇨, 결코 나무라자는 게 아니에요. 진심으로 의견을 듣고 싶은 것뿐입니다. 제 마음을 좀 알아주셨으면 좋겠는데." 유키나리는 머리를 긁적였다.

그의 마음을 알았는지 남자가 여자 쪽을 향해 말했다.

"어때요, 사오리 씨, 저렇게까지 말씀하시는데 생각했던 대로 말씀드리면 어떨까?"

"꼭 부탁합니다." 유키나리는 머리를 숙였다.

"어떡해. 일이 이렇게 될 줄 몰랐네." 그녀는 한숨을 내쉬었다. "저기요, 지금 바로 말씀드려야 해요?"

"그러면……."

"가능하면 다시 한번 식당에 가서 제가 확인한 뒤에 말씀드리고 싶은데요."

"저희 식당 말인가요?"

그녀는 고개를 끄덕였다.

"그 식당 분께 직접 말씀드리는 거라면 무책임한 의견을 밝히고 싶지는 않아요. 그때그때 기분에 좌우되는 의견이라면 도리어 폐가 될 것 같기도 하고."

"아, 그 정도로도 충분히 참고가 됩니다."

"아뇨, 제가 마음이 개운치 않아요. 여기서 섣부르게 말했다가 나중에 후회하는 짓은 하고 싶지 않거든요. 며칠 사이로 〈도가미 정〉에 가볼게요. 그래서 지난번과 똑같은 느낌이 든다면 메일을 보내죠. 이 주소로 보내면 되지요?" 그녀는 유키나리의 명함을 가리키며 말했다.

"네, 그래도 괜찮지만……."

유키나리로서는 지금 이 자리에서 듣고 싶었다. 하지만 그녀가 뭔가 개운치 않다면 억지로 강요할 수는 없었다.

그나저나 단순히 느낌을 말해달라고 한 것뿐인데 이토록 신중하고 생각이 깊은 여자는 보기 드물다. 그런 만큼 아무래도 꼭 그녀의 의견을 듣고 싶었다. 메일 같은 게 아니라 직접 만나서 이야기하고 싶었다.

"그럼 그렇게 하죠. 메일이라면 사오리 씨도 솔직한 의견을 밝히기가 쉬울 거고." 같이 온 남자가 이야기를 정리하려고 했다.

"잠깐만요, 〈도가미 정〉에는 언제 오시겠습니까?" 유키나리는 물었다.

"그건 아직 잘 모르겠는데……."

"날짜와 시간이 결정되면 알려줘요. 그래서 그 식사를 마친 뒤에 잠깐이라도 좋으니 꼭 말씀을 들려주시면 좋겠어요."

"메일로 하면 안 되나요?"

"부탁합니다." 그는 다시 머리를 숙였다.

그녀의 한숨 소리가 들려왔다.

"알겠습니다. 연락드리죠. 하지만 너무 큰 기대는 하지 마세요. 제가 그리 많은 식당을 알고 있는 것도 아니고, 요리에도 문외한이에요."

"그런 분의 의견이 더 소중하답니다. 고마워요."

그녀는 쓴웃음을 지으며 옆에 선 남자를 바라보았다.

"뭔가 일이 커져버렸네요."

"뭐, 이것도 인연이죠. 아, 그렇지, 인사가 늦었지만 저는 이런 사람입니다." 남자가 명함을 유키나리 쪽으로 내밀었다.

그 명함에는 '코르테시아 재팬 도쿄 본사 영업부 영업1과 가스가이 겐이치'라고 적혀 있었다. '코르테시아'라는 이름은 유키나리도 알고 있었다. 귀금속과 보석을 취급하는 회사였다.

"음식점 관계자분이 아니셨군요?"

"그러니 처음에 말씀드렸지요. 이 파티의 관계자 중에 아는 사람이 있어서 초대장을 받게 됐어요. 이쪽 아가씨가 와인을 좋아한다는 걸 알고 함께 모시고 왔죠."

"그러면 이쪽 분은……." 유키나리는 새삼 여자를 빤히 쳐다보았다.

"다카미네라고 합니다. 다카미네 사오리."

그녀는 가방에서 학생증을 꺼내 내밀었다. 한자로는 '高峰佐緒里'라는 이름이었다. 교토에 있는 여자대학의 4학년생. 지금은 휴학 중이고, 도쿄에서 다양한 경험을 쌓고 있는 중이라고 했다.

"우아한 대학 생활이군요."

"하지만 사회에 대해 전혀 알지 못한 채 졸업해버린다는 건 너무 위험한 일이잖아요." 그녀는 도전하는 듯한 시선을 던졌다. 기가 강한 면모도 있는 것 같았다.

그렇군요, 라고 유키나리는 대답해두었다. 일개 식당에 대한 느낌조차 가볍게 발설하지 않는 아가씨다. 사회에 나오기 전에 세상을 경험해보는 기간을 갖는 것은 그녀로서는 당연한 일인지도 모른다.

그 뒤, 사오리는 가스가이와 함께 시음회장을 떠났다. 유키나리는 와인 시음을 계속했지만 거기에 집중할 수가 없었다. 사오리의 일이 머리에서 떠나지 않는 것이었다. 그녀의 〈도가미 정〉에 대한 의견이 마음에 걸리는 것인지, 그녀라는 사람에게 끌린 것인지는 그 스스로도 알 수 없었다.

시음회는 9시가 넘어서야 끝이 났다. 유키나리는 택시를 잡아타고 메구로의 자택으로 돌아왔다. 10여 년 전에 아버지 도가미 마사유키가 사들인 집이었다. 전에는 독일인 가족이 살았다고 한다. 그래서 현관문이 유난히 세로로 길었다. 바깥쪽에서 보면 일본의 전통 가옥이지만 실제로는 다다미방이 적은 것도 그 탓인 모양이었다.

거실에서는 마사유키가 전화로 이야기를 하는 참이었다. 이제 막 돌아왔는지 아직 양복 차림이었다. 전화 상대가 어딘가 체인점의 점장이라는 건 그 엄격한 말투로 알 수 있었다.

"아무튼 그런 실수는 두 번 다시 용서할 수 없어. 각별히 명심하도록 해." 그렇게 말하고 마사유키는 전화를 끊었다.

"무슨 일 있어요?" 유키나리가 물었다.

"시답잖은 일이야. 재료를 잘못 구입해서 코스 요리가 부족했다는 거야. 어린애도 아니고, 쯧쯧." 마사유키는 혀를 차며 상의를 벗었다. "어떻더냐, 와인 쪽은?"

"예, 나쁘지 않은 게 몇 가지 있었어요. 하지만 결정적인 건 없던데요?"

마사유키가 히죽이 웃었다.

"그래, 실컷 고민해봐. 나도 고민깨나 했었다."

"아버지 흉내는 안 낼 거예요."

"당연하지. 네 점포니까 전부 네가 책임지고 결정해."

"알고 있어요."

유키나리는 거실을 나와 계단을 올라갔다. 그의 방은 2층에 있었다.

그는 머지않아 〈도가미 정〉의 새 체인점 점장이 될 예정이었다. 장소는 이미 결정되었고 공사도 시작했다. 그래서 날마다 새 점포에 대해 고민하며 준비에 쫓기고 있었다.

나만의 방식대로 점포를 꾸려나가고 싶다, 라는 게 가장 중요한 목표였다. 물론 고객이 좋아해주지 않는다면 아무 의미도 없다.

다시금 다카미네 사오리가 머리에 떠올랐다. 지금 당장이라도 그녀와 이야기하고 싶다고 유키나리는 생각했다.

13

반지 한가운데 눈부실 만큼 반짝이는 보석이 박혀 있었다. 게다가 그것을 둘러싸듯이 투명한 보석들이 촘촘히 배열되었다. 다이스케는 몇 번이나 눈을 깜빡였다.

"굉장하네, 이거. 어떻게 만든 거야?"

반지를 손끝으로 잡고 있던 고이치가 씨익 웃으며 입가를 풀었다.

"뭔가를 촬영할 때 사용했던 소도구인데 내가 슬쩍 손을 좀 봤지. 어디서 어떻게 보건 진짜 같지?"

"어디 잠깐 감상해볼까." 다이스케는 반지를 받아 들고 찬찬히 관찰했다.

이번에는 보석상으로 변신해야 하기 때문에 요즘 그는 그쪽 방면의 지식을 쭉쭉 흡수하는 중이었다. 특히 '가스가이 겐이치'가 근무하는 것으로 계획한 '코르테시아 재팬'에 관해서는 상당히 자세한 것까지 알아두었다. 이 회사의 약혼반지에는 한 가지 특징이 있었다. 다이아몬드를 받쳐주는 대의 어딘가에 '코르테시아'의 머리글자 'C'를 디자인해 넣은 부분이 있는 것이다.

손에 든 반지에는 대의 옆면에 'C'라고 그 반전 문자를 배열한 장식이 달려 있었다. 오서독스한 패턴이었다.

"이 정도면 누구라도 깜빡 속겠군." 다이스케는 루페를 대고 확대해보았다.

"와우, 작은오빠, 벌써 전문가가 됐네. 진짜 프로 보석상 같으셔." 옆에서 시즈나가 놀렸다.

"큐빅 지르코니아, 맞지?" 다이스케는 말했다.

"당연하지." 고이치는 풋 웃음을 터뜨렸다. "진짜 다이아몬드라면 수백만 엔은 줘야 해. 그나저나 너, 그게 가짜라는 걸 알아보는 거야? 대단한 녀석이네."

다이스케는 루페를 눈에서 떼어냈다.

"겉보기에는 다이아몬드하고 똑같지만, 루페로 들여다보면

커트 부분의 라인이 약간 허술해. 게다가 광채의 색감이 지나치게 진해. 명백하게 인조 다이아몬드야."

호오, 하고 고이치와 시즈나는 서로를 마주 보았다.

"라고, 말하고 싶지만……." 다이스케는 반지를 고이치의 손에 건넸다. "유감스럽게도 잘 모르겠네요. 아니, 진짜 다이아몬드를 본 적이 없으니 이건 뭐, 비교할 도리가 있나."

"뭐야, 사람 실망시키고. 근데 그건 어쩔 수 없어." 고이치는 신중한 손놀림으로 반지를 케이스에 다시 넣더니 다른 케이스를 꺼내 왔다. 뚜껑을 열고 다이스케 쪽으로 내보였다. "그럼 이건 어때?"

그 케이스에 들어 있는 것도 반지였다. 단지 이쪽은 큼직한 보석이 박힌 게 아니라 반지 전체에 크기가 작은 보석을 세세하게 박아 넣은 디자인 링이었다.

"이건 코르테시아의 신작이로군." 다이스케는 즉시 알아맞혔다. "아직 일본에는 그리 많이 들어오지도 않았을 텐데?"

"블랙마켓이란 게 무섭더라. 잽싸게 그런 가짜 상품이 뒷거래로 나돌고 있어. 오카치마치에서 찾아왔어. 보석을 아는 사람이 보면 가짜라는 걸 금세 알겠지만, 아마추어는 절대로 분간을 못 할 거라고 하던데?"

"나는 통 모르겠어. 그게, 사진으로밖에는 본 적이 없거든."

잠깐 보여줘, 라며 시즈나가 옆에서 손을 내밀었다. 즉시 자신의 약지에 끼우고 형광등 불빛에 비춰보았다.

"예쁘다, 이거. 마음에 쏙 들어."

"반지 사이즈는 벌써 시즈나의 손가락에 맞춰뒀어. 결국 시즈나 것이 될 테니까 걱정 마. 하지만 그 반지 끼고 바깥에 돌아다니지는 마라. 집 안에서만 즐겨야 해."

고이치의 말에 시즈나는 입을 툭 내밀며 반지를 빼냈다.

"뭐야, 그게? 재미없다."

"그럼 이 반지를 도가미에게 팔아치우는 건가?" 다이스케가 물었다.

"바로 그거야. 아까 보여준 큼직한 것이 650만 엔, 이 디자인 링은 350만 엔, 합해서 천만 엔이야. 적당히 끝자리를 조금 더 붙여도 돼."

"가짜라는 거, 들키지 않을까?"

"그 점은 너희의 수완에 달렸어. 반지를 팔고, 그 자리에서 시즈나에게 선물하게 하면 도가미가 반지를 찬찬히 살펴볼 일은 없어, 영원히."

"설마 도가미가 보석에 대해 해박하거나 하는 일은 없겠지?" 시즈나가 걱정스러운 얼굴을 했다.

고이치는 책상에서 한 장의 서류를 집어 들었다.

"도가미 유키나리, 28세. 게이메이대학 경제학부 졸업. 대학 졸업 후, 부친이 경영하는 레스토랑에서 근무. 〈도가미 정〉기치조지점에서는 점장으로 일했어. 취미는 음악 감상, 산책, 낚시. 대학 때는 사이클링 동호회 소속. 부모와 따로 살았던 경험은 없음. 좋아하는 차는 레거시 투어링 왜건. 좋아하는 연예인 없음. 아니, 연예계에 관해서는 거의 무지. 좋아하는 브랜드 없음. 머리 손질은 가까운 이발소, 염색한 경험도 없음. 부친은 도가미 마사유키. 양식 레스토랑 〈도가미 정〉의 사장으로, 현재 도쿄에 네 곳의 체인점, 요코하마와 오사카에 각각 한 곳의 체인점이 있음. 최근 10년 사이에 급성장했다고 하더라. 머지않아 다시 또 한 군데, 새 점포를 개업할 예정. 그 점포는 유키나리가 전담할 것이라는 소문이 있음. 집은 메구로에 있지만, 그 전에는 요코하마에서 살았어." 단숨에 읽어 내린 뒤 고이치는 다이스케와 시즈나의 얼굴을 번갈아 바라보았다. "어때? 이 프로필을 보면 보석에 해박하다는 쪽의 정보는 전혀 없어. 그리고 이건 미확인 정보지만, 지금까지 사귀었던 여자는 딱 한 사람뿐이고 그나마 대학 시절에 헤어졌어. 여자와는 인연이 없다고 할까. 좋게 말하면 순수하고 나쁘게 말하면 미련하게 성실한 남자. 이 반지가 가짜라는 생각은 아예 하지도 못할 거야. 자꾸 똑같은 말을 하는 것 같지만, 너희의 연기력 여하에 달린 일이라는 거야."

다이스케는 고이치에게서 서류를 받아 들고 다시 읽어보았다. 아닌 게 아니라 걱정할 필요는 없을 것 같았다.

그나저나 짧은 시간에 이만큼 상세한 내용을 알아내다니, 하고 다이스케는 감탄했다. 항상 그렇지만 고이치의 정보 수집력은 대단하다고 생각했다.

이번 타깃은 고이치가 물어 왔다. 독신자들이 많이 모이는 파티에 슬쩍 끼어들었다가 도가미를 점찍게 되었다고 했다. 타깃이 된 도가미 유키나리는 여자를 만날 목적으로 파티에 참석한 사내들 속에 사기 작전의 먹잇감을 찾으러 온 자가 있을 줄은 꿈에도 생각하지 못했을 것이다.

하긴 고이치에 의하면 도가미를 주목하게 된 것은 우연한 한 마디 때문이었다. 아버지가 양식 레스토랑을 경영한다는 말을 듣고 관심을 가졌던 것이다. 무심코 여기저기서 이야기를 얻어 듣는 사이에 이 사람이야말로 이번 타깃에 적합한 인물이라는 확신을 얻었던 것이다.

A클래스, 라는 것이 고이치의 평가였다. 즉 잘하면 막대한 돈이 굴러들어 오는 타깃이라는 것이다.

"드디어 오늘 밤이야. 시즈나, 자신 있지?" 고이치가 물었다.

와인 시음회가 있었던 날 밤, 시즈나가 도가미 유키나리와 약속한 그 건이었다. 히로오에 있는 〈도가미 정〉에 찾아가 시즈나가 식사를 하고 그 뒤에 유키나리를 만나기로 했다.

"당연하지. 작전은 빈틈없이 세워뒀어." 시즈나는 자신만만하게 대답했다.

"그나저나 감쪽같이 낚였구나. 도가미가 그렇게 쉽게 낚일 줄은 몰랐어. 항상 그렇지만 형의 작전은 정말 완벽해."

"누가 아니래. 〈도가미 정〉이라는 자기 식당 이름만 듣고는 덥석 물어버렸어. 나, 웃음이 터지려고 해서 혼났어."

다이스케와 시즈나가 이야기하는 것을 듣고 고이치는 만족스러운 듯 고개를 끄덕였다.

"도가미를 먹잇감이라고 생각한 건 그 사람이 식당 일이라면 물불을 안 가리는 성격이었기 때문이야. 어떤 의미에서는 지금 그자에게는 여자 같은 건 안중에도 없어. 이번에 자기가 맡게 될 새 체인점을 어떻게 꾸려가느냐 하는 것만으로도 머리가 가득하거든. 그러니 더더욱 〈도가미 정〉에 대한 의견이라면 어떤 말이라도 들어보려고 하겠지. 너희가 쳐놓은 미끼를 덥석 물었던 것도 당연해. 아직까지는 시즈나의 매력하고는 관계가 없다는 얘기야."

"아, 실망."

"아직까지는, 이라고 했지? 지금부터 본격적으로 시즈나가 솜씨를 발휘할 때야. 반드시 넘어오게 해야 돼."

"나만 믿어. 그자의 약점은 전부 파악했으니까." 고이치의 격려에 시즈나는 한층 열의를 불태우는 기색이었다.

"좋아, 그럼 시즈나의 솜씨를 믿기로 하고." 고이치는 의자에서 앉음새를 바로잡더니 새삼스럽게 다이스케와 시즈나를 바라보았다. "너희에게 미리 말할 게 있어. 이번 일이 끝나면 우리는 이 일에서 손을 뗀다. 도가미 유키나리가 마지막 타깃이야."

형의 말에 다이스케의 눈이 휘둥그레졌다.

"오빠, 갑자기 무슨 말이야?" 시즈나도 당황한 듯했다.

"우리 말도 못 알아들어? 도가미 유키나리에게서 돈을 뜯어내고 나면 더 이상 이런 일은 안 할 거야. 사기 치는 거, 그만두겠다는 얘기야." 고이치는 천천히 말했다.

"왜 그러는데?" 다이스케가 물었다.

고이치는 한숨을 내쉬었다.

"언제까지나 이런 일만 하고 살 수는 없잖아. 다이스케도 그렇고 시즈나도 그렇고, 언젠가는 결혼해서 행복한 가정을 꾸려야 해. 그러기 위해서는 한시바삐 성실한 생활로 돌아오는 게 좋아."

"하지만 너무 갑작스럽잖아." 다이스케는 시즈나를 돌아보며 동의를 구했다. "너도 그렇지?"

시즈나가 고개를 끄덕였다.

"그래, 갑작스럽게 결정할 일이 아니야. 모처럼 일이 술술 잘 풀리는 판인데."

고이치는 고개를 저었다.

"갑작스러운 게 아냐. 오래전부터 생각했어. 이런 짓을 계속

153

하면 언젠가는 위험한 상황에 처하게 돼. 지금까지 우리에게 사기를 당한 사람들과 언제 어디서 마주칠지 모르잖아. 시즈나는 일이 술술 잘 풀린다고 했지만, 이런 일일수록 물러설 때가 중요한 거야. 이미 결정한 일이야. 번복은 없어. 이번 일이 마지막이다."

아무래도 고이치는 결심을 굳힌 모양이었다. 이런 때는 누가 무슨 말을 해도 그는 생각을 바꾸지 않는다. 또한 그가 내린 판단은 언제나 옳았다. 그것을 다이스케와 시즈나는 잘 알고 있었다.

"형이 그렇게 말한다면……, 알았어." 다이스케는 대답했다.

"시즈나는?"

"나도 찬성이야."

"그래? 자, 그럼 마지막 일거리, 멋지게 마무리해야지? 큰돈이 들어오면 어딘가에서 작은 가게라도 열자." 고이치는 웃는 얼굴로 말했다.

도가미 유키나리가 〈도가미 정〉 히로오점에 들어선 것은 8시 반을 조금 지났을 즈음이었다. 가게 안은 손님들로 북적거리고 있었다. 카운터에는 단골손님들의 모습이 보였다. 유키나리는 그들 옆을 지나가면서 작은 소리로 인사를 건넸다.

개점 때부터 한 달에 한 번씩은 꼭 온다는 노부부와 인사를 나눈 뒤에 안으로 들어갔다. 테이블 좌석도 거의 가득 찼다.

다카미네 사오리는 벽 쪽의 작은 테이블에 앉아 있었다. 이미 메인 식사는 끝났는지, 홍차를 마시고 있었다.

유키나리는 카운터로 돌아가 계산서를 확인해보았다. 그녀가 주문한 내용을 알고 싶었기 때문이다.

확인을 마친 뒤에 다시 사오리가 앉은 자리로 다가갔다. 그녀가 알아보고 얼굴을 들었다. 빙긋 웃는 얼굴을 보고 유키나리는 다시 가슴이 철렁했다. 심장이 곤두박칠치는 느낌이 들었다. 원인은 그 자신도 잘 알 수 없었다.

"커틀릿을 드신 모양이군요." 그가 물었다.

"네. 정말 맛있었어요."

"다행이네. 여기 앉아도 될까요?" 맞은편 의자를 가리켰다.

네, 그러세요, 라는 대답을 듣고 유키나리는 자리에 앉았다. 웨이터를 불러 커피를 부탁했다.

"혼자 계실 줄은 몰랐군요. 친구분하고 함께 오실 줄 알았는데."

"그럴 예정이었는데, 친구가 갑자기 몸이 안 좋다고 해서요."

"그래요? 그러면 다시 다른 날에 오셔도 되는데 그랬군요."

"그것도 생각했는데요, 이미 도가미 씨에게 오늘 밤에 오겠다고 연락한 뒤라서 변경하면 폐가 될까 봐……."

유키나리는 크게 고개를 저었다.

"그럴 리가요. 원래 제 쪽에서 무리하게 부탁한 일이잖아요. 정말 미안해요. 괜한 신경을 쓰시게 했군요."

"아뇨, 걱정 마세요. 혼자 식사하는 것도 그리 나쁘지 않거든요." 사오리는 미소를 지으며 홍차를 마셨다.

유키나리의 커피가 나왔다. 한 모금 마신 뒤에 그는 등을 꼿꼿이 세우고 그녀를 바라보았다.

"그러면 말씀해주시겠어요, 우리 식당의 나쁜 점을?"

그러자 그녀는 당황한 기색으로 손을 저었다.

"아이, 나쁜 점이라니요. 다른 사람들은 아무렇지도 않게 넘어갈 일인데 나는 조금 마음에 걸렸다는 정도예요. 그러니까 너무 심각하게 받아들이시면 곤란해요."

"참고가 될 소중한 의견으로 꼭 듣고 싶은데요? 부디 솔직하게 말해주세요." 유키나리는 두 손을 무릎 위에 얹었다.

사오리는 잠시 난처한 얼굴을 하고 있었지만, 결심한 듯 고개를 끄덕였다.

"알겠어요. 그럼 건방진 말이지만 한 말씀 드릴게요. 제가 마음에 걸렸던 건 카운터석이에요."

"카운터가 왜요?"

"카운터석에는 주로 단골손님들이 계시지요? 그래서 점원과 친하게 대화를 하시더라고요. 정말 흐뭇하게, 마치 한 가족처럼."

"네, 그렇죠."

"프렌치나 이탈리안 레스토랑에도 단골손님이 있겠지만, 그쪽에서는 그런 광경이 별로 눈에 띄지 않아요. 애초에 카운터석 같은 것도 없고요."

"카운터석이 있는 게 별로 좋지 않다는 말인가요?"

사오리는 고개를 저었다.

"그런 문제가 아니고, 나처럼 처음 이 식당에 온 사람은 어쩐지 불편한 분위기라는 말씀을 드리고 싶어요. 아무래도 나혼자만 낯선 사람인 것 같은 느낌이거든요."

"그건 지나친 생각이에요. 그야 프렌치나 이탈리안 레스토랑에 비해 단골손님의 비율이 높을 수도 있지만, 그게 양식당의 좋은 점이기도 하죠. 다카미네 씨도 이곳에 자주 들르시면 그런 분위기에 익숙해질 거예요."

그의 말에 그녀는 고개를 갸우뚱했다.

"한 끼의 식사를 위해 그 식당의 분위기에 익숙해져야 한다는 건 뭔가 좀 이상해요."

"그런가요? 아, 그래도……." 그렇게 말을 이으려다가 유키나리는 문득 쓴웃음을 지었다. "아, 미안해요. 내 쪽에서 의견을 말해달라고 했으면서 반론을 하다니, 이러면 아무것도 안되겠죠?"

"기분이 상하셨다면 사과드릴게요. 아마추어의 의견이니까 그냥 흘려들으세요."

"아뇨, 참고로 하겠습니다. 지금까지 생각도 못 해본 일이거든요."

유키나리는 호주머니에서 수첩을 꺼내, 단골손님의 대우에 대해 생각해볼 것, 이라고 메모했다.

하지만, 이라고 사오리는 말했다. "요리는 정말 맛있어요."

"고맙습니다."

유키나리가 말하자 그녀는 어깨를 살짝 움츠리며 웃었다. 그 얼굴을 보고 유키나리는 다시금 심장이 크게 요동치는 것을 느꼈다.

14

도가미 유키나리의 기척을 보고 시즈나는 아무래도 이쪽 페이스대로 잘 풀리는 것 같다고 감지했다. 예상했던 대로 성실하고 일에 열정적인 남자였다. 게다가 여성의 교활함이나 계산이 빠르다는 것 등은 지금껏 별로 접한 적이 없는 모양이었다. 그럴싸한 의견을 늘어놓는 다카미네 사오리라는 여자의 마음속에 그를 갖고 놀겠다는 속셈이 있으리라고는 꿈에도 생각하지 못하는 것이다.

됐어, 이 정도면 잘되겠어, 라고 그녀는 생각했다. 하지만 자기 자신에게 그런 다짐을 하는 것 자체가 드문 일이었다.

실은 시즈나는 평소와 미묘하게 느낌이 다르다는 것을 자각하고 있었다. 그 이유는 그녀 스스로도 잘 알 수 없었다. 굳이 말하자면, 죄책감 같은 것이 가슴속에 어렴풋이 퍼져가는 것이었다. 지금까지도 그런 마음이 전혀 없었던 것은 아니지만, 그런 느낌을 머릿속에서 몰아내는 건 그다지 어렵지 않았다. 속아 넘어가는 사람이 바보, 라는 신념이 항상 더 강했기 때문이다.

하지만 오늘 밤은 조금 달랐다. 다른 때 같으면 오만하게 상대를 내려다볼 수 있었는데, 이번에는 거꾸로 누군가가 자신을 내려다보는 듯한 마음이 들었다.

그건 어쩌면 이 양식당 때문인지도 모른다. 이 식당에 들어선 순간부터 묘하게 마음이 들썩거렸다. 자신의 마음 한 귀퉁이에 있는 오래된 문을 누군가 노크한 듯한 기분이었다. 하지만 결코 나쁜 기분은 아니었다. 오히려 무심코 마음의 빗장을 열어버릴 것만 같았다. 그것이 그녀를 당황하게 만들고 있었다.

아마 여기가 양식당이기 때문일 거야, 하고 시즈나는 생각했다. 옛날에 아빠와 엄마가 경영했던 〈아리아케〉와는 넓이도 고급스러움도 전혀 다르기는 했다. 하지만 이곳에 감돌고 있는 공기 속에는 명백히 공통된 것이 있었다. 그 공기가 그녀의 의식을 어린 시절의 나날들로 데려가려고 했다. 남에게 사기를 치는 일 따위, 상상조차 못 했던 천진한 나날로.

"무슨 불편한 일이라도?" 유키나리가 물어왔다. 불안해 보이는 얼굴을 하고 있었다.

"아, 아무것도 아니에요." 시즈나는 고개를 저었다.

"그 밖에 마음에 걸리는 점은 없었어요? 어떤 것이라도 괜찮아요. 만일 뭔가 있다면 서슴없이 말해줘요. 쓸데없는 지식이나 선입견이 없는 분의 의견일수록 우리에게는 큰 참고가 됩니다." 유키나리의 말투는 여전히 진지하고 뜨거웠다.

시즈나는 찻잔을 내려놓고 주위에 한 바퀴 시선을 내달린 뒤에 말했다.

"그럼 또 한 가지만."

"뭐죠?" 유키나리가 윗몸을 쓰윽 내밀었다.

"저 안쪽 자리 말인데요, 아까부터 조금 마음에 걸렸어요."

"안쪽?"

식당 안쪽에 다른 곳과는 구분된 공간이 있고, 그곳에 테이블 네 개가 나란히 놓여 있었다. 그곳에 앉아 있는 손님은 모두 커플인 것 같았다.

"저쪽 공간만 조명이 조금 다른데요?" 시즈나는 말했다.

유키나리가 고개를 끄덕였다.

"소중한 사람과 조용한 분위기에서 식사하기를 원하는 손님, 아, 대개는 커플인 경우가 많습니다만, 그런 분들을 위해 준비해둔 공간이에요. 조명을 좀 낮춘 것은 분위기를 아늑하게 만드는 데 도움이 된다고 할까, 그런 겁니다." 그렇게 말하고 유키나리는 시즈나를 바라보았다. "그게 뭔가 안 좋은가요?"

"그건 좋은데요, 조명의 각도가 좋지 않다고 생각해요."

"각도?" 허를 찔린 얼굴로 유키나리는 다시 안쪽으로 시선을 던졌다.

"전체적으로 어두운데 한쪽 방향에서만 빛이 강하게 들어오기 때문에 얼굴에 그림자가 생겼어요. 그렇게 되면 사람의 얼굴이 별로 예쁘게 보이지 않거든요."

"앗, 그런가?"

"이를테면 어둠 속에서 사람 얼굴에 대고 아래쪽에서 손전등을 비추면 굉장히 으스스하게 보이잖아요. 극단적으로 말하자면 그런 거예요."

"그렇군요. 나는 생각해본 적도 없었네. 하지만 자기 얼굴이 어떤 식으로 보이는지, 본인은 모르는 거 아닐까요?"

"다른 손님의 얼굴을 보고 내게는 어떤 식으로 빛이 와 닿는지 상상할 수 있겠지요. 여자란 항상 상대방에게 자신이 어떻게 보이는지 신경을 쓰는 법이니까요."

유키나리는 감탄한 얼굴로 고개를 저었다.

"아, 남자로서는 상상도 못 할 일이군요. 이것도 큰 참고가 되겠어요. 고마워요." 유키나리는 수첩에 뭔가 적어 넣고, 다시 한번 안쪽 자리를 쳐다보았다. "새 점포는 물론이고, 다른 체인점의 조명도 다시 한번 점검해보는 게 좋겠어."

"새 점포?"

"실은 이번에 아자부주반 쪽에 새로 체인점을 낼 예정이에요. 그 점포를 어떻게 꾸미느냐 하는 문제로 요즘 계속 고민하고 있죠. 그래서 다카미네 씨의 의견도 꼭 듣고 싶었어요. 그쪽 점포는 오픈 준비에서 경영까지 내가 전담하기로 했거든요."

큰오빠의 사전 조사가 정확했구나, 라고 생각하며 시즈나는 고개를 끄덕였다.

"그래요? 대단하시네요."

"기왕 내가 맡았으니까 다른 점포에는 없는 특징을 만들어 갈 생각입니다. 그렇긴 한데, 이게 말하는 만큼 간단한 일이 아닌 것 같아요."

"어떤 식당으로 만드실 생각이에요?"

시즈나가 묻자, 그 질문을 기다리기라도 했다는 듯 유키나리는 눈을 반짝였다.

"한마디로, 손님들이 흥겹게 대화할 수 있는 식당입니다. 내가 보기에는 지금까지의 〈도가미 정〉은 하나같이 지나치게 점잖은 분위기예요. 그래서 대화를 즐기는 여유로움이 부족한 것처럼 느껴져요. 시끄러운 건 물론 안 되겠지만, 식사에는 대화도 반드시 필요하죠. 대화가 신이 나느냐 마느냐는 손님에 따른 것이라고 생각하기 쉽지만, 나는 식당 안의 인테리어나 종업원의 접대 태도에 따라서도 크게 달라질 거라고 생각해요."

하얀 이를 드러내고 웃는 유키나리를 보며, 이 사람은 인간의 내면 깊숙이 숨어 있는 악의를 한 번도 접해본 일이 없는 게 아닐까, 하고 시즈나는 생각했다. 그런 악의를 실컷 느끼고 절망하게 해주고 싶은 심술궂은 마음이 머리를 쳐들었다. 하지만 한편에서는 그의 순수함이 부럽기도 했다.

실은요, 라고 유키나리는 말했다. 그 얼굴은 새로운 장난거리를 생각해낸 초등학생 같았다.

"대표 메뉴로 정해둔 게 있어요."

"뭔데요?"

"그건……." 그는 목소리를 낮췄다. "하이라이스."

"네?" 시즈나는 저절로 눈이 둥그레졌다. "하이라이스가 대표 메뉴예요?"

유키나리는 고개를 크게 위아래로 끄덕였다.

"물론 그것만 있는 건 아닙니다. 코스 요리로 생선이나 고기를 먹은 뒤에 하이라이스로 마무리를 하는 거죠. 당연히 중간 요리는 하이라이스를 전제로 하게 됩니다. 마지막에 나오는 하이라이스를 어떻게 더 맛있게 즐길 수 있게 하느냐, 거기에 중점을 두는 거예요."

"맛있겠네요. 하지만 지나치게 배가 부를 것 같은데요?"

"여자분들도 다 먹을 수 있도록 모든 요리의 양을 조정할 필요는 있겠지요."

"자신이 있으신가 봐요, 하이라이스에?"

시즈나의 말에 유키나리는 꾸욱 턱을 당겼다. 슬쩍 가슴을 내민 것처럼도 보였다.

"우리 식당이 지금처럼 크게 된 것도 원래 하이라이스가 있었기 때문이에요. 그게 인기를 끌어서 서서히 손님이 불어났거든요."

"그렇게 맛있다면 오늘 저녁을 하이라이스로 할 걸 그랬네요."

그러자 그는 미소를 지으며 고개를 저었다.

"유감스럽게도 지금 이 식당의 하이라이스는 원래의 것이 아니에요. 아버지는 새 체인점을 낼 때마다 책임자에게 각각 독창적인 하이라이스를 만들라고 지시합니다. 본가의 원조 하이라이스 레시피는 부하 직원에게도 절대 가르쳐주지 않아요. 즉 똑같은 〈도가미 정〉의 하이라이스라고 해도 각 체인점마다 맛이 달라요."

"그럼 이번에 오픈하는 가게에서도 또 새로운 하이라이스를?"

"아뇨, 이번 체인점에서는 원래의 맛으로 갑니다." 유키나리는 선언하듯이 말했다. "다시 원점으로 돌아가 원조 〈도가미정〉의 하이라이스를 인기 메뉴로 올릴 생각이에요. 아버지를 설득해서 최근에야 겨우 승낙을 받았습니다."

"아버님께 레시피를 배우셨어요?"

"네, 겨우 알아냈죠. 그 맛을 재현하느라 정말 고생했습니다. 아참, 사실은 이번에 그 하이라이스의 시식회를 개최해요. 다카미네 씨도 시간이 괜찮다면 참석하시죠. 꼭 맛을 봐주셨으면 좋겠는데."

"제가요? 정말 가도 돼요?"

"물론이죠. 요리 전문가들보다 다카미네 씨처럼 순수한 고객의 의견이 훨씬 더 참고가 됩니다. 아니, 꼭 참고하고 싶군요."

열의가 넘치는 유키나리를 보며 시즈나는 내심 득의의 미소를 지었다. 그러잖아도 다음에 그와 만날 구실을 찾고 있었기 때문이다. 하이라이스 시식회라는 것도 나쁘지 않다. 고이치에게 말하면, 요리 전문가들도 가슴이 뜨끔해질 만한 시식 의견을 분명 만들어줄 것이다. 조금 전에 유키나리에게 말했던, 단골손님의 존재감이 지나치게 강해서 처음 찾아온 손님은 뭔가 불편하다는 의견도 고이치가 알려준 것이었다.

"아차, 벌써 시간이 이렇게 됐군요." 손목시계를 보며 유키나리가 말했다. "너무 오래 이야기해서 미안해요. 뭔가 다음 일정이 있었던 거 아닌가요?"

"아뇨, 오늘은 아무것도."

혹시 데이트를 신청하려나, 하고 시즈나는 기대했다.

"그렇군요. 다행이네."

하지만 유키나리는 그런 눈치는 전혀 보이지 않았다. 어쩔수 없이 시즈나는 가방을 집어 들었다.

"그럼 계산서를……."

"아뇨, 천만에요." 유키나리는 가로막듯이 오른팔을 내밀었다. "오늘 저녁은 내가 부탁한 일이니까 식사비는 괜찮아요. 내가 사드리는 것으로 하죠."

"그래도……."

"귀중한 의견을 주셨으니까 그걸로 충분해요. 부담 갖지 말아요."

그 단호한 말투에서 다부진 성품이 느껴졌다. 그저 만만하기만 한 재벌 2세는 아닌 것 같다고 시즈나는 생각했다.

그럼 감사히, 라고 말하며 그녀는 머리를 숙였다.

자리에서 일어서자 유키나리도 뒤를 따라왔다. 배웅을 해줄 모양이었다.

카운터 자리에는 아직 손님들의 모습이 보였다. 서로 와인을 따라주며 한창 흥이 올라 있었다.

"다카미네 씨의 지적이 정확한 것 같군요." 식당을 나와 엘리베이터가 오기를 기다리는 동안에 유키나리가 말했다. "단골손님들이 지나치게 두드러지는 것도 딱히 좋은 일만은 아닌 것 같아요. 그렇다고 단골손님을 허술하게 대할 수도 없고, 흠, 어려운 문제네."

"너무 고민하지 마세요."

"아뇨, 내 손으로 첫걸음부터 식당을 만들어가는 거니까 대충 타협하고 싶지는 않아요."

유키나리가 결연히 말했을 때, 엘리베이터 문이 열렸다. 회색 정장을 입은 백발의 남자가 엘리베이터에서 내렸다. 그 초로의 남자는 유키나리를 보고 발을 멈추었다.

"어, 네가 와 있었어?"

"아버지야말로 웬일이세요? 오늘 밤, 요코하마에 가기로 하지 않았어요?"

유키나리의 말에 시즈나는 놀라서 상대 남자를 응시했다. 이 사람이 〈도가미 정〉의 사장 도가미 마사유키인가.

"예정이 바뀌었어. 너야말로 여기서 뭐 하고 있어?" 그렇게 말하고 도가미 마사유키는 흘끔 시즈나 쪽을 돌아보았다.

"아, 이 아가씨의 의견을 들었어요. 전에 말했었죠? 와인 파티에서 만난 숙녀분이 바로 이 아가씨예요."

"아하, 그렇군." 도가미 마사유키는 고개를 끄덕였다. "일부러 여기까지, 고마워요. ─그래서 어떤 귀한 의견을 얻었지?"

"다음에 천천히 말씀드리죠. 중요한 힌트를 줬거든요."

"그래? 그거, 잘됐구나." 도가미 마사유키는 시즈나에게 웃음을 건넸다. 포용력이 느껴지는 얼굴이었다.

"그럼 저는 이만 실례하겠습니다."

"아래층까지 함께 갈게요." 유키나리가 말했다.

"여기에서도 괜찮아요. 즐거운 저녁 식사, 고맙습니다." 시즈나는 엘리베이터에 올랐다.

빌딩을 나와 잠시 걸어간 참에 휴대전화가 울렸다.

"반대쪽 차선이야." 다이스케의 목소리가 들려왔다. 주위를 둘러보니 반대편에 주차한 파란색 라이트밴 안에 다이스케가 앉아 있는 게 보였다.

시즈나는 도로를 건너 조수석에 올라탔다. 〈도가미 정〉이 입점한 빌딩이 오른편 대각선 앞쪽으로 보였다.

"어땠어?" 다이스케가 물어왔다.

"그럭저럭 괜찮았어. 나쁜 인상을 주지는 않은 거 같아."

"그래도 식사 후에 데이트 신청은 안 한 모양이지? 그럴 경우에는 미행하면서 상황을 지켜보라고 형이 지시했었거든. 변장 도구까지 준비했는데 필요 없게 됐네."

시즈나는 얼굴을 찌푸렸다.

"그 사람, 상당히 고지식한 인물이야. 내 쪽에서 먼저 능숙하게 유인하지 않고서는 절대로 손을 내밀지 않을 것 같아."

다이스케가 키득키득 웃었다. "맞아, 딱 그런 느낌이더라."

"그래도 다음에 만날 약속은 잡았으니까 걱정 마."

"오, 아주 잘했어." 그렇게 말하며 다이스케는 시동을 걸려다가 갑자기 그 손을 멈추었다. "엇, 그 친구가 나오는데?"

빌딩에서 유키나리가 나오는 참이었다. 그리고 그 뒤를 따라 도가미 마사유키도 나왔다. 식당에서의 업무가 끝났는지도 모른다. 두 사람은 택시를 타고 어딘가로 출발했다.

"저런 다정한 아버지와 아들도 있나 봐. 크게 성공해서 돈도 엄청 많이 번 모양이고." 멀어져가는 택시를 보면서 시즈나는 옆자리의 다이스케에게 말했다.

하지만 다이스케는 왜 그런지 얼굴이 잔뜩 일그러진 채 택시가 달려간 쪽을 뚫어져라 노려보고 있었다. 눈을 깜빡이는 것조차 잊은 것 같았다. 그토록 험악한 다이스케의 얼굴을 시즈나는 본 적이 없었다.

"왜 그래, 작은오빠?"

"나중에 나온 나이 든 남자, 그 사람이 도가미 유키나리의 아버지야?" 다이스케의 숨소리가 거칠게 흐트러져 있었다.

"맞아, 아버지래. 근데 왜?"

저자야, 라고 다이스케는 중얼거렸다.

"뭐?"

"그날 밤, 아버지와 엄마가 살해된 그날 밤, 우리 집 뒷문에서 뛰어나갔던 남자……, 지금 저 사람이 그때 그 남자야!"

15

다이스케의 말을 듣고 고이치는 뺨이 바짝 긴장하는 것을 느꼈다.

"틀림없어? 틀림없이 그 사람이라고 단언할 수 있어?" 동생의 얼굴을 빤히 바라보며 다시 한번 확인했다.

"단언할 수 없지만……. 하지만 너무 닮았어. 분명 그 사람이었던 것 같아"

"그 사람 같다, 라는 정도로는 안 되지."

"그래도 지금 당장 확인할 방법은 없잖아. 나로서는 아무튼 꼭 닮았다는 말밖에는 할 수가 없어."

다이스케는 침대에 앉아 두 주먹을 움켜쥐고 있었다. 그의 눈빛에는 어떻게든 자신의 실감을 전하려는 번뜩임이 서려 있었다.

고이치는 14년 전의 그때를 떠올렸다. 아버지 어머니가 살해되고 그 충격으로 말을 잃어버렸던 다이스케가 갑자기 말문을 열었던 것이다. 그 목소리는 지금도 고이치의 귀에 남아 있었다.

"형, 내가 봤어. 아버지와 엄마를 죽인 놈, 내가 봤어."

지금 다이스케의 눈빛이 그때와 똑같았다. 그때의 억울함과 안타까움까지 선명하게 가슴속에 되살아난 게 틀림없었다.

고이치는 시즈나를 보았다. 그녀는 침대에 등을 기대고 바닥에 앉아 있었다. 원래는 맨 먼저 오늘 저녁의 작전 상황에 대해 그녀의 상세한 보고를 들었어야 했다. 하지만 그 얘기를 꺼내기도 전에 얼굴빛이 확 달라진 다이스케가 "그날 밤의 그자를 보았다"라는 말부터 꺼냈던 것이다.

고이치는 자리에서 일어나 수납장을 열었다. 작은 종이 박스를 꺼내다 뚜껑을 열었다. 그곳에는 두툼한 파일이 들어 있었다.

부모님이 살해된 사건에 관한 자료를 정리해둔 파일이다. 하지만 대부분이 신문 기사였다. 어린아이가 수집할 수 있는 자료라고 해봐야 기껏 그 정도였다.

고이치는 어느 신문 기사 한 페이지를 펼쳐 시즈나 쪽으로 내밀었다.

"시즈나, 이 사진을 잘 봐. 도가미 마사유키라는 사람이 이런 얼굴이었어?"

그 기사에는 다이스케의 증언을 바탕으로 그려낸 몽타주사진이 실려 있었다.

시즈나는 기사를 한참 들여다본 뒤에 고개를 갸우뚱했다.

"닮았다고 하면 닮은 것 같기도 하고……. 하지만 꼭 닮았다고 할 정도는 아닌 거 같아."

다이스케는 옆에서 그 몽타주를 쳐다보더니 김빠진 얼굴로 머리를 긁적였다.

"그때는 거의 넋이 나간 상태였어. 게다가 내가 하는 이야기로 사람 얼굴을 그리는 경험은 처음이라서 제대로 설명할 수가 없었어. 실제로는 그 얼굴을 그려줬으면 했어. 그 도가미 마사유키라는 자의 얼굴을."

고이치는 파일을 덮고 다시 의자에 자리를 잡았다.

"그 뒤로 상당한 세월이 흘렀어. 네 기억도 조금씩 변해버린 거 아닐까?"

"그렇지 않다니까. 제발 나를 좀 믿어줘. 그때 내가 얼마나 답답했었는지 알아? 얼굴을 봤는데도 아무것도 할 수 없었잖아. 나는 그 얼굴만은 죽어도 잊지 못해. 억지로 잊으려고 해도 잊히지 않아. 그 얼굴을 생각하지 않은 날이 단 하루도 없어. 꿈에까지 나타났었어. 그러니까 내 기억이 변하거나 하는 일은 없어. 절대로 없어."

절절하게 호소하는 동생의 눈을 바라보는 사이에 고이치는 그 말을 의심한다는 것이 가엾게 느껴졌다. 부모님을 죽인 자의 얼굴을 목격했다는 사실이 당시 아직 어린 다이스케에게 얼마나 마음의 부담이 되었을지 생각하면 가슴이 아려왔다.

고이치는 팔짱을 꼈다.

"그래도 단순히 닮았다는 것만으로 어떻게 해볼 수도 없고, 흠……."

"하지만 이건 단순한 우연이 아냐. 우리 집도 양식당이었어. 도가미도 양식당을 경영하고 있다잖아. 그런 쪽 일로 아버지와 뭔가 관련이 있을 가능성도 있어."

고이치는 고개를 끄덕였다. 다이스케가 하는 말에도 일리가 있었다.

"그렇다면 일단 조사를 해볼까."

"어떻게 조사해?" 시즈나가 물어왔다.

"그건 지금부터 생각해야지. 아무튼 이 일은 내가 책임지고 알아볼게. 뭔가 발견되면 너희에게도 알려줄 테니까."

고이치의 말에 시즈나는 말없이 고개를 끄덕였다. 하지만 다이스케는 석연치 않은 표정이었다.

"다이스케, 뭔가 불만이라도 있어?"

"그런 건 아닌데……."

"할 말이 있으면 해봐. 너답지 않다."

"아무래도 내 말을 안 믿는 것 같아서."

"왜?"

"정말 그 사건의 범인일 수도 있어. 아버지와 엄마가 살해된 그 사건의 범인일 수도 있단 말이야! 그런데 형은 어떻게 그렇게 침착할 수 있지? 좀 더 깜짝 놀라고 흥분해야 되는 거 아냐?" 다이스케의 입이 부루퉁하게 튀어나왔다.

고이치는 한숨을 내쉬었다.

"네 심정은 알아. 나 역시 놀라지 않은 게 아냐. 정말 도가미 마사유키가 네가 목격했던 그자라면, 이건 정말 엄청난 일이야. 하지만 아직 증거라고 할 만한 것이 하나도 없잖아. 나는 그런 애매한 일에 일희일비하기 싫어. 이번만은 진짜라고 기대했다가 결국 실망으로 끝나버리는 거, 우리가 지금까지 수없이 되풀이해온 일이잖아."

"그래, 작은오빠." 시즈나도 말했다. "흥분하는 건 뭔가 증거가 잡힌 다음에 하자. 나도 이제 더 이상은 실망하고 싶지 않아. 특히 그 사건에 대해서는 더 그래."

두 사람의 말을 듣고, 부루퉁하던 다이스케의 표정이 조금씩 쓸쓸한 표정으로 바뀌어갔다. 마침내는 슬그머니 고개를 끄덕였다.

"알았어. 목격한 사람은 나 혼자뿐이야. 내가 아무리 닮은 사람이라고 주장해도 그건 아무 증거도 안 되겠지."

"다이스케, 우울해할 거 없어. 내가 틀림없이 조사해볼게. 그보다 오늘 저녁에는 어땠어? 계획대로 잘됐어?"고이치는 다이스케와 시즈나를 번갈아 바라보았다.

"큰오빠의 어드바이스가 제대로 먹혔어." 시즈나가 대답했다. "그 사람, 단골손님에 대한 의견이 아주 마음에 든 모양이야. 조명에 대한 얘기도 해줬는데 아주 진지하게 받아들이더라고."

"사전 준비를 한 보람이 있군. 그래서, 다음 약속은?"

"당연히 잡았지. 하이라이스 시식회에 오라고 했어."

"하이라이스? 그런 시식회가 있어?"

"꼭 참석해달라고 했어. 그 사람, 여자를 대하는 건 영 서툰 것 같으니까 다음에는 내 쪽에서 적극적으로 나가보려고."

의기양양하게 말하는 시즈나에게 고이치는 미더운 마음으로 고개를 끄덕여주었다. 하지만 한쪽에서 뭔가 생각에 잠긴 표정으로 앉아 있는 다이스케도 마음에 새겨두었다.

이틀 뒤, 고이치는 요코하마에 와 있었다. 사쿠라기초역을 나와 음식점이 늘어선 거리를 남쪽으로 내려갔다. 오오카가와강에 걸린 교각의 앞쪽에 〈우마노키〉라는 커피숍이 있다. 통나무집을 떠올리게 하는 외관에 가게 안에도 자연목을 넉넉히 사용했다.

고이치는 세로로 길게 자른 통나무 카운터에 자리를 잡고 커피를 주문했다. 손님은 그 외에는 없었다. 머리가 벗어진 대신 흰 수염을 풍성하게 기른 마스터가 익숙한 손놀림으로 커피를 내려주었다.

"이 커피숍을 개업하신 게 몇 년 전이에요?" 커피를 블랙으로 마시며 고이치는 물었다.

"25년 전이야." 마스터는 왠지 목소리를 낮추며 대답했다. "전부 낡아빠졌잖아. 여기저기 삐거덕거려서 수리해야 할 데가 한두 군데가 아닌데, 돈이 있어야 말이지, 돈이."

"꽤 오래 하셨네요. 이 근처도 많이 바뀌었지요?"

"글쎄, 이제는 바뀔 여지도 없는 단계인 것 같아. 널찍한 땅이 남아 있는 것도 아니고." 마스터는 그릇을 닦으며 고개를 갸웃거렸다.

"저도 어렸을 때 이 근처에 와본 적이 있어요. 양식당에 갔던 기억이 나는데, 혹시 아세요?"

고이치가 묻자 마스터는 크게 고개를 끄덕였다.

"그거라면 〈도가미 정〉이겠지. 저기 맞은편에 있었어. 지금은 중고 CD라든가 DVD를 파는 가게가 되어버렸지만."

"아, 그 식당이……. 그랬군요."

"지금은 간나이 쪽으로 옮겼어. 〈도가미 정〉이라고, 들어본 적 없어? 요즘 여기저기 체인점이 많이 생긴 모양이던데."

"긴자에서 본 것 같아요."

"그 원조가 바로 요 앞에 있었다니까. 작은 식당이었지만 당시부터 인기가 있었어. 손님이 길게 줄을 서서 기다릴 정도였으니까. 거기서 줄 서다가 지친 사람들이 우리 커피숍에 몰려와서 매상을 올려줬어." 마스터는 흐뭇한 소리로 말했다. 나쁜 추억은 아닌 모양이었다.

"그렇게 인기 있는 식당이었어요?"

"하이라이스가 인기 메뉴였어. 텔레비전이나 잡지에도 소개되고 그랬을걸? 나도 몇 번 먹으러 갔는데 아닌 게 아니라 맛있었어."

시즈나가 하이라이스 시식회에 간다고 했던 것을 고이치는 머릿속에 떠올렸다. 도가미 유키나리는 새롭게 오픈하는 체인점의 대표 메뉴로 올릴 생각이라고 했다.

"그 식당을 경영하던 분은 어떤 사람이었어요?"

"도가미 씨라는 사람이야. 그래서 가게 이름도 〈도가미 정〉이지. 장사에 열의를 가진 사람이었어. 처음에 식당 개업했을 때, 나한테도 인사를 하러 왔었어. 다른 데서 요리사 수업을 받다가 겨우겨우 내 가게를 마련하는 꿈을 이루었다던가, 그런 얘기를 했었네. 처음에는 손님이 없어서 고생하는 것 같더니 3년쯤 지나서부터였던가, 갑자기 우르르 몰려들더라고. 아까도 말했지만, 다들 길게 줄을 서서 기다리면서도 그걸 먹겠다고 몰려오는 거야. 거참, 굉장하구나 했더니만, 얼마 뒤에 가게를 간나이 쪽으로 옮겨 가더라고. 너무 비좁아서 안 되겠다면서. 아마 돈도 많이 벌었을 거야. 아, 그렇지, 간나이 쪽 가게, 어디인지 알려줄까?"

"아뇨, 괜찮아요. 제가 찾을 수 있을 거 같아요. 고맙습니다."

"간나이로 옮긴 게 10년 전이었던가. 그다음부터는 펑펑 터지듯이 인기를 끌어서 이제는 여기저기 체인점도 내고, 정말 앞서가도 한참 앞서가버렸어."

고개를 끄덕이면서 고이치는 남은 커피를 마셨다. 그가 알아본 정보에 의하면 〈도가미 정〉의 본점이 간나이로 옮겨 간 것은 정확하게 12년 전이다. 그 2년 뒤에 도가미 마사유키는 새로 집을 구매하기도 했다. 역시 상당히 쏨쏨이가 커졌다는 얘기일 것이다.

고이치 형제의 부모가 살해된 것은 14년 전이다. 마스터의 말을 그대로 믿는다면, 〈도가미 정〉이 인기를 끌기 시작한 무렵이었다. 그런 때에 점주가 이곳 요코하마에서 요코스카까지 찾아가 강도살인사건을 저지르리라고는 생각하기 어려웠다.

커피값을 치르고 고이치는 커피숍을 나왔다. 대각선으로 맞은편에 있는 중고 소프트점을 바라보았다. 가게 앞면이 모두 유리창이고 거기에 영화 포스터며 인기 아이돌의 포스터가 붙어 있었다. 직접 안에 들어가봐야 알겠지만, 일단 〈아리아케〉보다 약간 넓은 정도라고 짐작할 수 있었다. 사람들이 줄을 설 만큼 인기 있는 식당이었다면 좀 더 넓은 곳으로 옮기고 싶은 것도 당연한 일이라고 생각했다.

사쿠라기초역으로 나가려다 문득 생각나는 게 있어서 히노데마치역으로 발길을 옮겼다. 걸으면서 휴대전화를 꺼냈다. 어느 번호에 걸었다. 이 인물과 연락을 취하고 있다는 건 다이스케와 시즈나에게는 말하지 않았다.

상대 인물이 전화를 받았다. 히노데마치에 와 있으니 지금 잠깐 만날 수 있겠느냐고 말해보았다. 상대는 흔쾌히 허락해주었다. 요코스카추오역에서 만나기로 했다.

고이치가 게이힌 급행을 타보는 건 정말 오랜만이었다. 문바로 옆에 서서 바깥에 흘러가는 경치를 바라보며 먼 옛날 일을 떠올렸다. 산도 가깝고 바다도 가까운 이 고장이 고이치는 좋았다. 별을 보기가 힘들었던 기억은 한 번도 없었다.

고이치는 가만히 고개를 저었다. 감상에 젖어서는 안 된다고 생각했다. 이쪽 세계로 돌아오는 건 진즉에 포기했잖아, 하고 스스로를 다잡았다.

요코스카추오역에 도착하자 다시 한번 전화를 걸었다. 상대는 가까운 커피숍에 있다고 했다. 셀프서비스점이었다.

그 커피숍은 금세 눈에 띄었다. 고이치는 적잖이 긴장되는 마음으로 커피숍에 들어갔다. 연락은 몇 차례 주고받았지만 직접 만나는 건 몇 년 만이었다.

상대는 길거리를 마주한 카운터 자리에 앉아 있었다. 비스

듬히 뒤쪽에서 보이는 옆얼굴은 별반 달라진 게 없는 것 같았다. 단지 머리에 그새 새치가 섞여 있었다. 회색 양복에 감싸인 등판도 약간 여윈 것 같았다.

고이치는 커피를 사 들고, 그쪽으로 갔다. 곧바로 상대도 기척을 느끼고 몸을 돌려 바라보았다. 잠시 틈을 둔 뒤에, 눈을 큼직하게 떴다.

"고이치 군? 야아, 많이 컸네."

고이치는 그 옆에 앉으며 쓴웃음을 지었다.

"지난번에도 똑같은 소리를 하시더니. 제 키는 그때하고 똑같아요."

"그래? 아, 그러고 보니 그러네." 상대는 웃었다. 입가에 덥수룩하게 수염을 기른 건 14년 전의 그때와 똑같았다.

요코스카 경찰서의 가시와바라 씨였다. 지금도 같은 부서에서 형사 일을 하고 있었다. 그가 연락을 해온 건 고이치가 아동복지시설을 퇴소하고 얼마 안 되었을 때였다. 아동시설 쪽에서 연락처를 알아냈다고 했다. 그 뒤로 1년에 한두 번, 문득 생각난 것처럼 전화를 걸어오곤 했다. 대부분 별다른 용건도 없었다. 단순히 어떻게 지내느냐고 근황을 물어보는 것뿐이었다.

고이치는 가시와바라에게는 내내 거짓말을 해왔다. 다이스케나 시즈나와는 만나지 않는다고 말했던 것이다. 현재 자신들이 하고 있는 짓을 생각하면 현직 형사와 접촉한다는 것 자체가 지극히 위험하다는 자각 때문이었다.

"지난번에 만난 게 4년 전이었나?" 가시와바라가 말했다.

"네, 사설 도박장 건으로 만났었죠."

"그래, 맞다, 맞아."

4년 전, 가시와바라는 할 이야기가 있다면서 고이치를 불러냈다. 그 얼마 전에 요코하마에서 사설 도박장을 개설해 불법 도박을 하던 조직이 적발되었다. 거기에서 압수된 조직의 고객 리스트에 아리아케 유키히로라는 이름이 있었던 것이다. 말할 것도 없이 고이치 형제의 아버지 이름이다.

유키히로에게는 300만 엔 정도의 빚이 있었다. 살해되기 직전에 부부간에 지인들에게 돈을 빌리러 돌아다닌 이유가 아무래도 그 도박 빚을 갚을 목적이었던 것으로 생각되었다.

요코스카 경찰서에서는 그 도박 조직이 양식당 부부 살해사건과 관련이 있는 것으로 보고 수사를 재개했다. 가시와바라가 고이치를 불러낸 것도 그런 재수사의 일환이었다. 하지만 그 수사에서도 경찰은 진상을 밝혀내지 못했다. 도박 조직이 사건에 직접 관련되었을 가능성은 지극히 희박했던 것이다.

16

"그래서, 오늘은 무슨 일로 여기까지 왔지? 무슨 급한 일이라도 있었어?" 가시와바라가 물어왔다.

"아뇨, 딱히 볼일이 있는 건 아니고요. 근처에 나온 길에 잠깐 뵐까 하고. 바쁘신데 방해가 된 건 아닌지 모르겠네요."

고이치가 말하자 형사는 담뱃진으로 누렇게 된 이를 내보였다.

"관할서의 만년 말단 형사 신세인데 바쁘다고 해봐야 여기저기 지원 나가는 것뿐이야. 잠깐 옆길로 새도 별문제 없어. 요즘에는 나한테 별로 기대들도 안 하니까 속이 편하네. 눈빛이 확 변해서 뛰어다녔던 건 그때가 마지막이야."

그가 말하는 '그때'가 언제를 가리키는지는 고이치도 잘 알고 있었다.

"벌써 14년 전이에요. 솔직히 휙 지나가버린 것 같아요." 고이치는 말했다. "이제 곧 공소시효예요."

가시와바라는 고개를 끄덕이고 커피를 후루룩 마셨다.

"요즘 들어 다시 한번 수사를 해보자는 움직임이 있어. 이제와 새삼 무슨 소리냐고 생각하겠지? 하지만 다 그런 거야. 이런저런 사건은 줄줄이 터지고, 그때그때 해결되지 않는 건 자꾸 뒤로 밀리게 돼. 그러다가 공소시효가 다가오면 다시 허둥

지둥 움직여보는 거야. 그래봤자 쓸데없다는 건 누구나 다 알지. 14년 동안이나 단서가 나오지 않았는데, 시효 직전에야 뭔가 잡히다니, 그런 일은 거의 드물어. 단순히 매스컴의 눈치를 보느라 움직이는 척하는 것뿐이야."

고이치는 고개를 끄덕였다. 가시와바라 자신은 잊어버린 모양이지만, 그는 4년 전에도 그 비슷한 말을 했었다. 도박 조직이 전혀 관계가 없다는 결론이 나오자 요코스카 경찰서도 현경 본부도 다시 양식당 부부 살해사건에서 철수해버렸던 것이다.

"역시 아무 진전도 없어요?" 고이치는 물었다.

가시와바라는 떨떠름한 얼굴이 되었다.

"유일한 단서가 그때의 그 몽타주인데 벌써 14년이나 지났잖아. 사람 얼굴이란 건 변하는 거라서 말이야."

"그 몽타주 말인데요, 비슷한 사람을 하나도 찾지 못한 건 아니지요?"

"그야 비슷한 사람이라면 몇 명 있었지. 일반인의 제보도 숱하게 들어왔어. 그때마다 우리가 달려갔었어. 가나가와현이나 도쿄는 물론이고 사이타마와 도치기현까지 갔던 적도 있어. 하지만 전부 허탕이었어."

"그 사람들의 리스트, 지금도 갖고 있어요?"

"그 사람들이라니, 몽타주와 비슷했던 사람들? 물론 보관하고 있겠지. 하지만 그건 왜?"

"아뇨, 그걸 좀 볼 수 있을까 해서요."

가시와바라는 그 즉시 의아한 얼굴로 고이치를 찬찬히 쳐다보았다. 고이치는 시선을 돌리며 커피 잔을 입에 옮겼다.

"시효는 하루하루 다가오고, 경찰에서도 별다른 수확이 없는 것 같고, 그래서 제 나름대로 할 수 있는 일을 해볼까 하고요. 이를테면 인터넷으로 정보를 수집한다든가."

"그거라면 그런 리스트는 필요 없을 텐데? 고이치 군, 혹시 혼자서 뭔가 계획을 짜고 있는 거 아냐?"

"계획이라니, 그런 거 없어요. 그 리스트에 오른 사람들을 다시 한번 찾아보는 것도 나쁘지 않겠다고 생각한 것뿐이에요." 유리문 너머로 거리를 바라보며 고이치는 말했다. 가시와바라가 지그시 쳐다보는 것을 뺨으로 감지했다.

"그럴싸한 사람을 찾아냈나?" 가시와바라가 물어왔다. "그래서 그 사람 이름이 리스트에 있는지 없는지 확인해보려는 건가?"

그 말에 고이치는 동요했다. 역시 형사는 다르다고 생각했다. 마음속을 정확히 읽어냈다.

고이치는 웃으며 고개를 저었다.

"그런 사람이 있다면 가장 먼저 가시와바라 씨께 상의하겠죠. 몇 번이나 말하지만, 내 나름대로 조사해보는 것뿐이에요. 아무것도 안 하고 시효가 오기만을 기다리는 게 싫어서요."

가시와바라는 형사 특유의 날카로운 시선을 고이치에게로 던져왔다. 고이치는 마음속을 읽어내려고 하는 힘을 느꼈다.

이윽고 가시와바라는 후유 한숨을 토해냈다. 그와 동시에 눈에 깃들었던 광채도 꺼졌다.

"그런 리스트를 민간인에게 내줄 수는 없어. 게다가 경찰에서 아무것도 안 하는 건 아니야. 아까도 말했듯이 시효를 앞두고 조금씩 움직이고 있어. 몽타주와 닮은 사람들도 다시 조사할 거고."

"그렇다면 다행이죠."

"근데 동생하고 누이는 어때? 요즘도 연락을 안 하나?"

"예, 어디서 어떻게 지내는지도 몰라요."

"그래? 정말 소중한 혈육인데……. 가족은 역시 함께 사는 게 좋아."

가시와바라의 말투에는 진심이 담긴 듯한 깊은 울림이 있었다. 고이치는 4년 전에 들은 이야기가 생각났다. 가시와바라는 이혼한 전처와의 사이에 아이가 있었지만 선천성 질병으로 몇 차례나 수술과 입원을 거듭한 끝에 사망했다는 것이었다. 중학교에 올라가기 직전이어서 교복까지 준비해두었다고 했다.

"가시와바라 씨, 요즘도 혼자 지내세요?"

"뭐, 그렇지."

"재혼은 안 하시고요?"

고이치가 말하자 가시와바라는 어깨를 흔들며 웃었다.

"이런 찌그러진 고물 아저씨한테 누가 시집을 오겠어? 고이치 군이야말로 이제 슬슬 결혼하는 게 어때?"

"생각해본 적도 없어요."

"새로운 가족도 아주 좋은 거야. 하긴 내가 이런 말 해봤자 설득력도 없겠지만." 가시와바라가 그렇게 말했을 때, 그의 가슴팍에서 휴대전화가 울렸다. 아, 실례, 라면서 전화를 꺼내더니 두세 마디 주고받은 뒤에 끊었다. "아, 미안. 호출이야. 모처럼 여기까지 왔는데 미안하네."

"저야말로 근무 중이신데 죄송해요."

"또 연락해." 가시와바라는 자신의 빈 잔을 손에 들고 걸음을 옮겼지만, 곧바로 멈춰 서서 돌아보았다. "뭔가 잡히면 반드시 나한테 연락해. 혼자서 어떻게 해보려고 하지 말고. 알았지?"

알았어요, 라고 고이치는 대답했다.

커피숍을 떠나는 가시와바라의 뒷모습을 눈으로 배웅하며, 고이치는 도가미 마사유키의 일에 대해서는 아직 말할 수 없다고 생각했다. 다이스케는 그 사건 때에 목격한 남자와 꼭 닮았다고 했지만, 그것만으로는 범인이라고 단정할 수 없었다. 지금으로서는 도가미 마사유키는 사기 작전 타깃의 아버지일 뿐이다. 가시와바라에게 그에 대한 이야기를 한다면 틀림없이 도가미 마사유키를 마크할 터였다. 그렇게 되면 현재 진행 중인 계획은 중단하지 않으면 안 된다. 그뿐만이 아니었다. 가시와바라는 아들인 도가미 유키나리에 대해서도 조사할 것이고, 이윽고 다카미네 사오리라는 여자의 존재까지 알아낼 우려가 있었다. 그녀가 시즈나라는 게 알려지면 틀림없이 수상하게 생각할 것이다. 가시와바라에게 그런 일로 추궁을 당하면 그걸 적당히 얼버무리고 넘어갈 자신이 고이치에게는 없었다.

도가미 유키나리가 기획한 고객 감사회는 〈도가미 정〉 히로오점에서 열렸다. 평소에는 휴업하는 일요일에 식당 문을 열고, 초대장을 받은 고객들이 도착하기를 유키나리는 오후 5시부터 기다렸다. 모임이 시작되는 건 6시부터였다.

명목은 감사회였지만 실제로는 새로운 메뉴에 대한 평가를 들어보기 위한 시식회였다. 물론 이번에 오픈하는 아자부주반 체인점을 위한 행사다. 초대장을 받은 단골들도 그런 점은 잘 알고 있었다. 그래서 도가미 마사유키 사장의 후계자 아들이 얼마나 대단한 솜씨를 보여주려나, 흥미진진하게 기대하며 찾아올 터였다. 일부러 따끔한 평가를 해줄 생각으로 찾아오는 사람도 적지 않을 거라고 유키나리는 미리 각오를 다졌다.

5시 반쯤부터 손님들이 띄엄띄엄 식당에 들어서기 시작했다. 그중에는 유키나리가 잘 아는 얼굴도 많았다. 성급한 단골중에는 벌써부터 축하한다고 인사를 건네는 이도 있었다. 새 가게 오픈을 앞둔 축하회, 라는 식으로 생각하는 모양이었다.

감사회 시작은 6시부터였지만 식당 안의 중앙 테이블에 이미 음료와 가벼운 먹을거리를 준비했다. 일찍 도착한 손님들은 우선 그걸로 목을 축이며 담소하고 있었다. 좌석이 정해져 있었지만 입식 파티처럼 선 채로 잔을 기울이는 사람도 눈에 띄었다.

유키나리도 그들과 어울려 대화를 나누는 참에 접수처 담당 직원이 다가왔다.

"저쪽 손님이 초대장이 없으시다는데요." 그렇게 말하며 입구를 가리켰다.

다카미네 사오리였다. 불안한 기색으로 서 있었다.

알았어, 라고 말하고 유키나리는 그녀 쪽으로 향했다.

그를 보자 사오리는 구원자를 발견한 듯 안도하는 표정을 보였다.

"초대장을 못 받았어요? 틀림없이 우송했을 텐데."

"네, 받았어요. 근데 내가 갖고 있다가 잃어버릴 거 같아서 함께 오기로 한 친구에게 맡겨뒀어요. 초대장에 두 사람까지 와도 좋다고 해서요."

"그럼 그 친구도 곧 올 모양이죠?"

"근데 방금 전에 몸이 불편해서 못 오겠다는 연락이 왔어요.

초대장 없이 참가할 수 없다면 저는 이대로 돌아가도 괜찮은데……."

"무슨 말씀을. 전혀 문제없어요. 내가 직접 초대한 손님인데요. 어서 이쪽으로 오시죠."

유키나리는 좌석 표를 확인해본 뒤에 그녀를 자리까지 안내했다. 구석 쪽의 테이블이었다.

"자, 그럼 편히."

"저어……." 사오리가 주위를 둘러보며 목소리를 낮췄다. "나, 좀 이상하게 보이겠죠? 이런 곳에 여자 혼자 오다니."

"그런 건 신경 쓸 거 없어요."

"하지만 다른 사람들은 모두 동행이 있는데 나만 혼자 먹는 건 아무래도 좀 창피해요."

"아, 그런가?" 주위를 둘러보며 유키나리는 고개를 갸우뚱했다. 혼자 식사해도 전혀 상관없다고 생각했지만, 젊은 아가씨는 그런 게 신경이 쓰이는지도 모른다.

"도가미 씨는 식사 안 하세요?" 사오리가 물어왔다.

"아뇨, 오늘은 나도 함께 먹을 거예요. 손님들과 똑같은 환경에서 먹어봐야 문제점을 파악할 수 있으니까요." 그렇게 말하고 유키나리는 그제야 퍼뜩 생각난 것을 말했다. "괜찮으시다면 내가 합석할까요? 원래 나 혼자 먹을 생각이었거든요. 물론 다카미네 씨가 싫지 않으시다면."

사오리의 표정이 그 순간 환해졌다.

"그러시면 너무 좋죠. 나도 한결 마음이 놓이고, 어색하지도 않고."

"알았어요. 담당자에게 자리를 준비하라고 할게요."

일단 사오리 곁에서 물러나면서 유키나리는 자신이 너무 염치 좋은 제안을 한 게 아닌가 하고 생각했다. 그녀가 반가워해 주는 것 같기는 했지만, 자신의 말을 차마 거절하지 못했는지도 모른다.

6시가 되자 체인점 점장의 짧은 인사말이 있었고, 이어서 식사에 들어갔다. 첫 순서로 여러 종류의 애피타이저가 나왔다. 하나같이 양이 적은 것은 되도록 다양한 요리를 맛보게 하려는 목적 때문이었다.

사오리는 음식을 입에 넣으며 고개를 끄덕이고 생각에 잠기기도 했다. 그 몸짓의 의미가 유키나리는 하나하나 궁금해서 견딜 수가 없었다.

"뭔가 걸리는 점이라도?" 유키나리는 물어보았다.

"아뇨, 정말 맛있어요."

"하긴 내 앞에서는 솔직하게 말하기가 어려울 거예요. 식사가 끝난 뒤에 앙케트 용지를 나눠줄 테니까 거기에 느낌을 적어줘요. 어떤 신랄한 비평이라도 괜찮아요."

"아유, 신랄할 것까지야……." 그녀는 미소를 짓더니 이내 고개를 끄덕였다. "하지만 모처럼 초대해주셨으니까 제가 생각한 그대로 적어볼게요."

"부탁해요."

머리를 숙이면서 역시 보통내기가 아니라고 유키나리는 느꼈다. 보통이라면 흔해빠진 찬사를 늘어놓을 자리였다. 그렇게 하지 않는 점에서 그녀의 꼿꼿한 성품과 성실성이 고스란히 드러나는 것 같았다.

"오늘, 아버님은 참석하시지 않았나요?" 사오리가 물었다.

"아버지는 초대하지 않았어요." 유키나리가 시원하게 대답했다. "오늘 저녁의 모임은 내가 나를 위해 기획한 것이거든요. 아버지와는 관계가 없어요. 초대하는 사람들도 내가 정했습니다."

"그러시군요."

"아버지한테 무슨?"

"아뇨, 별로." 그녀는 고개를 저은 뒤, 눈을 슬쩍 치켜뜨며 유키나리를 바라보았다. "〈도가미 정〉의 맨 처음 가게는 요코하마에 있었다죠?"

"맞아요. 사쿠라기초와 히노데마치 중간쯤에 있었어요."

"그즈음에 요코스카 쪽에 가본 적은 없었어요?"

"요코스카? 아뇨, 나는 간 적이 없어요. 근데 요코스카가 왜요?"

"아뇨, 그쪽에 아는 사람이 있어서요."

"그랬군요." 유키나리는 고개를 끄덕였지만, 어째서 아버지에 대해 물은 뒤에 갑작스럽게 요코스카 이야기를 꺼내는 걸까, 하고 의아했다.

점장과의 상의를 위해 잠시 자리를 떴을 때, 어느 부인이 유키나리에게 말을 건네왔다. 오래된 단골손님 중의 한 사람이었다.

"저기 저이는 누구야? 아주 예쁜 아가씨인데? 유키나리 씨의 여자 친구?"

유키나리는 황급히 손을 저었다.

"그런 거 아니에요. 그냥 초대 손님입니다."

"내가 보기에는 그냥 손님이 아닌 것 같아. 유키나리 씨한테도 드디어 여자 친구가 생긴 모양이라고 우리 남편하고도 얘기했어."

"아, 아니에요. 정말 그런 거 아니라니까. 아휴, 좀 봐주세요."

식은땀을 흘리며 유키나리는 부인 앞에서 도망쳤다. 하지만 그리 나쁜 기분은 아니었다. 다카미네 사오리 같은 여자라면 좋은 인연을 맺을 수 있을 것 같다는 생각이 머릿속을 스쳤다.

요리 순서가 차례차례 흘러가고 드디어 마지막 요리 하이라이스가 손님들의 테이블에 올랐다. 유키나리는 바짝 긴장했다. 이 요리를 먹은 손님들이 어떤 반응을 보이는지, 놓칠 수는 없다.

다행히 손님들의 반응이 괜찮은 듯했다. 이렇게 맛있는 하이라이스는 처음이라는 말도 여기저기서 들려왔다.

유키나리는 가슴을 쓸어내리며 맞은편 자리로 고개를 돌렸다. 그 순간, 가슴이 철렁했다.

사오리의 기색이 심상치 않았던 것이다. 뺨이 창백해졌고 잔뜩 굳은 표정이었다. 핏발 선 눈으로 한 지점을 응시하고 있었다. 그 눈에서 눈물이 주르륵 흐르기 시작했다.

17

휴대전화로 게임을 하던 손을 멈추고 다이스케는 시간을 확인했다. 곧 8시다. 고객 감사회가 시작되고 약 두 시간이 지났다. 이제 슬슬 디저트가 나올 시간일 거라고 생각하며 게임을 종료시키고 휴대전화를 조수석에 툭 던졌다. 운전석 시트에 몸을 맡기고 대각선으로 앞쪽의 빌딩에 시선을 던졌다. 〈도가미 정〉 히로오점이 자리한 빌딩이었다.

지난번과 마찬가지로 시즈나가 나오기를 기다리는 것이었다. 혹시 도가미 유키나리와 둘이 어딘가 다른 곳에 간다면 미행을 할 예정이지만, 아마 오늘 저녁도 허탕일 거라고 짐작하고 있었다. 다이스케는 지금까지의 경험상, 여자에게 무관심한 남자에도 두 종류가 있다고 생각했다. 첫 번째는, 여자에게 인기를 끌기 위해 나름대로 노력하지만 상대 쪽에서 전혀 반응이 없는 타입, 그리고 두 번째는 인기를 끌지 못하는 것도 아닌데 다른 일에 관심이 쏠려서 여자와는 인연이 없는 타입이다.

대부분의 경우, 첫 번째 타입은 여자에 대해 적극적이다. 자신이 먼저 말을 붙일 용기는 없지만, 여자 쪽에서 자신을 좋아해줄 거라고 내심 기대하는 편이다. 이런 타입을 공략하는 건 시즈나에게는 식은 죽 먹기였다. 눈을 감고도 속여 넘길 수 있었다. 돈을 뜯어내는 것도 간단해서 그리 큰 수고가 들지 않는다.

하지만 도가미 유키나리는 명백하게 두 번째 타입이었다. 오늘 저녁, 그가 시즈나를 초대한 것은 자신의 일을 위해서였다. 시즈나를 밉지 않게 봤다는 건 분명하지만, 그런 감정을 직장에서 드러내서는 안 된다는 고지식함도 있다. 아니, 그보다 시식회 뒤에 그녀에게 데이트를 신청한다는 건 생각조차 못한다. 따라서 여자가 오히려 데이트 신청을 원한다는 식의 억측도 당연히 하지 않는다. 그런 발상 자체가 애초에 그의 머릿속에는 없는 것이다.

시즈나도 이번에는 고생 좀 하겠어―. 집을 나서기 전에 다이스케는 고이치에게 말했었다. 아마 그럴 거라고 고이치도 고개를 끄덕였다.

고이치는 전날 요코하마에 다녀온 모양이었다. 〈도가미 정〉 본점이 처음에 있었던 장소를 돌아보는 등, 도가미 마사유키에 관한 정보를 수집해 왔다고 했다.

역시 사람을 잘못 본 게 아니냐고 고이치는 말했다. 사건이 일어난 시기에 도가미 마사유키는 자신의 식당을 꾸려가기도 바쁜 상황이었기 때문에 요코스카의 양식당까지 강도 짓을 하러 갈 이유가 전혀 없었다는 것이다. 〈도가미 정〉과 〈아리아케〉의 연관성에 대해서도 아무것도 잡히는 게 없다고 했다.

다이스케는 형의 조사 및 분석 능력에는 전폭적인 믿음을 갖고 있었다. 그런 형이 하는 말이니까 그건 맞는 말이라고 생각하는 수밖에 없었다.

하지만—.

지난번에 이곳에서 도가미 마사유키의 얼굴을 본 순간의 충격은 지금도 다이스케의 가슴속에 생생하게 남아 있었다. 물론 14년이나 지난 일이라서 기억이 변했을 가능성도 있고, 사람을 잘못 볼 수도 있다. 그런 건 다 알고 있었다. 그런데도 다이스케에게는 도가미 마사유키의 얼굴이 사건이 났던 날 밤에 목격한 그자의 얼굴과 고스란히 겹쳐졌다. 한 치의 틀림도 없이, 복사본을 뜬 것처럼, 정확하게 일치하는 것이다.

다이스케는 고개를 휘휘 저었다. 그 일에 대한 생각은 이제 그만두자. 괜히 딴생각에 빠져 시즈나를 경호하는 데 소홀해 져서는 일을 그르치게 된다.

다시 빌딩 쪽으로 시선을 던졌을 때, 도가미 유키나리가 나오는 게 눈에 들어왔다. 다이스케는 흠칫 놀라 몸을 일으켰다. 유키나리 옆에 시즈나도 함께 있었기 때문이다. 게다가 유키나리는 시즈나의 어깨를 감싸 안고 있었다.

두 사람은 신호가 바뀌기를 기다려 도로를 건너기 시작했다. 다이스케도 그 걸음을 따라 고개가 돌아갔다. 그저 배웅만 하는 것이라면 유키나리까지 함께 건너올 리가 없다.

시즈나는 고개를 푹 숙이고 있었다. 어딘지 힘이 없어 보였다. 하지만 술에 취한 것 같지는 않았다.

두 사람이 길을 다 건넌 순간, 유키나리가 손을 번쩍 들었다. 검은 택시 한 대가 두 사람 앞에 서고 뒷좌석의 문이 열렸다.

설마, 하고 생각하면서 다이스케는 차의 시동을 걸었다. 하지만 그의 감은 정확했다. 유키나리가 시즈나를 차에 태운 뒤, 뒷좌석에 함께 올라탄 것이다.

택시가 떠나는 것과 거의 동시에 다이스케도 차를 움직였다. 왼손으로 조수석의 휴대전화를 쥐고 주위에 경찰차가 없는지 확인하며 급히 버튼을 눌렀다.

"무슨 일이야?" 고이치가 전화를 받자마자 물었다. 이 시간에 연락이 온 것만으로도 뭔가를 예감한 모양이었다.

"시즈나가 유키나리와 함께 〈도가미 정〉에서 나왔어. 그뿐만이 아니야. 둘이 함께 택시를 탔어."

"식당에서 나온 건 두 사람뿐이었어?"

"응, 둘이 나란히 나왔어. 유키나리 녀석, 시즈나의 어깨를 감싸 안고 있더라고."

"그거 이상하네."

"뭐가 이상해? 드디어 시즈나가 놈을 함락시켰다는 거 아냐?"

"그렇다고 해도 다른 손님들이 식당에서 나오지 않았다는 건 뭔가 이상하지. 유키나리가 나온 걸 보면 시식회는 끝났다는 거잖아. 주최자가 다른 손님들을 놔두고 먼저 돌아갈 리가 없어."

맞는 말이었다. 역시 형은 냉철하다고 다이스케는 새삼 감탄했다.

"어느 쪽으로 가고 있지?" 고이치가 물었다.

"롯폰기 거리로 들어왔어. 다메이케 방향으로 가는 중."

"그대로 계속 미행해. 절대로 놓치지 마."

"알았어. 혹시 호텔이나 러브호텔에 들어갈 눈치가 보이면 지난번 그 방법으로 나갈게."

그럴 경우에는 시즈나에게 휴대전화를 걸기로 약속이 되어 있었다. 부모님이 갑작스러운 사고를 당했다는 연락을 보내는 것이다. 그런 소식을 들은 시즈나를 계속 붙잡아두려는 몰상식한 남자는 없을 터였다.

"응, 그 방법을 쓰면 되겠지만 아마 그런 곳에는 안 갈 거다." 고이치가 말했다. "아무튼 조심해서 미행해."

알았음, 이라고 대답하고 다이스케는 전화를 끊었다.

시즈나와 유키나리가 탄 택시는 우치보리 거리에서 가지바시로, 다시 신오바시 거리로 달려갔다. 그 방향으로 봐서 목적지는 대략 짐작이 갔다. 택시는 분명 니혼바시로 향하고 있었다. 니혼바시 하마초에는 시즈나의 맨션이 있다.

택시는 스이텐구마에 사거리를 지나면서 좌회전했다. 이제는 의심할 여지가 없었다. 유키나리는 시즈나를 집까지 데려다줄 생각인 것이다.

짙은 회색 건물 앞에서 택시는 멈춰 섰다. 유키나리가 내리고, 뒤를 이어 시즈나가 차에서 나왔다. 다이스케는 두 사람의 행동을 지켜보았다. 유키나리가 집에까지 올라갈 눈치를 보이면 그에 따른 대응을 하지 않으면 안 된다.

하지만 유키나리는 시즈나에게 몇 마디 말을 건넨 뒤, 다시 택시에 올라탔다. 택시가 달려가는 것을 지켜보더니 시즈나는 맨션으로 들어갔다.

다이스케는 차를 길가에 세우고 엔진을 껐다. 차에서 내리자마자 맨션을 향해 뛰어갔다.

혹시 있을 불상사를 생각해 시즈나의 맨션 열쇠는 다이스케
도 갖고 있었다. 오토록을 해제하고 안으로 들어갔다. 그녀의
집은 5층이었다. 엘리베이터가 오기를 기다리는 동안, 다이스
케는 몇 번이나 발을 동동 굴렀다.

503호실 앞에서 차임벨을 누른 뒤 손잡이를 돌렸다. 문은
잠겨 있지 않았다.

시즈나는 원룸 한가운데 주저앉아 있었다. 코트를 입은 그
대로였다. 다이스케를 돌아보는 그녀의 얼굴은 창백했다.

"작은오빠……"

"무슨 일이야?" 다이스케는 구두를 벗어 던지고 안으로 들
어갔다. "도가미가 왜 여기까지 너를 바래다줬어? 어디 몸이라
도 아픈 거야?"

시즈나는 고개를 저었다.

"그런 거 아냐. 미안해, 내가 이번 작전을 엉망으로 만든 것
같아."

"엉망으로? 무슨 소리야, 찬찬히 설명해봐." 다이스케는 시
즈나 옆에 앉았다. 새삼 그녀의 얼굴을 들여다보고 흠칫 놀랐
다. "시즈나, 너 울었어?"

눈가의 화장이 뭉개져 있었던 것이다.

"참으려고 했는데 저절로 눈물이 쏟아져서. 미안해."

"그러니까 무슨 일이 있었느냐고 묻잖아. 대답해봐." 다이스

케는 자신의 양 무릎을 내리쳤다.

시즈나는 미간을 찌푸린 채 입을 앙다물고 있었다. 그것을 보고 다이스케는 더욱더 답답했다.

"시즈나, 제발 좀……."

"하이라이스……."

"뭐?"

시즈나가 다이스케를 바라보았다. 호흡을 가다듬으려는 듯 가슴을 크게 들먹거리고 다시 입을 열었다.

"시식회 마지막에 하이라이스가 나왔어. 도가미 유키나리가 말했던, 새 체인점의 자랑거리라는 하이라이스."

"그게 어쨌는데?"

"똑같았어."

"뭐가?"

시즈나는 대답을 망설이듯이 입술을 핥고 나서 말했다. "우리 하이라이스……."

"우리 하이라이스?"

"아빠가 해줬던 하이라이스, 〈아리아케〉 양식당의 하이라이스 말이야. 오늘 저녁에 먹은 하이라이스가 그거하고 똑같았어. 완전히 똑같은 맛이었어."

시즈나의 말을 들은 뒤에도 고이치는 팔짱을 낀 채 조용히 입을 다물고 있었다. 날카로운 눈빛으로 공간의 어딘가 한 점을 골똘히 노려보았다.

다이스케는 침대에 걸터앉아 형의 반응을 기다렸다. 고이치를 시즈나의 맨션에 호출한 것은 10여 분 전이었다. 무슨 일인가 하고 당황하는 기색이 역력한 고이치에게 일단 시즈나의 말을 들어보라고 했던 것이다.

"나는 믿을 수가 없어." 고이치가 허공의 한 점을 응시한 채 말했다. "그런 일, 있을 리가 없어."

"하지만 사실이야. 내 말이 맞아. 나, 정말 걷잡을 수 없이 눈물이 쏟아졌어. 그 맛, 옛날의 그 하이라이스의 맛이 너무 반갑고 그리워서……." 시즈나는 슬픈 얼굴로 호소했다.

고이치가 그제야 시즈나를 정면으로 바라보았다.

"네가 그 맛을 기억하고 있어? 아버지가 해준 하이라이스, 벌써 14년 전의 옛날 일이야."

"아니, 난 기억해. 그걸 어떻게 잊을 수 있어? 내가 얼마나 좋아했는데?"

"게다가 요즘에도 먹고 있어." 옆에서 다이스케가 말했다. "형이 가끔 그 요리를 해줬잖아."

그러자 고이치는 천천히 고개를 저었다.

"그건 아냐. 내가 요리한 건 아버지의 하이라이스가 아냐."

"나도 알아. 오빠가 해준 건 아빠의 하이라이스와는 맛이 달라." 시즈나가 말했다.

"형, 그런 거야?" 다이스케는 고이치를 바라보았다.

"전혀 다르지. 내가 요즘 차려낸 건 생략 버전이야. 아버지의 하이라이스는 훨씬 더 손이 많이 가."

"나는 몰랐는데……." 다이스케가 머리를 긁적였다.

"너는 맛에는 둔한 편이니까." 고이치는 뺨을 풀며 웃은 뒤, 시즈나를 보았다. "하지만 미묘한 차이라는 건 분명해. 그걸 시즈나, 너는 알고 있었다는 거야?"

"당연하지. 그래서 정말 깜짝 놀랐어. 오늘 거기서 그걸 맛보게 될 줄은 생각도 못 했으니까."

시즈나의 말을 듣고 고이치는 다시금 팔짱을 꼈다. 의자에 깊숙이 몸을 맡기고 천장을 올려다보았다.

"정말로 아버지의 맛이었단 말이지?"

"틀림없어." 시즈나는 대답했다.

좋아, 라고 말하며 드디어 고이치는 의자에서 일어섰다.

"다이스케, 자동차 키 좀 줘."

"어디 가려고?"

"슈퍼에. 쓰키시마 시장에 24시간 영업하는 슈퍼, 있었지?"

"슈퍼에? 뭐 하려고?"

"그야 뻔하지. 하이라이스 재료를 사러 갈 거야."

다이스케와 시즈나는 동시에 깜짝 놀란 소리를 냈다.

"형, 지금 요리를 하겠다고?"

"그래. 생략 버전이 아냐. 진짜 아버지의 맛을 재현할 거야. 그래서 시즈나가 먹어보고, 오늘 저녁 〈도가미 정〉에서 먹은 하이라이스와 맛을 비교하자는 거야. 확인할 방법은 그거밖에 없잖아?" 말을 하자마자 고이치는 재킷을 집어 들고 방을 나섰다.

그리고 약 두 시간 뒤, 집 안이 소스 향기로 가득 찼다. 고이치는 수건을 머리에 두르고 부엌에서 부지런히 움직였다. 원래 요리에는 선수였지만, 그토록 생생한 표정으로 임하는 모습을 다이스케는 본 적이 없었다.

"시식회에서 먹고 왔는데도 냄새를 맡으니까 또 배가 고프네." 시즈나가 혀를 쏙 내밀며 말했다.

"그보다 도가미란 녀석은 어땠어? 네가 우는 바람에 깜짝 놀란 거 아냐?" 다이스케가 물었다.

시즈나는 시들한 얼굴로 고개를 끄덕였다.

"그건 말할 것도 없잖아. 다른 손님들이 흘끔흘끔 쳐다보고, 정말 난감했어. 도가미가 어디 몸이 불편하냐고 물어보는데 내가 아무 대답도 못 하니까 일단 밖으로 나가자면서 나를 데리고 나왔어. 그리고 내 코트를 가져오더니 집까지 데려다주겠다고 하더라고. 나, 완전히 정신이 나가서 도가미가 하라는 대로 그냥 택시를 탔어."

"네가 우는 이유를 도가미가 캐묻지 않았어?"

"아니, 택시 안에서 집이 어디냐고 물어본 것 말고는." 그리고 시즈나는 불쑥 한마디를 덧붙였다. "그 사람, 꽤 좋은 사람인지도."

다이스케는 고이치를 돌아보았다. "형은 어떻게 생각해?"

"뭘?"

"이번 작전 말이야. 오늘 일로 뭔가 차질이 생긴 건 없어? 시즈나는 계획이 엉망이 되었다고 걱정했는데."

"그 작전을 어떻게 할 것인지······." 고이치는 냄비 안을 들여다보며 말했다. "이 하이라이스의 맛에 달렸어."

형의 말에 다이스케는 시즈나와 얼굴을 마주 보았다.

그리고 다시 두 시간 뒤, 테이블에는 하이라이스를 담은 접시가 올라왔다. 그 앞에 앉아 시즈나가 스푼을 들었다.

고이치와 다이스케가 지켜보는 가운데, 그녀는 스푼으로 하이라이스를 떠서 입 안에 넣었다. 그 눈에는 긴장한 빛이 가득했다.

입을 움직이던 시즈나의 눈이 번쩍 떠졌다. 다시 또 한 스푼을 떠먹었다.

어때, 하고 고이치가 물었다.

시즈나는 그를 돌아보며 깊이 고개를 끄덕였다. "정말이네? 이거, 아버지 맛이야."

다이스케도 스푼을 들고 하이라이스를 먹어보았다. 그것은 말 그대로 〈아리아케〉의 맛이었다. 그리움이 입 안에 스르르 퍼졌다. 감각이 10여 년 전으로 되돌아간 것 같았다.

"오늘 저녁에 〈도가미 정〉에서 먹은 하이라이스도 이 맛이었어?" 고이치가 물었다.

시즈나는 곧바로 대답하는 대신 다시 한 스푼을 먹어보았다. 그리고 슬쩍 고개를 갸웃거렸다.

"어때? 빨리 말해봐." 고이치가 재촉했다.

"거의 똑같아. 그런데 아주 미세하게 다른 것 같기도 하고……."

"뭐야, 역시 다른 거였어?" 다이스케가 피식 웃으면서 말했다.

"그게 아냐. 〈도가미 정〉의 하이라이스에는 먹은 다음에 은 근히 남는 향기가 있었고, 그게 아빠의 하이라이스하고 완전히 똑같았어. 그 향기가 큰오빠의 하이라이스에는 없어. 그래서…… 〈도가미 정〉 쪽이 더 아빠의 하이라이스야."

18

다카야마 히사노부는 애써 아무렇지도 않은 척 표정을 관리했다. 사실은 너무나 큰 충격에 그 자리에 털썩 주저앉을 뻔했다.

그는 조심스럽게 표정을 유지하면서 커피 잔에 손을 내밀었다. 우선은 냉정한 모습을 보여줘야 한다고 생각했다. 크게 당황한 것을 시호에게는 들키고 싶지 않았다.

하지만 정신적인 충격파는 다카야마가 자각한 것보다 훨씬 더 컸다. 손끝에 힘이 주어지지 않아 커피 잔이 받침 접시 위에서 다르륵 맞부딪히는 소리를 냈다. 그는 잔을 내려놓고, 이번에는 물이 든 컵을 움켜쥐었다. 그것을 입가로 가져와 물을 목구멍에 흘려 넣었다. 당황한 탓에 하마터면 물이 기도로 들어갈 뻔했다. 사레가 들려 물을 왈칵 뿜었다. 입 주위가 젖어버렸다. 손수건을 꺼내 입을 가렸지만, 사레는 좀체 가라앉지 않았다. 눈물까지 났다.

목소리를 낼 수 있기까지 한참 그대로 자세를 유지했다. 흘끔 앞을 살펴보니 그때까지 고개를 숙이고 있던 미나미다 시호가 걱정스러운 듯 슬그머니 눈을 치켜뜨며 바라보고 있었다.

"괜찮아?"

다카야마는 손수건으로 입을 가린 채 고개를 끄덕였다. 정말 추태를 연출하는구나, 하고 스스로에게 화가 났다.

시호에게서 문자가 온 것은 그 전날 저녁 무렵이었다. 긴히 할 말이 있으니 시간을 좀 내달라는 것이었다. 다카야마는 뛸 듯이 기뻤다. 그녀와는 한동안 만나지 못했다. 그 자신이 바빴던 탓도 있지만 그녀에게 전화를 해도 매번 연결되지 않고, 문자를 보내도 좀체 답신이 오지 않았던 것이다. 그 이유에 대해 그녀는 "새 일을 맡게 되어서 휴대전화를 체크할 여유도 없다"라고 말했다. 그녀는 패션 디자이너의 조수 일을 하고 있었다.

시호의 문자를 받자마자 다카야마는 언제라도 만날 수 있다는 답신을 보냈다. 그러자 시호가 시간과 장소를 정해 보내왔다. 긴자의 큰길이 내려다보이는 커피숍, 전에 산쿄은행의 고미야를 소개해줄 때 왔던 커피숍이다.

오랜만에 시호를 만난다는 것 때문에 마냥 기쁘기만 했던 다카야마는, 그러나 점점 불안해졌다. 긴히 할 말이라는 게 뭘까. 가만 생각해보니 그녀 쪽에서 먼저 만나자고 한 것은 이번이 처음이었다.

그리고 정확히 약속 시각에 나타난 시호는 차를 주문한 뒤에 굳은 표정으로 이렇게 말을 꺼냈다.

"너무 갑작스러운 일이라 미안하지만, 우리 이제 그만 만나야 할 것 같아."

그 한마디가 다카야마를 아득한 나락으로 처박았던 것이다.

흐트러진 호흡이 가까스로 안정을 되찾았다. 그는 입을 가렸던 손수건을 들어 이마를 닦았다. 식은땀 같은 것이 송송 맺혔기 때문이다.

"정말 괜찮아?" 시호가 다시 한번 물었다.

응, 하고 고개를 끄덕이고 다카야마는 손수건을 호주머니에 집어넣었다. 다시 컵을 움켜잡고 이번에는 신중하게 물을 마셨다.

"미안해." 시호는 머리를 숙였다.

"무슨 말인지 모르겠네. 그러니까 지금 나하고 헤어지겠다는 뜻이야?" 뺨을 푸들푸들 떨면서 다카야마는 물었다.

시호는 꾸벅 고개를 끄덕였다.

"내 사정만 앞세우는 말이라는 건 잘 알아. 정말 미안해."

"그, 그런⋯⋯." 다카야마는 머리를 가로저었다. "왜?"

"실은 미국에 함께 가자는 제안이 들어왔어."

"미국?"

"지금 나하고 함께 작업하는 디자이너 선생님이 뉴욕의 디자이너 친구에게 내 작품을 보여주셨나 봐. 그랬더니 그쪽에 와서 함께 일했으면 좋겠다고 하신 모양이야. 우리 디자이너 선생님도 본격적으로 공부할 수 있는 기회니까 꼭 가라고 하시고, 나도 이런 좋은 기회는 놓치고 싶지 않고, 그래서⋯⋯." 고개를 떨군 채 시호는 말했다.

"뉴욕이라니⋯⋯. 하지만 전에는 계속 나와 함께하겠다고⋯⋯. 그렇게 말했었잖아."

"그 마음은 지금도 똑같아. 하지만 디자이너가 되는 건 내 꿈이기도 하고, 이런 좋은 기회는 두 번 다시 없을 거야." 작은 목소리로 시호는 말했다. 그 말투는 연약했다. 하지만 그녀의 의지는 이미 굳은 것 같았다.

"하지만 계속 거기서 사는 건 아니지? 이따금 일본에 돌아오기도 할 거잖아. 그러면 굳이 헤어지지 않아도 되잖아?"

시호는 괴롭다는 듯이 얼굴을 찡그렸다.

"언제 돌아올지 나도 모르겠어. 공부가 끝나는 대로 그쪽에서 일을 시작할 수도 있으니까."

"아무리 그래도 영원히 안 오는 건 아니잖아? 시호도 부모님이나 가족이 있을 거고."

"내가 말 안 했던가?"

"뭘?"

"우리 부모님 이혼했어. 아빠가 나를 키워줬는데 그 아빠도 2년 전에 돌아가셨어. 엄마는 재혼해버렸고. 그래서 나는 가족도 없어."

"그, 그래도……."

"미안해." 시호는 깊숙이 머리를 숙였다. "내 꿈을 위해 히사노부에게 폐를 끼치고 싶지는 않아. 언제 돌아올지도 모르는데, 마냥 기다려달라는 말은 차마 못 하겠어. 히사노부는 좀 더 괜찮은 여자를 만나 행복하게 사는 게 더 좋을 것 같아."

그녀의 목소리는 눈물에 젖어 있었다. 다카야마는 가슴이 미어지는 것만 같았다. 그녀도 괴로워하고 있는 것이다. 혼자서 고민하던 끝에 고통스러운 결단을 내린 것이다.

"나는 기다릴 거야. 시호가 돌아올 때까지 몇 년이라도 기다릴게."

"자기……."

그렇게 말하며 시호가 얼굴을 들었을 때, 그녀의 등 뒤 계단에서 한 남자가 나타났다. 산쿄은행의 고미야였다. 그는 다카야마를 알아보고 환한 얼굴로 다가왔다.

"기다리시게 해서 죄송합니다. 지난번에는 정말 고마웠어요."

고미야가 왜 이 자리에 나타난 것인지, 다카야마는 알 수 없었다. 어리둥절하고 있는데 시호가 고미야 쪽을 돌아보았다.

"고미야 선배, 일부러 나오라고 해서 미안해."

"아, 그건 괜찮은데, 볼일이라는 게 뭐지?" 고미야는 시호 옆에 자리를 잡았다.

"실은 지난번에 계약했던 달러표시채권 말인데, 일부만 해약할 수 있을까?"

"일부만 해약하려고? 아니, 왜?" 고미야는 시호와 다카야마의 얼굴을 번갈아 바라보았다.

"내가 돈이 좀 필요해서 그래. 지난번에 내가 맡겼던 50만 엔만 돌려받을 수 있으면 좋겠는데."

"아, 자, 잠깐." 다카야마가 옆에서 끼어들었다. "그런 이야기, 나한테는 안 했잖아?"

"그 문제도 사과할 생각이었어. 그간에 내가 모아둔 돈으로 어떻게든 해보려고 했는데, 항공권이니 뭐니, 이래저래 목돈이 필요해. 지금 가진 돈만으로는 도저히 맞출 수가 없어." 시호가 말했다.

"항공권이라니?" 고미야가 물었다. "무슨 얘긴지 나는 전혀 모르겠어."

실은, 이라면서 시호가 미국에 가게 된 사정을 이야기했다. 고미야는 이야기를 들으면서 몇 번이나 다카야마 쪽을 흘끔흘끔 쳐다보았다.

"뉴욕이라……." 고미야는 침울한 얼굴로 혼잣말처럼 중얼거렸다.

"내일까지 꼭 입금해야 할 데가 있어. 그래서 선배를 불러내게 된 거야. 바쁠 텐데 정말 미안해."

"그건 괜찮아. 하지만 부분적인 해약은 불가능한데, 이걸 어쩌지? 해약하려면 전액을 다 해야 돼. 더구나 지금 해약하면 손해가 클 텐데. 전에도 말했지만, 그런 투자 상품은 중도에 해약하면 상당히 불리해."

"그래? 아, 큰일이네." 시호는 아랫입술을 깨물었다.

"아니, 그보다 미나미다, 너 좀 이기적인 거 아닌가?" 고미야는 못마땅한 듯 부루퉁하게 입을 내밀었다. "내 책임량에 협조

해준 건 고맙게 생각하지만, 이런 식으로 자기 사정만 앞세워서 해약을 하겠다는 건 다카야마 씨한테 큰 실례야. 나는 이런 건 좋게 생각할 수가 없는데?"

고미야의 그 말은 은행원으로서가 아니라 후배를 나무라는 선배로서의 말투였다. 시호도 고개를 떨구고 있었다. 맞는 말이에요, 라고 가느다란 소리를 냈다.

"뉴욕이든 어디든 가는 것도 좋지만, 남에게 폐는 끼치지 말아야지. 게다가 다카야마 씨는 연인이잖아. 미나미다, 지금 생각이 있는 거야?"

"아니, 나는 괜찮아요." 다카야마는 당황해서 고미야를 달래고 나섰다. "시호의 꿈이 이루어진다면, 그건 내가 바라는 일이기도 합니다. 그러니 너무 나무라지 마세요."

"다카야마 씨, 자기 마음대로 하는 걸 그렇게 다 받아줘서는 안 돼요."

"아뇨, 됐습니다. 이건 우리 문제니까 고미야 씨까지 걱정하시게 할 수는 없죠."

"……다카야마 씨가 그렇게 말씀하신다면 더 이상 뭐라고 할 수는 없지만요." 고미야는 한숨을 내쉬며 시호를 보았다. "해약 건은 어떻게 할 거야?"

"괜찮아. 내가 어떻게든 해봐야지."

"정말 괜찮은 거지?"

"응."

"그럼 나는 이만 가볼게. 아무튼 연인에게 피해를 주는 일은
안 했으면 좋겠다."

죄송해요, 라고 시선을 떨군 채 시호는 말했다.

고미야가 성큼성큼 나가는 것을 지켜본 뒤, 다카야마는 새
삼 시호를 지그시 바라보았다. 그녀는 기운이 하나도 없어 보
였다.

"그런 일이 있으면 나하고 미리 상의를 했어야지. 여비에 대
해서 왜 나한테 말을 안 했어?"

"그래도……, 이건 자기하고 상의할 일도 아니고, 자기와는
헤어져야 한다고 어렵게 결심했으니까……."

"나는 헤어지고 싶지 않아. 언제까지든 기다릴 거야. 시호가
돌아오기를 기다릴게."

"자기야……."

"여비는 얼마나 필요하지?" 다카야마는 말했다.

긴자센을 타고 니혼바시까지 나와 도자이센 플랫폼 쪽으로
옮겨 간 다이스케는 바짝 걸음을 서둘렀다. 저만치 앞서가던
시즈나를 따라잡아 옆에 나란히 서자 그녀가 다이스케를 알아
보고 멈춰 섰다.

"얼마나 받았어?" 다이스케는 레일에 시선을 던진 채 물었다.

"50." 시즈나가 대답했다. "100까지 받을 수 있었는데."

"형이 50만 하라고 했잖아."

"알아. 그래서 꾹 참았어. 다카야마한테서는 앞으로도 얼마든지 더 빼낼 수 있을 텐데, 어쩔 수 없지, 뭐."

"미나미다 시호 씨는 언제 미국으로 떠나시나?"

"다카야마에게 목요일이라고 말했어. 당연히 그는 나리타까지 배웅을 나갈 생각이겠지?"

"하지만 수요일에 그에게 한 통의 문자가 날아온다. 자기, 나, 지금 비행기 타러 가. 자기가 배웅을 나오면 너무 괴로울 것 같아서 내가 거짓말을 했어……."

"후훗, 바로 그거야."

전차가 도착해서 나란히 올라탔다.

"이제 남은 건 중학교 교사 가와노 다케오인가? 어떤 식으로 떼어낼 생각이야?" 다이스케는 시즈나에게 물었다.

"기본적으로는 똑같은 방법을 쓸 생각이야. 그 사람은 끈덕진 데가 있어서 쉽게 포기하지는 않을 거야. 무리하게 떼어내려고 했다가는 틀림없이 보험회사에 문의를 해볼 거라고."

"저런, 그건 안 되지. 별수 없군, 내가 힘을 좀 써볼까?"

도가미 유키나리에 대한 다이아몬드 사기 작전을 끝으로 이런 일에서는 발을 빼겠다고 고이치가 선언한 이래, 다이스케와 시즈나는 잔무 처리에 쫓기고 있었다. 돈을 뜯어낼 수 있는 곳에서는 최대한 뜯어낸 뒤에 재빨리 관계를 끊는 것이었다.

몬젠나카초의 맨션에 돌아오자 맛있는 냄새가 감돌았다. 고이치는 부엌에서 한창 요리 중이었다. 여행 가방이 침대 위에 던져져 있었다.

"형, 언제 왔어?" 다이스케가 물었다.

"세 시간 전쯤인가? 아무래도 마음에 걸려서 당장 만들어보기로 했어."

"어디 좀 볼까?" 다이스케는 냄비 안을 들여다보았다. "냄새나 모양새로는 이전 것과 별로 다른 게 없는 거 같은데?"

"판단은 먹어본 뒤에 내려줘. 그보다 다카야마 건은 어떻게 됐어?"

"50만. 시즈나가 멋지게 바가지를 씌웠어."

"역시 시즈나구나."

고이치의 칭찬에 시즈나는 만족스러운 얼굴로 침대에 털썩 앉았다.

"큰오빠, 나고야에는 왜 갔었어?"

"지난번에도 말했잖아, 아버지의 하이라이스를 복원하는 데는 비밀 병기가 필요하다고."

"그게 나고야에 있었다는 거야?"

"그렇지. 겨우겨우 구해 왔어."

"정말 궁금하네. 뭐야, 그 비밀 병기라는 게?"

다이스케가 물었지만 고이치는 대답하지 않았다.

며칠 전, 〈도가미 정〉의 하이라이스에서 훨씬 더 정확한 〈아리아케〉의 맛이 났다는 시즈나의 말을 듣고 고이치는 깊은 생각에 잠겼다. 이윽고 그는 얼굴을 번쩍 쳐들더니 나고야에 다녀오겠다고 했다. 나고야의 어떤 장소에 모든 문제의 해답이 있을지도 모른다, 라고 말한 것이다. 수수께끼 같은 소리였지만, 고이치는 그 진의를 밝히려고 하지 않았다.

"다 됐다!" 잠시 뒤에 고이치가 말했다. "시즈나, 한번 먹어봐."

테이블에 놓인 하이라이스를 마주하고 시즈나는 심호흡을 했다.

"그렇게 긴장할 거 없어." 고이치가 웃었다. "편안하게 맛을 보면 돼."

"그래도 책임이 막중하잖아." 그렇게 말하고 시즈나는 하이라이스를 먹기 시작했다. 한 입 먹은 시점에 눈을 깜빡거리고 다시 몇 스푼인가를 먹은 뒤, 고이치 쪽을 보았다. 그 눈빛이 반짝이고 있었다.

"어때?" 고이치가 물었다.

"완벽해!" 시즈나가 말했다. "독특한 향기가 있어. 아빠의 하이라이스야!"

"지난번에 〈도가미 정〉에서 먹은 것도 이 맛이었어?"

고이치의 질문에 시즈나는 고개를 끄덕였다.

"그렇군……."

"형, 대체 무슨 소리야? 괜히 뜸들이지 말고 제발 속 시원히 내막을 밝혀봐."

그러자 고이치는 싱크대 밑의 문을 열고 간장병 하나를 꺼내 왔다. 다이스케는 한 번도 본 적이 없는 것이었다.

"나고야 노포老鋪의 간장이야. 하이라이스에 풍미를 내기 위해 간장을 사용하는 요리사들은 많지만, 아버지는 특별히 이 간장만을 고집했어. 그게 여기에도 적혀 있어." 고이치는 싱크대에 있던 낡은 노트를 집어 들었다.

다이스케도 눈에 익은 노트였다. 아버지가 요리 레시피를 적어놓은 것이었다.

"오늘 나고야에 이 간장을 구하러 갔다 온 거야." 고이치는 말했다. "그리고 그 노포에서 중요한 이야기도 듣고 왔어."

"중요한 이야기?" 다이스케는 시즈나와 얼굴을 마주 보았다.

"이 간장을 〈도가미 정〉에서도 구입해 간다는 거야. 게다가 맨 처음 사 갔던 게 14년 전이래."

14년, 이라는 말을 듣고 다이스케는 온몸에 찌리릿 전기가 통한 듯한 충격을 느꼈다. 옆에서 시즈나도 얼굴이 굳어 있었다.

"이건 우연한 일이 아냐." 고이치가 말했다. "도가미 마사유키는 〈아리아케〉의 맛을 훔쳐 간 거였어. —다이스케."

"응?"

"사건이 일어난 그날 밤에 네가 목격했던 사람은 도가미 마사유키였어. 네 눈이 정확했어!"

19

새 체인점의 실내장식에 대해 디자인 사무실 측과 상의하고 있을 때, 도가미 유키나리의 휴대전화가 울렸다. 잠깐 실례, 라고 말하고 그는 액정 화면을 들여다보았다. 다카미네 사오리, 라고 표시되어 있었다. 그는 디자이너 야마베 히데카즈에게 등을 돌리고 통화 버튼을 누른 후에 입가를 가렸다.

"네, 도가미입니다."

"저, 다카미네예요. 지난번 히로오 레스토랑에 초대해주셨던⋯⋯."

"예, 알고 있어요. 그 뒤에 몸은 좀 어땠어요?"

"네, 덕분에. 하지만 그때 너무 큰 폐를 끼쳐서⋯⋯. 아, 지금 전화, 괜찮으세요?"

"실은 지금 회의 중이에요. 곧 끝나니까 내가 다시 걸게요. 그래도 괜찮겠어요?"

"물론 괜찮죠. 미안해요, 일하시는 중에."

"신경 쓰지 마세요. 그럼 잠시 뒤에." 유키나리는 전화를 끊고 의자를 빙글 돌렸다.

야마베가 그의 얼굴을 바라보며 어라, 하는 표정을 지었다.

"반가운 사람에게서 전화가 온 모양이지?"

"엇, 왜요?"

"아니, 조금 전하고 표정이 전혀 달라. 미간을 잔뜩 찌푸리고 무슨 철학자처럼 심각했는데, 지금은 싱글벙글이잖아. 여자 친구 전화야?"

유키나리는 저도 모르게 자신의 얼굴을 쓰다듬고, 그 손을 옆으로 저었다.

"아니, 아닙니다. 그런 거 아니에요."

"정말 여자 친구인 모양이네. 지난번 시식회에 왔던 그 아가씨 아니야?"

정확한 지적에 유키나리는 가슴이 철렁했다. 시식회 날 저녁에 야마베도 히로오점에 왔었던 것이다.

"내가 딱 맞혔지? 그거, 잘됐네. 유키나리에게도 그런 사람이 있는 게 좋아. 도가미 사장님도 그런 말씀을 하시더라. 유키나리는 합리적으로 일처리는 잘하는데, 사람을 감동시키는 건 합리성만은 아니라는 점을 모른다고. 좋아하는 여자가 생겨서 그 마음을 헤아려보며 이리저리 고민하는 일도 꼭 해보는 게 좋다고 하셨어."

야마베는 〈도가미 정〉 체인점 두 곳의 실내장식을 도맡았던, 마사유키가 특히 신임하는 디자이너였다. 나이는 유키나리보다 정확히 열 살이 많았다.

유키나리는 난처하다는 표정을 지었다.

"분명 그때 그 아가씨지만, 야마베 씨가 상상하는 그런 관계는 아니에요. 젊은 여성의 의견을 들어보려고 시식회에 초대했던 거예요. 그날 저녁에 함께 오기로 한 친구가 갑자기 못 오게 되어서 내가 같은 테이블에 앉았죠. 그냥 그것뿐이에요."

"정말 그렇다면 좀 안타깝네. 남자가 큰일에 뛰어들 때는 옆에서 지켜봐주는 여자가 있는 게 더 좋아. 아예 이 참에 그 아가씨와 사귀어보는 건 어때? 아주 영민해 보이는 여성이던데."

"아휴, 말도 안 돼요. 나처럼 나이 차이가 많이 나는 사람을 상대나 해주겠어요? 그 아가씨, 그렇게 보여도 아직 대학생이에요."

"대학생? 그거, 놀랍네. 어떤 인생 경험을 쌓으면 그런 얼굴이 되지? 아, 나이 들어 보인다는 건 아니고, 어쩐지 어른스러운 분위기라는 뜻이야."

"맞아요, 나도 그런 느낌을 받았어요. 교토의 대학 4학년생이고, 현실 사회를 경험해보기 위해 휴학 중이라고 하던데, 그런 경험이 어른스러운 분위기를 빚어낸 거 아닐까요?"

"아니, 그런 아우라는 단기간에 만들어지는 게 아닌데." 야마베는 고개를 갸웃거렸다. "아무튼 연인까지는 아니어도 젊은 여성과 자주 접해보는 건 좋은 일이야. 이번 체인점은 젊은 층이 주 고객이기도 하니까."

"그건 나도 알죠. 그래서 그 아가씨와 연락을 주고받는 것뿐이지 다른 마음은 전혀 없는데……."

"알았어, 알았다니까. 그렇게 펄쩍 뛸 거 없어." 야마베는 쓴웃음을 지었다.

그 뒤에 회의는 30여 분 만에 끝이 났다. 디자인 사무실을 나오자마자 유키나리는 휴대전화를 꺼내 사오리의 번호를 눌렀다.

"네, 여보세요." 환한 목소리가 들려왔다.

"도가미예요. 조금 전에는 실례했어요."

"저야말로 일하시는 데 방해해서 미안해요. 이제 괜찮으세요?"

"예, 끝났어요. 이번에 오픈하는 체인점의 실내장식에 대해 상의하고 있었어요."

"와아, 재미있겠다."

사오리의 그 말은 단순히 박자를 맞추기 위해서라기보다 정말로 관심이 있는 듯한 여운을 주었다. 도가미의 머릿속에 지난번 그녀가 가게 안의 조명에 대해 말했던 게 새삼 떠올랐다.

"아까도 잠깐 말했지만, 몸은 이제 괜찮아요?"

"네, 멀쩡해요. 오늘은 그 일 때문에 전화드렸어요. 그때 너무 죄송했어요. 그래서 사과도 하고 답례도 좀 했으면 좋겠는데. 도가미 씨, 가까운 날짜에 만나 뵐 수 있을까요? 30분 정도라도 괜찮아요."

"엇, 답례라니, 그런 건 신경 쓰지 말고요. 물론 만나는 건 전혀 문제없습니다. 언제가 좋지요?"

"저는 빠르면 빠를수록 좋아요. 도가미 씨가 더 바쁘시니까 그쪽에서 좋은 날짜와 시간을 정해주세요."

"그래요? 아, 그러면……."

유키나리는 앞으로의 일정을 더듬어보았다. 이윽고 한 가지 생각이 머리에 떠올랐다. 그것은 매력적인 아이디어였다. 약간 망설인 끝에 그는 말했다.

"혹시 괜찮다면 지금은 어때요? 갑작스런 이야기라서 미안하긴 하지만."

"지금요? 저는 괜찮은데……." 역시 사오리는 약간 당황하는 듯했다. 하지만 난감해하는 기척은 아니었다.

"그러면 그렇게 해요. 실은 사오리 씨와 함께 가봤으면 하는 데가 있어요."

"어디인데요?"

"그건 만나서 말하죠."

한 시간 뒤에 롯폰기 힐스의 커피숍에서 만나기로 약속하고 유키나리는 전화를 끊었다.

묘하게 마음이 들뜨는 것을 그는 느꼈다. 그 이유에 대해 생각해보았다. 다카미네 사오리를 '그곳'에 안내한다는 최고의 아이디어 때문만은 아니었다. 이제부터 갖게 될 그녀와의 만남 자체가 자신의 마음을 환하게 해주었다는 것을 인정하지 않을 수 없었다. 유키나리는 야마베의 말을 떠올렸다. 이 참에 정식으로 사귀어보면 어떻겠느냐는 고색창연한 대사가 아직도 귀에 남아 있었다.

만일 사오리가 나의 연인이라면―. 이 공상은 유키나리의 몸을 후끈 달아오르게 했다. 택시를 잡아타고 롯폰기 힐스로 향하는 동안에도 평소보다 가슴이 빠르게 고동쳤다.

하지만 롯폰기 힐스 안의 가게 몇 군데를 둘러본 뒤에, 약속했던 커피숍에서 에스프레소 커피를 주문할 무렵에는 조금쯤 냉정해졌다. 사오리에 대해 또 다른 생각을 하기 시작했기 때문이다.

자신이 그녀에 대해 거의 아무것도 알지 못한다는 사실을 깨달은 것이다. 와인 품평회에서 만난 뒤, 두 차례 〈도가미 정〉에서 자리를 함께했지만 그저 식당에 대한 느낌만을 물었을 뿐이다. 학생이라는 건 알고 있지만, 전공이 무엇인지도 알지 못했다. 가족 구성도, 부친의 직업에 대해서도 물어본 적이 없다. 보석 '코르테시아 재팬'의 고객이라고 하는 걸 보면 웬만한 지위에 있는 인물이라는 건 틀림이 없겠지만.

유키나리는 자기혐오에 빠졌다. 여자와의 대화에 유독 서툰 편은 아니지만, 그것도 요리나 식당에 관한 이야기를 나눌 때 뿐이었다. 그 이외의 화제라면, 무슨 말을 해야 할지 전혀 알지 못했다. 상대에 대해 궁금해하고 물어본다, 라는 경험은 아예 한 번도 없었다.

지난번 시식회 때도 마찬가지였다. 요리에 대한 느낌을 물어본 뒤에는 계속 새 체인점에 대한 얘기만 했었다. 사오리 쪽에서는 내심 따분했겠지만, 차마 싫은 얼굴도 하지 못하고 정말 난감했을 것이다.

이쪽 이야기만 하느라 정신이 없었던 탓에 사오리의 변화를 깨닫는 것도 늦었다. 어지간한 일이 아니고서는 식사 중에 눈물을 흘릴 리 없다. 정신적으로든 육체적으로든 뭔가 불편한 것이 그녀를 덮쳤을 터였다. 어째서 그녀가 눈물을 쏟기 전에 미리 알아보고 살펴주지 못했는지, 지금도 자신이 한심하기만 할 뿐이었다.

그녀의 집까지 데려다주는 택시 안에서도 무슨 말을 해야 할지 한 마디도 생각나지 않았다. 섣부른 말을 내뱉었다가 행여 그녀의 마음에 상처를 입히거나 거꾸로 그녀에게서 경멸을 받을까 봐 두려웠기 때문이다.

진짜로 한심하구나…….

유키나리는 자신의 무능함을 저주했다.

사오리가 나타난 것은 그 바로 뒤였다. 흰 니트 위에 회색 상의를 걸치고 있었다. 검은색 바지는 그녀의 긴 다리를 강조하는 것 같았다.

"미안해요. 기다리셨어요?" 그녀의 시선은 유키나리 앞의 찻잔으로 향하고 있었다. 잔은 이미 비어 있었다.

"아니, 내가 너무 일찍 왔어요. 차 주문해야지요?" 유키나리는 자리에서 엉거주춤 일어섰다.

"제가 가져올게요. 방금 드신 거, 에스프레소지요? 같은 걸로 한 잔 더, 괜찮으세요?"

"네, 좋아요. 이거, 미안한데."

매장 카운터로 향하는 사오리를 바라보며 유키나리는 다시금 마음이 들떴다. 연인이 아니라고 해도 이렇게 젊고 아름다운 여자와 데이트 비슷한 것을 할 수 있다는 게 기뻤다.

가까운 테이블에 두 명의 젊은 남자가 앉아 있었다. 그들이 뭔가 속닥속닥하면서 사오리를 눈으로 좇는다는 것을 유키나리는 깨달았다. 시선에 의한 그들의 추적은 사오리가 유키나리의 테이블에 돌아올 때까지 계속되었다. 이쪽이 여자들뿐이면 슬쩍 말이라도 걸어볼 생각이었던지, 명백하게 실망스러운 표정으로 유키나리를 노려보았다. 저런 형씨가 어떻게 저런 미녀와 데이트를? 그렇게 생각하는 눈치였다. 흥, 두고 봐라,

하는 마음이 들었다.

커피를 테이블에 내려놓고 사오리는 두 손을 무릎에 대더니 머리를 숙였다.

"지난번에는 정말 죄송했어요. 이렇게 만나 뵙기도 좀 부끄러웠지만 그래도 사과는 해야 할 것 같아서……."

"그런 말 말아요. 나야말로 대접을 제대로 못 했다고 반성했어요. 뭔가 불편하다는 걸 좀 더 일찍 알았어야 하는데."

"아뇨, 불편했던 게 아니에요. 그 하이라이스를 먹었을 때, 갑자기 생각나는 게 있어서……."

"그건 무슨 말인지……."

"어렸을 때 가장 친했던 친구네가 양식당을 했는데, 거기서 먹은 하이라이스 맛하고 너무 똑같아서 그만."

"우리 식당의 하이라이스하고? 정말요? 어디 있는 가게였죠?"

"요코스카에 있던 양식당이에요. 하지만 정말로 똑같은지 어떤지는 잘 모르겠어요. 둘 다 하이라이스라서 그런 식으로 착각했을 수도 있겠죠. 그 친구, 부모님이 불의의 사고로 돌아가셨거든요. 그 일 때문에 먼 곳으로 이사를 가버렸어요. 그게 생각나는 바람에 갑자기 너무 슬퍼져서……. 정말 죄송해요."

"그런 일이 있었군요. 그래서 그 친구와는 요즘에도?"

"아뇨, 그 뒤로 한 번도 못 만났어요." 사오리는 시선을 떨구었다.

섬세하고 감수성이 풍부한 여자구나, 하고 유키나리는 생각했다. 게다가 남을 사랑할 줄 아는 사람이었다. 그렇지 않고서야 음식 맛을 보고 어린 시절에 헤어진 친구를 다시 떠올리며 눈물지을 리 없었다.

"아휴, 사과를 한다면서 시시한 변명을 해버렸네요." 사오리는 뺨을 손으로 가렸다. 그리고 옆의 종이봉투를 무릎 위에 올려놓았다. "저어, 하찮은 것이지만 받아주실래요?" 작은 포장 상자를 꺼내 테이블에 올려놓았다.

유키나리는 깜짝 놀라 고개를 저었다.

"저런, 이런 거 안 해도 괜찮은데."

"제가 뭔가 마음에 걸려서요. 별로 대단한 물건도 아니에요. 그냥 도가미 씨의 일에 도움이 되었으면 하고……."

"와아, 이것 참." 유키나리는 포장 상자에 손을 내밀었다. 물론 나쁜 기분은 아니었다. "열어봐도 되겠어요?"

"네, 열어보세요. 하지만 너무 기대는 하지 마시고요."

유키나리는 신중하게 포장지를 벗겼다. 상자 안에는 가죽 케이스의 소믈리에 나이프가 들어 있었다. 손잡이 부분이 미묘하게 휘어졌고 청동의 연결 못이 박혀 있었다.

"샤토 라기올의 복각판이군요. 이건 명품인데요?"

"처음 만난 게 와인 파티 때여서 골라봤어요. 도가미 씨라면 분명 더 좋은 것을 갖고 계실 테지만요."

"나는 이런 명품은 없어요. 그나저나 이걸 어쩌지? 정말 받아도 될까요?"

"제 마음이에요. 받아주시면 좋겠어요."

"고마워요. 소중히 간직하지요. 근데 이런 비싼 물건은 10년 뒤에나 쓰라고 아버지에게 잔소리를 들을 것 같은데요?" 유키나리는 나이프를 다시 케이스에 넣고 포장지로 정성껏 감쌌다.

"아버님이 처음에 요코하마에서 양식당을 개업하셨다고 하던데, 맞나요?" 사오리가 물어왔다.

"맞아요. 그때 나는 초등학생이었어요. 작은 식당이었고 아버지도 장사에는 소질이 없는 일개 요리사에 불과했죠."

유키나리의 말에 사오리의 눈이 반짝 빛났다.

"그때 이야기를 꼭 듣고 싶은데요? 〈도가미 정〉이 처음으로 문을 열었던 시절의 에피소드."

유키나리는 쓴웃음을 지으며 고개를 갸웃거렸다.

"젊은 여자분에게는 별로 재미있는 얘기가 아닌 것 같은데."

"하지만 성공한 사장님들이 초창기에 어떤 고생을 했는지, 그런 얘기가 나한테는 큰 도움이 될 거예요."

"아, 그건 그럴지도." 유키나리는 다시 포장한 선물 상자를 테이블에 내려놓고, 새삼 사오리를 바라보았다. "실은 지금 함께 가볼 데가 있어요. 그곳을 안내하면서 옛날이야기를 해보기로 할까요? 별로 대단한 얘기는 아니지만."

"아까 전화로도 말씀하셨죠? 어디에 가는 거예요?"

"일단 나가죠." 그렇게 말하고 유키나리는 자리에서 일어섰다.

20

아자부주반역에서 도보로 약 5분, 오래된 상점과 최신 인테리어의 점포가 뒤섞인 거리에 그 양식당은 있었다. 건물 정면에서부터 완만한 커브를 그리는 계단을 올라가면 2층 입구에 도착했다. 하지만 그곳에는 아직 문짝이 달려 있지 않았다.

〈도가미 정〉의 새로운 아자부주반 체인점이 들어설 곳, 유키나리가 시즈나에게 보여주고 싶어 한 장소였다.

"발밑을 조심해요." 그렇게 말하며 유키나리는 입구를 지나 안으로 들어갔다.

아직은 파란 비닐 시트가 씌워진 통로를 빠져나가자 갑자기 눈앞에 널찍한 공간이 펼쳐졌다. 시즈나는 멈춰 서서 눈을 둥그렇게 떴다. 그것은 연기가 아니었다.

"와아, 넓다!" 저도 모르게 터져 나온 말이었다.

앞서 걸어가던 유키나리가 돌아서며 하얀 이를 내보였다.

"아직 집기를 들여놓지 않아서 넓어 보이죠. 실은 좀 더 널찍한 곳을 원했는데 이보다 더 큰 가게는 찾을 수가 없어서 여기로 결정했어요. 그래도 이만하면 만족스러워요."

자신감이 느껴지는 유키나리의 말을 들으며 시즈나는 주위를 둘러보았다. 아직 실내 공사는 끝나지 않은 모양이었다. 그래도 그녀의 눈에는 모든 것이 너무나 새롭게 빛나 보였다.

작업원들이 곳곳에서 각자 맡은 일을 하고 있었다. 어떤 작업을 하는지 시즈나로서는 잘 알 수 없었다. 하지만 묵묵히 작업하는 그들의 모습에서 아무것도 없는 이 공간이 새로운 양식당으로 태동하는 기척이 느껴졌다.

"어때요? 이달 안에 실내 공사를 끝내고 다음 달부터는 테이블이며 의자를 들여오면서 드디어 마무리 작업에 들어갈 예정입니다만."

"정말 멋있어요. 좌석이 몇 개나 되는 거예요?"

"손님을 너무 꽉 채울 생각은 없어요. 많아야 한 번에 쉰 명 정도일까? 좌석 수보다는 실내장식의 아름다움을 우선적으로 고려할 생각이에요."

시즈나는 고개를 끄덕이고, 다시 여기저기를 살펴보았다. 건물 모퉁이 자리여서 네 면 중 두 면이 창가였다. 그곳에 테이블이 줄줄이 놓인 모습을 상상해보았다.

"사오리 씨라면 어떤 자리에서 식사하고 싶어요?" 유키나리가 물어왔다.

"글쎄요, 어떤 자리가 좋을까……." 시즈나는 창가로 다가가 그곳에서 내다보이는 풍경과 실내를 비교했다. 하지만 실제 식당 내부의 모습은 머릿속에서 그려보는 수밖에 없었다.

그녀는 창을 따라 걸음을 옮기다가 맨 끝에서 발을 멈추었다.

"옆 테이블과의 간격에 따라 달라지겠지만, 나는 이 자리가 마음에 들어요."

"왜 그렇죠?"

"역시 창문 밖의 풍경을 즐길 수 있는 자리가 좋잖아요. 하지만 주위에서 모두가 주목하는 자리는 좀……. 근데 이곳이라면 처음에 와서 앉을 때도, 자리에서 일어나 나갈 때도, 자연스럽게 움직일 수 있을 것 같아요." 그렇게 말하고 그녀는 곧바로 곁에 있는 원통형 기둥으로 눈을 돌렸다. "이 기둥도 좋아요. 이 기둥 하나가 프라이버시를 지켜주는 듯한 느낌이 들거든요."

유키나리는 천천히 고개를 저으며 환하게 웃었다.

"역시 사오리 씨를 데려오기 잘했군요. 내 감각에 자신감을 갖게 됐어요."

그 말의 의미를 알 수 없어 시즈나가 고개를 갸우뚱하자, 그는 고개를 끄덕이며 말을 이었다.

"완전히 똑같은 이유로 나도 이 자리가 가장 좋다고 생각했거든요. 그리고 이 기둥도." 그는 기둥을 툭툭 치며 실내를 둘러보았다. "이 가게, 유난히 기둥이 많다고 생각하지 않아요?"

"아, 정말 그러고 보니⋯⋯."

"기둥이라는 건 방해가 되기도 하지만 사람들의 시선에서 감춰주는 역할도 합니다. 그리 굵은 것도 아닌데 이 기둥 하나가 서 있으면 대부분의 사람들은 왠지 마음이 놓이는 거예요. 물론 동선을 방해하지 않게 엄청 고민을 많이 했죠."

"정말 좋은 생각이에요!"

"실은 〈도가미 정〉의 첫 번째 식당에도 기둥이 많았어요."

"첫 번째 식당이라면, 그 요코하마의?"

유키나리는 고개를 끄덕였다.

"그리 넓지도 않은데 여기저기 기둥이 있었어요. 어린 마음에 나는, 저건 모두 거치적거리기만 한다고 생각했어요. 손님들도 별로 좋아하지 않을 거라고 나 혼자 은근히 걱정도 했고. 근데 어느 날 아주 재미있는 광경을 목격하게 됐어요."

순수한 호기심이 발동해서 시즈나는 지그시 유키나리를 바라보았다.

"어떤 젊은 커플이 왔을 때였어요. 그날 나는 카운터 자리에서 저녁 대신 주방 요리를 먹고 있었죠. 무심코 그 커플 쪽으로 시선을 던졌는데, 남자 쪽이 뭔가 꾸물꾸물하는 거예요. 가만 보니 테이블 밑에 작은 상자를 감춰뒀더라고요. 한참 동안

두리번거리며 주위의 눈치를 보다가 드디어 그 상자를 슬그머니 테이블에 올려놓더군요. 그게 바로 반지 케이스였어요."

그 광경을 머릿속에 그려보며 시즈나는 고개를 끄덕였다. 드라마에서 자주 보는 장면이었다.

"실은 그때 내 쪽에서는 그의 얼굴이 보이지 않았어요. 중간에 기둥이 있었기 때문이죠. 그래서 그 남자도 내가 지켜본다는 건 몰랐을 거예요. 만일 기둥이 없었다면 그 사람도 내 시선을 의식해서 그런 드라마틱한 행동에 나서지 못했겠지요. 그래서 그때 생각했습니다. 기둥이 도움이 되는 일도 있구나, 하고."

"멋진 이야기네요."

"하긴 첫 번째 〈도가미 정〉에 기둥이 많았던 건 그 전 가게의 실내장식을 그대로 물려받았기 때문이에요. 자금이 부족해서 기둥을 철거하지 못했으니까요. 뜻밖의 수훈 선수인 셈이었죠. 하지만 나는 그때 그 광경을 잊을 수가 없더군요. 내가 식당을 열면 연인들이 선물을 교환할 때 남의 눈을 의식하지 않아도 되는 곳으로 만들겠다고 항상 생각했죠."

때때로 코를 벌름거리면서 열변을 토하는 유키나리를 보며 시즈나는, 이 사람은 진심으로 이 일을 좋아하는구나, 하고 생각했다. 아니, 양식 레스토랑이라는 형태로 사람들을 즐겁게 해주는 것을 좋아하고 있다. 머릿속이 온통 그 일로 가득 차서,

무엇을 보건 무슨 말을 듣건 곧바로 그것과 연결 짓는 모양이었다. 아무런 사념이 없는 그런 그의 삶의 방식이 시즈나는 부러웠다.

작업원 중의 한 사람이 다가와 유키나리의 귓가에 뭔가 속삭였다. 유키나리는 웃음기가 사라진 얼굴로 몇 마디 나누더니 시즈나를 바라보았다.

"미안. 잠깐만 실례할게요."

네, 그러세요, 라고 시즈나는 대답했다.

유키나리가 작업원과 도면을 사이에 두고 뭔가 상의하는 것을 보고, 그녀는 다시 한번 실내를 둘러보며 공사가 완성되었을 때의 상태며 이곳에 손님이 들어왔을 때의 상황을 상상했다. 인테리어나 조명이 어떤 것이 될지는 확실하지 않지만, 그녀 나름대로 디자인하면서 머릿속에 그려보았다. 유키나리는 커플이 마음 편히 찾을 수 있는 식당으로 만들고 싶다고 했다. 그러기 위해서는 어떤 분위기를 만들어나가면 좋을까.

벽을 따라 걸으면서 뭔가 그림을 장식하면 어떨까, 하고 생각했다. 무거운 분위기의 그림은 물론 안 된다. 보고 있기만 해도 마음이 환해지는 그런 그림이 좋을 거야—.

거기까지 생각한 참에 시즈나는 문득 발을 멈추었다.

지금 대체 뭘 하고 있는 거야, 라고 자신을 꾸짖었다. 이런 식당, 어떻게 되건 내 알 바 아니다. 유키나리가 장사에 실패를 하건 말건 나와는 상관없는 일인 것이다. 지금 여기에서 내가 생각해야 하는 건 그런 게 아니야.

고이치가 〈도가미 정〉의 하이라이스, 즉 〈아리아케〉의 하이라이스 맛을 완벽하게 재현해낸 뒤에 셋이서 머리를 맞대고 작전을 짰다. 이제부터 어떻게 할 것인가, 라는 게 주제였다.

어떻게든 확실한 증거를 잡아야 한다고 고이치는 말했다.

"사건이 일어난 날 밤에 다이스케가 목격한 남자는 99퍼센트 도가미 마사유키야. 하지만 얼굴이 닮았다는 것만으로는 경찰에서 선뜻 움직여줄 리가 없어. 그자가 범인이라는 확실한 증거가 필요해."

"하지만 〈아리아케〉의 레시피를 훔쳐 갔잖아. 그건 증거가 안 되는 거야?"

다이스케의 질문에 고이치는 고개를 저었다.

"훔쳐 갔다고 단언할 만한 근거가 없어. 아니, 그보다 내 생각에는 훔쳐 갔던 게 아니야."

"어째서?"

"레시피 기록은 내가 갖고 있는 노트뿐이야. 그 외에는 없었어. 도가미가 〈아리아케〉의 하이라이스를 만들어낸 것은 아버지에게서 직접 말로 들었기 때문이라고 생각할 수밖에 없어."

"그런 것이었어도 상관없잖아. 어찌 됐건 도가미 마사유키는 아버지와 모르는 사이가 아니었어. 그런 사람을 나는 사건

날 밤에 목격했어. 그걸로 충분한 거 아냐?"

하지만 고이치는 고개를 끄덕이지 않았다.

"하이라이스의 맛이 비슷하다고 해서 그게 아는 사람이었다는 증거는 되지 못해. 나고야의 그 간장을 똑같이 쓰고 있더라도 그저 우연의 일치라고 해버리면 그걸로 끝이란 말이야."

"그런 우연이 있을 수 있어? 비슷한 게 아니라 완전히 똑같은 맛이라고."

"그런 우연은 있을 수 없다고 생각하지만, 그것만으로는 경찰이 움직여주지 않는다는 얘기야."

"도가미가 범인이라는 걸 보여줄 증거라니, 이를테면 어떤 거야?" 시즈나가 고이치에게 물었다.

고이치는 팔짱을 끼고 끄응 신음했다.

"이제 와서 그걸 증명한다는 것은 솔직히 말해서 몹시 어려운 일이야. 14년이나 지난 옛날 일이니까. 당시의 알리바이를 조사할 방법도 없고, 혹시 조사한다고 해도 도가미에게 알리바이가 없다는 것 따위로는 범인으로 단정할 수가 없어. 게다가 경찰은 범인의 지문이나 유류품 같은 것을 하나도 확보하지 못했어."

"그럼 그냥 포기하자는 거야?" 다이스케가 입을 툭 내밀었다.

"아니, 포기할 생각은 없어. 뭔가 방법이 있을 거야. 일단 우리가 14년 전의 도가미 마사유키의 행적을 조사해보자. 아까 네가 말했던 대로 도가미는 〈아리아케〉와 연결 고리가 틀림없이 있을 거야. 우선 그것부터 어떻게든 캐내야 해." 그렇게 말하고 고이치는 날카로운 시선을 시즈나에게로 향했다. "그게 모두 시즈나의 수완에 달려 있어."

시즈나는 말없이 고개를 끄덕였다. 굳이 말하지 않아도 도가미 마사유키에게 접근할 수 있는 사람은 자신밖에 없다는 것을 잘 알고 있었다.

"만일 그걸로 뭔가 증거가 잡히면 어떻게 하지?" 다이스케가 물었다. "경찰에 알릴 거야?"

그 질문에 고이치는 즉답을 하지 않았다. 미간에 주름이 파인 채 한참 동안 입을 꾹 다물고 있었다.

"형……."

"그 내용에 따라 달라져." 고이치는 말했다. "어떤 증거를 잡느냐에 따라 달라진다는 얘기야. 만일 그게 누가 보더라도 도가미 마사유키가 범인이라고 판단할 수 있는 것이라면 익명을 사용해서라도 경찰에 알리면 돼."

"만일 그렇지 않다면?" 시즈나가 물었다. "절대적인 증거가 없을 때는 어떻게 해? 그래도 경찰에 알릴 거야?"

"그렇게 할 수밖에 없지. 그렇잖아?" 다이스케는 형에게 동의를 청했다.

하지만 고이치는 심각한 얼굴로 말했다.

"어중간한 증거로는 경찰이 움직여줄지 말지, 아무래도 미심쩍어. 설령 움직여준다 해도 도가미가 빠져나가버리면 거기서 끝이야."

"만일 그렇게 되면 다시 증거를 찾아보면 되잖아."

"아니, 그건 불가능해."

"어째서?"

그러자 고이치는 다이스케와 시즈나를 번갈아 바라보았다.

"경찰에 신고할 경우, 우리는 도가미 주변에서 흔적도 없이 사라져야 하기 때문이야. 생각해봐, 뻔하잖아? 경찰은 반드시 신고자의 정체를 알아내려고 할 거야. 그 인물이 도가미 마사유키의 주변에 있다고 추리를 하겠지. 최근에 아들 유키나리에게 접근했던 젊은 여자 역시 의심의 눈초리를 받게 돼."

"그게 뭐, 안 좋은 건가?"

다이스케가 묻자 고이치는 어이없다는 얼굴로 한숨을 내쉬었다.

"가명으로 유키나리에게 접근한 여자를 경찰이 어떻게 생각하겠어? 가짜 보석상도 마찬가지야."

"우리는 피해자의 유족이야. 도가미가 저지른 범죄의 꼬리를 잡기 위해 접근했다고 하면 되지, 뭐."

"왜 도가미를 점찍었느냐고 하면 어쩔 거지?"

"그거야 어떻게든 둘러대면 되잖아."

238

"아니, 분명하게 대답해봐. 경찰에 어떻게 설명할 거야?"

고이치의 추궁에 다이스케는 심통이 난 듯 입을 꾹 다물었다. 고이치는 고개를 저었다.

"우리가 사기팀이었다는 것을 잊지 마. 언제 경찰의 눈에 띨지 모르는 처지야. 내가 무엇 때문에 현관에 다이오드 경고등을 달았는지 알고 있지?"

"그거야 알지. 그럼 대체 어떻게 해야 돼? 도가미가 범인이라는 절대적인 증거를 잡지 못했을 때는?"

"그때는…… 최후의 수단을 쓰는 수밖에 없어." 고이치는 나지막한 목소리로 툭 내뱉었다.

"최후의 수단?" 시즈나가 물었다. "뭐야, 그게?"

"그런 얘기는 아직 할 거 없어. 최후의 수단은 지금 단계에서는 얘기하고 싶지 않아. 아무튼 지금은 증거를 잡는 일만 생각하자."

그리고 고이치는 두 사람의 얼굴을 찬찬히 바라보며 말했다.

"너희에게 다시 말해둔다. 이번 계획을 전면적으로 변경할거야. 타깃은 도가미 유키나리가 아니라 그의 아버지인 도가미 마사유키야. 우리가 노리는 건 천만 엔이 아니라 그자가 아리아케 부부 살해사건의 범인이라는 증거! 말할 것도 없이 지금까지의 그 어떤 것보다 가장 큰 타깃이야. 랭크는 A, 아니, 초A클래스야. 반드시 성공시켜야 해!"

소리 높여 선언했던 고이치의 음성이 지금도 시즈나의 귀에 남아 있었다. 그의 기대에 반드시 답해야 한다고 생각했다. 그 것이 14년 동안 쌓이고 쌓인 원한을 풀 수 있는 길이기도 한 것이다.

"가장 먼저 밝혀낼 것은 도가미 마사유키와 〈아리아케〉의 관련이야." 고이치는 그렇게 조언을 해주었다. "14년 전의 이 야기를 철저히 알아내야 해. 반드시 어딘가에서 〈아리아케〉와 의 연결 고리를 찾아낼 수 있을 거야."

시즈나는 다시금 자신에게 기합을 넣었다. 유키나리의 페이 스에 휘말려서는 안 된다. 그의 상담에 진심으로 응해버리다 니, 내가 한 일이지만 이건 머리가 어떻게 된 거다.

유키나리가 작업원과의 상의를 마치고 돌아왔다. 웃음을 띠 고 있었다.

"오래 기다렸죠? 카운터의 소재가 지시한 물건과 달랐던 모 양이에요."

"어머, 그거 큰일 아니에요?"

"별수 없죠. 누구라도 실수는 해요. 중요한 건 되풀이하지 않는 것. 그렇죠?"

하얀 이를 드러내며 미소 짓는 유키나리를 보며 시즈나는 먹먹한 무언가가 가슴속에 감도는 것을 느꼈다. 그것이 무엇 인지는 그녀 자신도 알지 못했다.

21

개업 직전의 〈도가미 정〉 아자부주반점을 나왔을 때는 벌써 바깥이 어둑어둑해지고 있었다. 도로에 내려서는데 앞서 걸어 가던 유키나리가 문득 뭔가 생각난 듯이 시즈나를 돌아보았다.

"아차, 그러고 보니 아버지 이야기를 듣고 싶다고 했지요? 아버지의 식당 초창기 때의 에피소드."

시즈나는 쓴웃음을 지었다.

"네, 새 체인점을 안내하면서 얘기해주기로 하셨죠."

유키나리는 뒷머리에 손을 얹으며 하늘을 쳐다보았다.

"미안, 까맣게 잊고 있었네. 또 사업 얘기만 늘어놓고……. 미안해요."

"사과까지 하실 일은 아니에요. 물론 그 이야기는 듣고 싶 지만요."

"어떤 이야기든 다 해주죠. 자, 다시 돌아갈까요?" 유키나리 는 발걸음을 돌려 2층으로 가는 계단을 오르기 시작했다.

"다시 들어가요?"

"새 체인점을 안내하면서 얘기해준다고 약속했으니……."

"하지만 가게는 이미 충분히 다 봤는데요?"

"아, 그건 그렇군." 유키나리는 계단 중간에 멈춰 서서 다시 머리에 손을 얹었다. "그럼 어쩌지?"

어쩔 줄 모르는 유키나리를 보며 시즈나는 웃음이 터졌다. 평소 같으면 답답하다고 생각했겠지만, 왜 그런지 그런 마음은 들지 않았다.

이 사람은 정말 서툰 사람이구나, 하고 새삼 생각했다. 식당 일에 관련된 것은 빈틈없이 해치우지만, 그 밖의 다른 면에서 인간관계를 쌓아가려고 하면 당장 혼란에 빠지는 모습을 보인다.

내가 리드하는 수밖에 없겠다, 하고 시즈나는 판단했다.

"이를테면 식사를 하면서 듣는 것도 좋을 텐데요."

"식사? 아, 그렇군. 그것도 나쁘지 않군요. 언제가 좋지요?"

"언제라니……."

"내 이번 주 일정이 뭐가 있었나……." 유키나리는 미간에 주름을 잡고 생각을 더듬는 표정이었다.

"도가미 씨, 오늘 저녁에도 뭔가 예정이 있나요?"

"오늘 저녁? 아뇨, 딱히 예정은……." 그렇게 말하고 나서야 그는 뭔가 깨달은 듯 손목시계를 보았다.

"아, 그렇구나. 지금 식사하러 가는 방법도 있었군. 하지만 사오리 씨는 괜찮겠어요?"

"네, 나는 괜찮아요."

"그럼 어딘가에서 식사라도 할까요? 마침 저녁 먹을 시간이네."

"네, 기꺼이."

"다행이군요. 자, 어떤 가게가 좋을까."

계단을 내려와 머리를 갸웃거려가며 걸음을 옮기는 유키나리의 등을 바라보며, 좋은 사람이지만 이래저래 손이 많이 가는 사람이라고 시즈나는 생각했다. 하지만 역시 불쾌하지는 않았다.

유키나리가 선택한 곳은 아자부주반역 근처의 이탈리안 레스토랑이었다. 외관도 실내장식도 서민적인 가게로, 테이블에 체크무늬의 클로스가 깔려 있었다. 직접 구워내는 빵이 유명하다고 했다.

"시간을 들여 발효시킨다고 하더군요. 이거 봐요, 이렇게 빵을 떼어냈을 때, 은은한 허브 향이 나지요? 이게 특징이래요." 유키나리가 떼어낸 빵을 입에 넣으며 말했다. 요리 얘기만 나오면 그 즉시 생기가 감돌았다.

"이 근처 식당을 전부 조사하셨어요?" 시즈나가 물어보았다.

"물론이죠. 모두 경쟁자이자 전우니까요."

"전우요?"

"당연히 그렇죠. 우리 식당이 잘되려면 우선 사람들의 발길이 이쪽 상가로 쏠리도록 해야 돼요. 모두 긴자나 롯폰기 쪽으로 가버리면 우리끼리 경쟁하고 자시고 할 것도 없어요. 꼭 우리 식당이 아니더라도 일단 사람들을 이쪽 길로 불러들여야 합니다. 우리끼리의 승부는 그다음 문제예요."

유키나리의 말에는 손님이 일단 자신의 식당에 오기만 하면 반드시 만족하도록 하겠다는 자신감이 담겨 있었다.

"도가미 씨의 가장 유력한 무기는 지난번의 그 하이라이스 겠지요?"

시즈나의 말에 그는 만족스러운 듯 고개를 끄덕였다.

"우리 가게가 성공하느냐 마느냐는 그 하이라이스에 달렸어요. 아, 그러고 보니 사오리 씨에게는 특별한 추억이 어린 맛이라고 했지요?"

"네, 하이라이스에 관해 슬픈 얘기를 해버렸네요. 미안해요."

"아니, 흥미로운 이야기였어요. 우리 하이라이스와 비슷한 맛을 내는 식당이 있었다는 것도 놀라운 일이었고요. 아버지 얘기로는 엄청 고생한 끝에 얻어낸 맛이라고 했으니까요."

마침맞게 이야기가 핵심에 다가갔다. 시즈나는 유키나리의 눈을 빤히 바라보았다.

"첫 번째 〈도가미 정〉에서 했던 하이라이스 말이죠?"

"예, 아까도 말했던 그 기둥 많은 식당이죠."

"그 가게에서 하이라이스를 간판 상품으로 내셨군요."

"네, 그 하이라이스의 맛이 입소문을 타고 퍼졌고, 텔레비전과 잡지에 오르내리면서 손님들이 몰려오게 됐어요. 하지만 처음부터 순풍에 돛 단 듯이 잘됐던 건 아니에요. 개업 초기에는 파리만 날렸던 게 기억나니까요. 개업하고 2년 뒤부터였을 거예요, 갑작스럽게 손님이 많아진 건."

"무슨 계기라도 있었어요?"

"굳이 말하자면 리뉴얼에 성공했다는 얘기가 되겠죠."

"리뉴얼?"

"말은 그럴싸하지만 그리 대단한 건 아니고요. 메뉴를 약간 바꾼 정도예요. 하이라이스 세트를 늘린 겁니다. 그런데 그게 적중했어요. 점심시간이면 남녀 직장인들이 하이라이스를 먹으러 와요. 눈 깜짝할 사이에 이른바 손님들이 줄을 서는 식당이 됐죠. 솔직히 지금도 신기해요. 메뉴를 약간 손본 것뿐인데 그렇게 달라지는 건가 하고."

그 이야기를 듣고, 하이라이스의 맛이 달라졌기 때문일 거라고 시즈나는 생각했다. 어떤 사정이 있었는지는 확실치 않지만, 도가미 마사유키는 〈아리아케〉 하이라이스의 레시피를 입수했고 그 요리를 식당에 내놓았기 때문에 손님들의 평가가 좋아졌다, 라고 하면 이야기의 앞뒤가 맞아떨어진다.

하지만 어떻게 그것을 증명할 수 있을까.

"그 하이라이스는 정말 맛있어요." 시즈나는 말했다. "무슨 비밀이라도 있나요? 이를테면 비전秘傳의 맛이라든가……."

그러자 유키나리는 미네스트로네 수프를 뜨려던 손을 멈추고 싱긋 웃었다.

"비밀은 여러 가지가 있죠. 유감스럽게도 가르쳐줄 수는 없지만."

"소스에 독특한 향기가 있던데요? 먹은 뒤에 입 안에 은은히 남는 느낌."

유키나리는 눈을 둥그렇게 뜨고 감탄한 듯 그녀를 바라보며 고개를 저었다.

"와우, 이건 감동인데요. 우리 하이라이스의 맛을 그만큼 깊이 있게 음미해주는 손님은 많지 않아요. 더구나 시식회 때 잠깐 먹어본 것뿐인데."

"그 향기의 비밀은……." 시즈나는 마음을 굳게 먹고 말을 이었다. "간장이 아닐까 하고 생각했어요."

유키나리의 눈이 큼직해졌다.

"왜요?"

"어쩐지 그런 감이 들었어요. 실제로 간장 맛이 나는 건 아닌데도 어쩐지……. 아, 잘못 말한 거라면 미안해요."

"와아, 놀랍네요." 그는 스푼을 내려놓고 화이트 와인이 든 글라스에 손을 내밀었다. 한 모금 마시더니 후우 한숨을 내쉬었다. "정확히 맞혔어요. 비전의 맛으로 간장을 쓰고 있어요. 하지만 향기만으로 그걸 알아낸 사람은 여태까지 한 명도 없었어요. 요리 연구가 중에도 그런 사람은 없었을걸요? 사오리 씨는 정말 대단하군요."

"아이, 그렇지도 않아요. 어쩌다 맞힌 거죠."

"어쩌다 맞힐 수 있는 일이 아니에요. 사오리 씨, 요리에 상당히 해박한 것 같아요."

"그런 거 아니에요. 비결을 밝히자면, 친구한테 배운 거죠."

"친구?"

"아까 말했던 그 친구. 부모님이 사고로 돌아가셨다는 친구요. 그 애가 알려줬거든요. 자기네 식당의 하이라이스에는 비전의 맛으로 간장을 쓴다고요. 그래서 확인차 한번 말해본 것뿐이에요. 그러니 역시 어쩌다 맞힌 거죠."

그녀의 설명에 유키나리는 이해했다는 듯이 머리를 위아래로 끄덕였다.

"그랬군요. 실제로 하이라이스에 간장을 쓰는 건 그리 드문 일은 아니죠. 문제는 어떤 간장이냐는 거예요. 이건 사오리 씨에게만 알려주는 건데, 우리 식당에서는 아주 특별한 간장을 쓰고 있어요."

"와아, 재미있네요. 어떤 간장인데요?"

그건, 이라고 말을 하려다가 유키나리는 둘째 손가락을 옆으로 흔들었다.

"미안. 그것만은 사오리 씨에게도 알려줄 수 없어요. 이른바 대외비對外秘라는 거라서."

"네…… 그렇겠죠. 그런 중요한 걸 외부인에게 흘려서는 안 되겠지요. 이상한 질문을 해서 미안해요."

"사과하지 않아도 돼요. 나는 그렇게 애써 숨겨둘 만한 비밀도 아니라고 생각하거든요. 재료를 다 안다고 우리 가게의 맛을 만들어낼 수 있는 건 아니니까요. 똑같은 하이라이스라도 만드는 방법은 정말 다양하고 복잡해요."

아무래도 고이치가 나고야에서 조사해 온 내용이 틀림없는 것 같다고 시즈나는 확신했다. 〈도가미 정〉이 나고야 노포의 간장을 사들이는 건 하이라이스에 쓰기 위해서인 것이다.

식사는 메인 디시로 옮겨 갔다. 시즈나는 징거미 그릴을 선택했다. 유키나리는 송아지 고기 스테이크였다.

"아버님은 어떻게 지금의 맛을 만들어내셨을까요? 그 무렵의 이야기를 좀 들려주세요."

스테이크를 자르던 유키나리는 그 손을 멈추고 먼 곳을 바라보는 눈매가 되었다.

"사실은 그런 얘기를 자세히 들은 적이 없어요. 언젠가 힌트가 된 뭔가가 있었느냐고 물어본 적이 있는데, 그런 건 아무것도 없어, 시행착오 끝에 만들어낸 맛이야, 라고 하더라고요."

"그건 첫 번째 〈도가미 정〉이 오픈하기 전의 이야기인가요?"

"물론 그렇죠. 하이라이스는 개업 당초부터 메뉴에 있었으니까."

하지만 그것이 현재의 하이라이스와 동일한 것인지 어떤지는 알 수 없었다. 그래서 시즈나는 이렇게 물어보기로 했다.

"그럼 도가미 씨는 〈도가미 정〉이 오픈하기 전부터 그 하이라이스를 자주 먹었겠네요?"

"아마 그렇겠죠?" 유키나리의 대답은 뭔가 또 다른 의미가 담긴 말이었다.

"그렇겠다, 라고 하시는 건 무슨 뜻인지."

"사실을 말하자면, 기억에 없어요." 그는 머쓱한 듯 흰 이를 내보였다. "어렸을 때는 가업에 전혀 관심이 없었어요. 아니, 그보다 아버지가 요리사라는 것이 싫었어요. 다른 아버지들처럼 넥타이 매고 회사에 다녔으면 했어요. 그래서 그런지 어렸을 때 아버지의 요리를 맛본 기억이 거의 없어요. 저녁마다 주방 요리를 먹게 된 건 식당이 바빠진 다음이고, 그때까지는 대부분 어머니가 해주는 요리였어요. 주위 친구들은 집이 양식당이어서 좋겠다고 부러워했지만, 날마다 데미글라스 소스 냄새를 맡는 것도 지겨운 일이죠."

시즈나는 고개를 끄덕이면서도, 나는 그렇지 않았는데, 하며 옛일을 돌이켜보고 있었다. 학교에서 돌아왔을 때, 주방에서 고기 볶는 냄새가 풍겨오면 별 의미도 없이 반갑고 기뻤다. 아버지의 요리를 먹는 것도 항상 좋기만 했다.

하긴 그런 생각은 시즈나가 아직 어렸기 때문이라고 할 수도 있다. 그 뒤로 몇 년씩 똑같은 냄새를 맡았더라면 아마 유키나리처럼 생각했을지도 모른다.

그건 어찌 되었건, 지금 하는 이야기만으로 보자면 유키나리는 〈도가미 정〉 개업 초기의 하이라이스 맛을 기억하지 못하는 것 같았다.

고이치의 말에 따르면 〈도가미 정〉이 유명한 식당이 된 것과 〈아리아케〉에서 강도살인사건이 일어난 것이 거의 같은 시기라고 했다. 그런 사실과 양쪽 식당의 하이라이스 맛이 흡사하다는 게 전혀 관련이 없다고는 도저히 생각할 수 없었다.

시즈나는 저도 모르게 숨을 삼켰다. 머릿속에 한 가지 생각이 번뜩 떠올랐기 때문이다.

혹시 도가미 마사유키는 하이라이스 레시피를 손에 넣기 위해 그날 밤 〈아리아케〉 식당에 몰래 들어왔던 게 아닐까. 우연한 기회에 레시피 노트가 있다는 것을 알아냈고 그것을 훔쳐가려다 발각되자 아리아케 부부를 살해했다, 라고 생각할 수는 없는 걸까.

하지만 시즈나는 그런 추리에 너무나 많은 모순이 있다는 것을 깨달았다. 레시피 노트는 불단 아래 서랍 속에 그대로 남아 있었다. 현재 고이치 오빠가 갖고 있다. 살해 현장에서 그런걸 베껴 갈 여유 같은 건 없었을 터였다. 그리고 〈아리아케〉에 복사기 같은 건 없었다.

무엇보다 아무리 훌륭한 요리라도 그런 것을 위해 사람을 죽이기까지 할까, 하는 것이 최대의 의문이었다.

"왜 그래요?" 유키나리가 물었다. "또 뭔가 불편한 거라도?"

"아뇨, 아무것도 아니에요. 잠깐 다른 생각을 한 것뿐이에요. 미안해요."

"그렇다면 안심이군요."

유키나리의 상큼한 웃음을 보며, 확실한 증거를 찾아내기 위해서는 좀 더 도가미 마사유키에게 접근하는 수밖에 없다고 시즈나는 생각했다.

디저트를 먹은 뒤, 그녀는 화장실에 가는 척 자리를 떠나 휴대전화를 체크했다. 다이스케에게서 문자가 들어와 있었다. 지금 바로 연락하라는 내용이었다. 즉시 전화를 걸었더니 다이스케는 "어디 있어?" 하고 약간 화난 목소리로 물어왔다.

"아자부주반에 있는 레스토랑이야."

혀를 차는 소리가 들려왔다.

"근데 왜 연락을 안 했어? 장소를 모르면 미행도 못 하잖아."

"아, 미안. 내가 깜빡 잊어버렸네."

"잊어버리다니, 너답지 않게 왜 그래? 비상시를 위해서 내가 항상 지켜봐야 하는 거 아니냐고."

"그거야 나도 알지. 하지만 나 혼자서도 괜찮아."

"어떻게 그런 소리를 해? 실수했다가는 돌이킬 수가 없단 말이야."

"글쎄, 나도 잘 안다니까? 도가미가 이상하게 생각할 테니까 그만 끊어." 다이스케의 대답은 듣지도 않은 채, 시즈나는 휴대 전화를 끊고 전원까지 꺼버렸다.

이래저래 잔소리도 많네, 마음속으로 투덜거리며 그녀는 고개를 갸우뚱했다. 아, 정말 이건 나답지 않아, 라고 생각했다.

22

유키나리가 메구로의 자택에 돌아온 것은 10시를 조금 지났을 때쯤이었다. 다카미네 사오리와의 대화가 재미있게 이어져서 디저트를 다 먹은 뒤에도 커피를 마시며 레스토랑에 오래 앉아 있었기 때문이다.

아니, 대화가 재미있었다는 건 정확하지 않다. 그녀와 헤어지는 것을 조금이라도 늦추려고 자신이 열심히 이야기를 이어갔다는 게 정확한 말일 것이다. 사오리가 식당 경영이며 〈도가미 정〉에 관심을 가져준 게 그나마 큰 구원이었다. 거의 그런 이야기만 나누었다.

본심을 말하자면 레스토랑을 나온 뒤에도 다시 어딘가에 함께 가고 싶었다. 아자부에는 유키나리가 자주 드나드는 몇 군데의 바가 있었다. 하지만 2차를 가자는 말이 차마 입 밖에 나오지 않았다. 함께 저녁을 먹자고 제안한 건 사오리였지만, 그 래서 더더욱 그런 호의에 슬쩍 올라타는 치사한 짓은 하고 싶 지 않았다. 2차로 바에 갈 거라면 처음부터 분명하게 데이트라 는 형식을 갖췄어야 한다는 고지식한 생각이 유키나리에게는 있었다.

그렇기는 해도 그의 마음속에 후회가 가득한 것도 사실이었 다. 다음에 그녀에게 데이트를 신청할 만한 구실이 없었기 때 문이다. 고객 감사 시식회는 이미 끝나버렸다. 개업을 앞둔 아 자부주반점은 오늘 전부 보여줬다. 이제 또 어떤 구실을 대야 하는가. 아자부주반점의 오픈 날에 초대하는 방법도 있지만, 그건 아직 한참 먼 얘기다. 게다가 그런 날에는 그녀가 참석해 줘도 유키나리 자신이 너무 바빠서 느긋하게 이야기할 시간이 없다.

아쉬움을 가득 안은 채, 유키나리는 집 현관문을 열었다. 널 찍한 현관에 마사유키의 검은 가죽 구두가 키를 맞춰 반듯하 게 놓여 있었다.

마사유키는 거실에서 뭔가 서류를 들여다보는 중이었다. 각 체인점의 영업 현황에 대한 데이터일 것이다. 요즘 아버지는 요리사가 아니라 완전히 경영자가 되었다고 유키나리는 실감 하고 있었다.

어머니 기미코가 부엌에서 나왔다.

"어서 오너라. 저녁은 밖에서 먹고 왔니?"

"응, 아는 사람을 만나서."

기미코는 미간을 찌푸리며 입꼬리를 늘어뜨렸다.

"그럼 연락을 해야지. 네 몫의 생선회를 따로 챙겨놨는데."

"아, 미안. 그 사람에게 아자부주반 점포를 안내하고 그 길로 식사하러 가는 바람에 깜빡 연락을 못 했어."

마사유키가 서류에서 얼굴을 들었다.

"아자부주반점을 외부인에게 보여줬단 말이야?"

"괜찮아요, 굳이 감출 일도 아니고. 게다가 그 사람, 나한테는 좋은 조언자예요. 아버지도 만났던 사람이에요, 다카미네 사오리 씨."

"아, 그 아가씨?" 잠시 생각을 더듬는 얼굴이더니 마사유키는 유키나리를 지그시 바라보았다. "그 아가씨하고 자주 만나는구나."

"자주, 라고 할 정도는 아니고요. 오늘은 그쪽에서 연락이 왔어요. 지난번 시식회 때 중간에 몸이 안 좋아 돌아갔다는 손님, 내가 말했었죠? 실은 그게 그 아가씨였어요. 그때 집까지 바래다줬는데, 그 답례를 하겠다고 해서요."

"에이, 그런 거였어?" 그러면서도 마사유키는 뭔가 더 할 말이 있는 듯한 눈치였다.

"예의 바른 아가씨인 모양이네. 어떤 사람이야?" 기미코가 물어왔다.

아차, 일이 귀찮게 됐다, 하고 유키나리는 생각했다. 사오리를 만난 얘기는 꺼내지 말았어야 했다고 후회했다. 옛날부터 기미코는 유키나리가 여자 얘기를 할 때마다 꼬치꼬치 캐묻곤 했다. 유키나리와 아무 관계 없는 여자일 때도 마찬가지였다.

"와인 파티 때 우연히 만난 아가씨고, 아직 대학생이야. 그 외에 자세한 건 몰라."

"함께 식사까지 했으면서 아무것도 모를 리가 있니?"

"이번 체인점 때문에 젊은 여성의 의견을 들어보려고 만난 것뿐이야. 그러니 상대에 대해 자세히 물어볼 필요는 없었지. 그런 짓을 하면 도리어 실례가 되잖아."

"흐응, 그런가?" 기미코는 뭔가 미심쩍다는 기색으로 고개를 갸우뚱하고 있었다.

"뭘 자꾸 캐묻고 그래?" 옆에서 마사유키가 말했다. "새 점포에 관한 건 유키나리에게 전적으로 다 맡겼어. 어떤 방식으로 식당을 꾸며갈 것이냐 하는 건 이 녀석 자유라고. 그러니 젊은 아가씨의 의견을 들어볼 필요도 있겠지, 뭐."

남편의 말에 기미코는 부루퉁한 얼굴로 고개를 끄덕였다.

"엄마도 유키나리에게 여자 친구가 생기기를 바라고 있어. 근데 우선 엄마에게 정식으로 소개부터 해줘야 해."

"그 아가씨하고는 그런 사이가 아니라니까." 유키나리는 쓴웃음을 지었다.

홍, 하고 코를 울리며 기미코는 부엌으로 돌아갔다.

유키나리는 양복 상의를 벗고 소파에 앉았다.

"이름이 다카미네라고 했지? 그 아가씨는 아자부주반점에 대해 뭐라고 하더냐?" 마사유키가 물어왔다.

"아주 마음에 들었나 봐요. 커플에게는 최고의 가게라고 했어요. 기둥을 여러 개 설치한 아이디어도 괜찮았던 것 같아요."

"그냥 공치사 아니야?"

유키나리는 고개를 저었다.

"괜한 공치사를 할 사람이 아니에요. 그녀에게 의견을 청하게 된 것도 〈도가미 정〉의 결점을 서슴없이 말해줬기 때문이죠. 단골손님이 분위기를 주도하다시피 하는 식당에는 선뜻 들어서기가 힘들다는 얘기, 지난번에 내가 했었잖아요."

"히로오점 얘기지? 그건 분명 따끔한 지적이었어."

"기탄없는 의견을 말해주는 사람이 정말 드물어요. 젊은 여자라면 더욱 그렇죠. 그래서 이번 만남을 잘 유지해나갈 생각이에요."

마사유키는 고개를 끄덕이며 서류로 시선을 돌렸다.

"굳이 변명할 거 없어. 나는 네 어머니하고는 달라. 네가 어떤 사람을 만나든 다 좋아."

변명이 아니라고 말하려다 유키나리는 입을 다물었다. 자꾸 불끈해서 얘기하면 도리어 부자연스럽다고 생각했기 때문이다.

"그녀가, 아니, 다카미네 씨가 우리 하이라이스를 아주 좋아하던데요. 진짜 맛있다고 했어요. 아, 근데 자기만의 추억이 얽혀 있는 맛이라니까 그 칭찬은 반쯤 접어놓고 들을 필요가 있긴 해요."

"자기만의 추억이라니?" 마사유키가 노안경 틈새로 눈을 치켜뜨고 아들을 보았다.

"어렸을 때 가장 친했던 친구네 양식당에서 먹은 하이라이스하고 맛이 똑같다고 했어요."

노안경 안쪽의 눈이 둥그렇게 커졌다. 그 안경을 마사유키는 벗었다.

"어떤 양식당이라더냐?"

"식당 이름까지는 못 들었어요. 친구네 부모님이 하던 양식당이라고 했는데……. 아, 요코스카에 있던 가게라고 했어요."

"요코스카?" 마사유키의 눈이 험상궂어졌다. "틀림없어?"

"틀림없어요. 그녀가 그렇게 말했으니까. 왜요, 짐작 가는 곳이 있어요?"

"아니, 그런 건 아니고……." 마사유키는 아들의 얼굴에서 눈을 돌렸다. 그 시선이 허공을 헤매는 것처럼 보였다. 이윽고 그는 다시 유키나리 쪽으로 얼굴을 돌렸다. "그 밖에 다른 얘기는 없었어? 그 식당에 대해."

"하이라이스의 맛이 똑같았다는 것뿐이에요. 하지만 착각일 수도 있다고 했어요. 아주 어렸을 때의 일이라서."

"어른이 된 뒤에는 그 식당에 안 갔던 모양이지?"

"그럴걸요?" 무심코 대답하다가 유키나리는 중요한 것이 생각났다. "아참, 그 식당이 없어졌대요."

"없어졌어? 왜?"

"부모님이 사고로 돌아가셨대요."

"돌아가셨다고?" 마사유키가 헉 숨을 삼키는 것처럼 보였다. 입을 꾹 다문 채 가슴이 오르락내리락했다. "사고로 돌아가셨다고 했단 말이지?"

"네, 그녀의 말에 의하면."

그래, 라고 중얼거리고 마사유키는 다시 엉뚱한 방향으로 눈을 돌렸다.

"왜요? 아버지도 그 식당에 대해 알아요?"

유키나리의 물음에 마사유키는 퍼뜩 정신을 차린 듯한 표정이었다. 짙은 한숨을 내쉬더니 고개를 절레절레 흔들었다.

"그런 게 아냐. 그 반대지."

"반대라뇨?"

"동업자에 관한 소문이라면 어떤 식으로든 내 귀에 들어오게 마련이야. 방금 네가 얘기한 그런 식당이 있었는지, 생각해본 참이야. 근데 그런 얘기는 들어본 적이 없어. 내가 모르는 식당이야."

예에, 하고 유키나리가 고개를 끄덕였을 때, 기미코가 부엌에서 나왔다. 접시를 들고 있었다.

"오래 두면 맛이 떨어질 것 같아. 지금 실컷 먹자."

접시에 담긴 것은 배였다. 지인이 얼마 전에 보내준 것이었다. 남은 것을 전부 깎아 왔는지 양이 상당했다.

"와아, 잘 먹겠습니다." 유키나리는 냉큼 포크로 쿡 찔러 입에 넣었다. 달콤했다.

"우리 하이라이스와 맛이 똑같다니, 그럴 리가 없어." 기미코가 말했다. 아버지와 나눈 대화를 부엌에서 들은 모양이었다.

"왜요?" 유키나리가 물었다.

"그건 말이 안 돼. 너는 기억을 못 하겠지만, 그 맛을 만들어 내려고 네 아버지가 얼마나 고생했는지 몰라. 여보, 그렇지?" 마사유키에게 동의를 청했다.

"그런 얘기는 하지 마."

"아니, 유키나리가 이번에 새로 개업하는 가게에서 그 하이라이스를 대표 메뉴로 할 거잖아. 그러니까 당신이 얼마나 고생스럽게 만들어냈는지도 똑똑히 알려줘야지."

"글쎄, 그만하라니까!" 마사유키는 벌컥 화를 내면서 자리를 박차고 일어섰다. 그대로 거실을 나가버렸다.

"내가 뭔가 기분 상하실 말을 했었나?" 유키나리는 고개를 갸웃거리며 기미코를 돌아보았다.

"맛이 똑같다는 이상한 말을 하니까 그렇지."

"그건 내가 한 말이 아니야. 다카미네 씨의 이야기를 그대로 전한 것뿐이지."

"그게 안 좋다는 거야. 그럴 리가 없잖니? 네 아버지의 하이라이스는 이 세상에 단 하나뿐이야. 다른 어느 누구도 만들어 낼 수 없어. 그걸 네가 알고 있다면 그런 얘기는 거짓말이라고 금세 눈치를 챘어야지."

"거짓말이라고 몰아붙일 수는 없지. 아직 모르는 일이잖아."

하지만 기미코는 양보할 기미 없이 크게 고개를 저었다.

"있을 수 없는 얘기니까 당연히 거짓말이지. 관심을 끌어보려고 너한테 괜히 이상한 소리를 한 거야."

"관심을 끌려고? 아이, 설마."

"틀림없어. 오늘만 해도 그래, 그 아가씨 쪽에서 먼저 연락했다면서? 이러니저러니 이유를 달아서 너하고 사귀려는 거야. 조심해야 돼."

두 조각째 배를 입에 넣으려던 유키나리는 그대로 포크를 내려놓았다.

"잘 먹었습니다." 어머니를 쏘아보며 말하고 자리에서 일어섰다.

"뭐야, 그만 먹을 거야?"

"그녀는 그런 사람 아니에요." 그리고 거실을 나와버렸다.

자신의 방에 돌아와 상의를 수납장에 넣을 때, 안쪽 호주머니에서 선물 상자를 꺼냈다. 사오리가 준 소믈리에 나이프였다. 손에 살짝 쥐었더니 저절로 입가에 웃음이 번졌다.

기미코의 말을 반추했다. 너하고 사귀려는 것이다…….

그게 사실이라면 정말 좋겠다고 유키나리는 생각했다.

시즈나의 보고를 듣고 고이치는 저도 모르게 끄응, 신음이 터져 나왔다.

"유키나리는 그 하이라이스가 언제 어떤 식으로 만들어졌는지 모른다고? 에휴, 그런 상황은 미처 생각을 못 했네."

"그 식당이 유명해진 건 하이라이스 덕분이라고 했으니까 아마 그 직전이겠지." 시즈나가 침울한 얼굴로 말했다.

"그런 추측은 내가 요코하마 쪽의 〈도가미 정〉을 조사했을 때부터 얘기했었어. 지금 우리가 원하는 건 추측이 아니라 반증이야. 도가미 마사유키와 〈아리아케〉가 관련된 건 하이라이스밖에 없으니까."

"그러니까 이제 유키나리에게서 뭔가 알아내기는 어려울 것 같아. 아버지 쪽으로 접근하는 수밖에 없어."

"접근해서 어떻게 할 건데? 그 하이라이스를 어떻게 만들었느냐고 물어보려고? 그자가 만일 범인이라면 그걸 순순히 말해줄 거 같아?"

고이치의 물음에 시즈나는 대답하지 못했다. 맥 빠진 얼굴로 고개를 떨궜다.

"형이 지난번에 최후의 수단이 있다고 했지?" 침대 위에 정좌하고 있던 다이스케가 말했다. "증거를 찾지 못했을 때는 최후의 수단이 있다고. 그거, 얘기해줘."

고이치는 고개를 저었다.

"그건 아직 얘기할 단계가 아냐."

"하지만 벌써 14년이 지났어. 이제 증거는 하나도 남아 있지 않을 거야. 내 눈을 믿는다고 했잖아. 내가 하는 말이니까 틀림없어. 범인은 그자야. 도가미 마사유키라고."

하지만 고이치는 대답하지 않고 팔짱을 낀 채 눈을 감았다.

최후의 수단을 쓸 수밖에 없다는 것은 그 자신도 잘 알고 있었다. 사건이 일어났던 당시에조차 경찰은 변변한 단서 하나 잡지 못했던 것이다. 그런 터에 범인이 여태까지 자기 주변에 증거가 될 만한 것을 지니고 있을 리가 없다.

하지만 최후의 수단을 쓸 경우, 다시는 뒤로 물러설 수 없게 된다. 마구잡이로 내달리는 수밖에 없는 것이다. 더구나 단 한 번밖에 쓸 수 없는 방법이다. 실패했을 경우에는 오히려 자신들이 경찰에게 쫓기게 될 터였다.

그것을 감행해야 할지 말지, 고이치는 고민이 깊었다. 장남으로서 두 동생의 장래도 책임지지 않으면 안 된다.

고이치는 눈을 떴다.

"시즈나, 그건 물어봤어? 도가미 마사유키가 요리사 수업을 하던 시절의 이야기."

"〈도가미 정〉을 개업하기 전의 일? 물론 물어봤지."

"어디서 요리사 수업을 했는지, 유키나리가 알고 있었어?"

"응, 그건 알고 있었어. 기치조지 쪽에 있었던 식당이래."

시즈나는 침대 위에 던져둔 가방을 끌어당겼다. 거기서 한 장의 종이를 꺼내 왔다.

"잊어버릴까 봐 유키나리에게 적어달라고 했어. 이 식당 이름의 한자는 '시로가네야'라고 읽는대."

고이치는 메모를 받아 들었다. 거기에는 '白銀屋'라고 적혀 있었다.

"기치조지에 있었던, 이라는 걸 보니 지금은 없어진 거야?"

"그건 모른대. 유키나리는 한 번도 가본 적 없는 모양이야."

고이치는 고개를 끄덕였다. 좋아, 라고 중얼거렸다.

"어쩔 생각인데?" 다이스케가 물어왔다.

"최종 확인을 해야지. 그게 끝나면 결행하자." 고이치는 두 동생을 번갈아 바라보며 말했다. "이제 최후의 수단을 꺼낼 차례야."

23

기치조지역 옆의 백화점 주차장에 차를 세워놓고 거기서부터는 걸어가기로 했다. 팩스로 보내온 지도를 들여다보며 역 앞에서 북쪽으로 향했다. 저녁때라고 하기에는 아직 조금 이른 시간이었다.

"이쪽, 꽤 북적거리는데?" 양복 차림의 다이스케가 둘레둘레 주위를 둘러보며 말했다. 넥타이도 매고 있었다. "나, 기치조지에 오는 건 처음이야."

"나는 두 번째던가? 전에 회사 일로 이노카시라 공원을 촬영하러 왔었어." 고이치가 말했다.

개성적인 가게가 줄줄이 늘어선 거리를 화려한 패션의 젊은 이들이 오가고 있었다. 그들이 풍기는 분위기는 신주쿠나 시부야 쪽의 젊은이들과는 미묘하게 달랐다. 지나치게 유행을 추종하는 일 없이, 제각각의 스타일을 즐기는 것처럼 보였다. 도심과 절묘한 거리감을 유지하고 있는 점이 아마도 그들에게 여유를 갖게 해주는 모양이라고 고이치는 분석했다.

서양식 분위기의 이자카야 〈NAPAN〉은 역에서 도보로 10분 거리에 있었다. 목제 문 앞에 세워둔 작은 칠판에 오늘의 추천 메뉴를 적어놓았다. 오늘 저녁에는 농어 향초 구이와 소프트 셸 크랩이 추천 품목인 모양이었다.

문에는 아직 '준비 중'이라는 팻말이 걸려 있었지만 고이치는 주저 없이 문을 열고 들어갔다.

가게 안은 어둑어둑했다. 입구 바로 앞의 카운터를 젊은 여자가 닦고 있는 참이었다. 여자는 난처하다는 얼굴로 고이치 일행을 보았다.

"아, 가게는 5시 반부터 열어요."

"아뇨, 개점 전에 와달라고 하셨거든요." 다이스케가 양복상의 호주머니에서 명함 지갑을 꺼내 그 안에서 명함 한 장을 꺼냈다. 간밤에 고이치가 급하게 만든 것이었다. 명함에는 '주식회사 KTS 디렉터 야마다카 노부히사'라고 인쇄되어 있었다. KTS는 고이치, 다이스케, 시즈나의 머리글자를 딴 것이다. 야마다카 노부히사라는 이름은 시즈나가 생각해냈다. 최근 사기 작전의 먹잇감이었던 다카야마 히사노부의 이름을 한 자씩 바꿔놓은 것이다.

잠깐만 기다리세요, 라고 말하더니 여점원은 명함을 들고 안으로 사라졌다.

고이치는 가게 안을 둘러보았다. 카운터 외에 4인 테이블 다섯 개가 있었다. 하지만 실제로 네 명이 앉기는 비좁아 보이는 테이블이었다. 벽에는 서양화 포스터가 붙었고 선반에는 오래된 시계며 검은색 전화기 등이 놓여 있었다. 실내 디자인에 새로운 면은 없지만 센스는 그리 나쁘지 않다고 생각했다.

다이스케가 고이치를 향해 손을 흔들면서 카메라 셔터를 누르는 몸짓을 했다. 고이치는 고개를 끄덕이고, 손에 든 가방에서 카메라를 꺼냈다. 우선 가게 안의 풍경부터 간단히 촬영했다. 방송 제작사의 디렉터, 그리고 그와 동행한 카메라맨이 오늘 그들의 역할인 것이다.

"어, 마음대로 찍어 가면 곤란한데?" 굵직한 목소리가 들렸다.

흰 셔츠 위에 검은 베스트를 입은 남자가 안쪽에서 나오는 참이었다. 숱이 적은 머리를 짧게 밀고 있었다. 그 때문에 둥근 얼굴이 더욱 강조되는 것 같았다. 체형도 땅딸막했다. 나이가 제법 든 것처럼 보이지만, 실은 아직 40대일 터였다.

"노무라 씨세요? 바쁘신데 무리한 부탁을 드려 죄송합니다."

다이스케가 다시 명함을 내밀려고 했지만 노무라 다카오는 귀찮다는 듯 손을 내저었다.

"아까 종업원한테 받았어. 내가 시간이 별로 없어. 짧게 좀 부탁해요." 노무라는 카운터의 스툴에 앉았다. "댁들도 적당히 앉으시지."

다이스케는 "그럼 실례합니다"라고 인사하고 테이블 쪽의 의자를 끌어당겨 앉았다. 하지만 고이치는 선 채로 가게 안을 둘러보기로 했다. 그러는 게 카메라맨답다고 생각했던 것이다.

"아, 그러니까 도가미 씨에 대해 물어보고 싶다고?"

다이스케가 고개를 끄덕였다.

"그렇습니다. 도가미 씨에 대한 것도 그렇고, 〈도가미 정〉의 하이라이스에 대해서도 여쭤보려고 합니다. 왜냐면 어제 전화로도 말씀드렸듯이 이번에 만들 기획이 〈명물 요리의 루트를 찾아라〉라는 것이거든요. 그 명물 요리의 하나로 〈도가미 정〉의 하이라이스도 후보에 올랐습니다."

홍, 하고 노무라는 코웃음을 쳤다.

"그런 건 도가미 씨 본인에게 직접 물어보면 되잖아."

"물론 도가미 씨 본인도 인터뷰할 예정입니다. 하지만 이런 방송을 제작할 경우, 주위 분들의 말씀이 매우 중요하거든요. 본인이 어떤 고생을 겪었는지, 그리고 그것을 주위에서는 어떻게 바라봤는지, 그 양면을 조명했을 때 비로소 깊이 있는 방송이 나온다고 생각하니까요."

다이스케의 말솜씨는 오늘도 매끄러웠다. 사실은 고이치가 직접 질문하는 역할을 하고 싶었지만, 그만한 연기를 해낼 자신이 없었다.

"그래도 최근에는 그 사람과 왕래한 적이 없어." 노무라는 떨떠름한 얼굴이었다.

"노무라 씨는 3년 동안 〈시로가네야〉에서 도가미 씨와 함께 일하셨다고 들었는데요."

"그건 그래. 나는 다른 식당에서 일했었는데 그쪽이 망해버리는 바람에 〈시로가네야〉의 수석 주방장에게 좀 써달라고 부탁했지. 근데 그 〈시로가네야〉도 망해버렸으니, 나는 어딜 가나 운이 없는 사람이지 뭐야." 노무라는 자학적인 웃음을 지었다.

그가 말하는 대로 〈시로가네야〉는 8년 전에 문을 닫았다. 수석 주방장의 급사急死가 원인이었다. 고이치는 그것을 인터넷으로 알았다. '기치조지'와 '시로가네야'로 검색했더니 그런 내용의 글이 떴던 것이다. 하지만 그 글은 또 다른 정보도 제공해주었다. 〈시로가네야〉에서 일하던 요리사가 기치조지에서 서양식 이자카야를 시작했다, 라는 내용이었다. 그것이 〈NAPAN〉이고, 그 요리사가 바로 노무라였던 것이다.

"도가미 씨는 어떤 사람이었습니까?" 다이스케가 물었다.

"어떤 사람이었냐고 물으니 난처하네. 같은 식당에서 일했지만 그리 친한 사이는 아니었어. 하지만 뭐, 늘 연구하는 자세를 가진 사람이기는 했어. 그래서 사장도 마음에 들어 했지. 독립한다고 했을 때도 기분 좋게 내보내줬어. 장소가 요코하마니까 경쟁 상대가 될 일도 없었고."

"도가미 씨는 당시부터 하이라이스 요리를 잘하셨습니까?" 다이스케의 질문이 핵심으로 다가갔다.

노무라는 고개를 저었다.

"〈시로가네야〉의 하이라이스는 사장이 옛날부터 만들던 거야. 도가미 씨도 〈시로가네야〉에 있을 때는 그 사장 레시피대로 만들었어. 근데 독립한 뒤에 자기만의 맛이라는 걸 만들려고 노력한 것 같더라고."

다이스케가 곁눈으로 흘끔 고이치 쪽을 보았다. 표정에 변화는 없었지만, 흥분하고 있다는 게 전해져왔다.

드디어 〈도가미 정〉 하이라이스의 출발점을 발견한 것이다. 도가미 마사유키가 자신의 하이라이스를 만든 건 독립한 뒤라는 이야기가 된다.

"그 당시 일 중에 뭔가 기억나시는 건 없습니까? 하이라이스에 관련된 것이라면 어떤 얘기라도 좋아요."

다이스케의 질문에 노무라는 팔짱을 끼는 것으로 응해왔다.

"얘기고 뭐고 그 사람이 독립한 뒤에는 제대로 만난 적도 없어. 사장에게 간간이 가게 경영에 관한 상담을 하러 오는 것 같기는 하더라고. 나도 그랬지만 그 사람도 처음에는 고생깨나 하는 눈치였어."

"네, 그 이야기는 우리도 들었습니다. 개업 초기에는 식당이 잘 안 되었다면서요?"

"잘되네 마네 할 정도가 아니라 완전히 파리만 날리고 있다고 했어. 손님이 너무 없어서 배달까지 한다고 했으니까. 따로 종업원을 쓸 수가 없어서 부인이 배달 통을 들고 뛰어다닌다고 하더라고. 급하면 그 사람이 직접 배달을 나가기도 했던 모양이야. 생각해보라고, 요리사가 배달을 나가는 거야. 얼마나 장사가 안됐는지, 상상이 되지?" 노무라의 혀가 약간 매끄러

269

위겼다. 남의 가게가 잘 안 된다는 화제에는 은근히 신이 나는 모양이었다.

노무라는 문득 먼 곳을 응시했다.

"배달이라니까 생각나는데, 나름 재미있는 이야기가 있었어. 어느 날 밤인가, 도가미 씨가 〈시로가네야〉에 왔었어. 근데 억병으로 술에 취했더라고. 그 사람이 그런 식으로 흐트러진 건 그때가 처음이었어."

"무슨 일이 있었던가요?"

"그게 아무래도 손님하고 싸운 모양이더라고. 아, 싸움이라야 누구를 두들겨 팬 건 아니고, 잠깐 말다툼을 한 정도야. 게다가 그 상대가 자기 식당에 찾아온 손님이 아니고 배달을 나갔던 곳의 손님이었어."

"싸운 이유는요?"

"음식 맛이 형편없다고 했다는 거야."

다이스케는 허엇, 하고 짐짓 놀란 소리를 냈다. "음식 맛이 형편없다고요?"

"응, 무슨 요리였는지는 모르겠는데, 아주 심한 말을 들었던 모양이야. 그런 곳에 들락거리는 인간은 어차피 말투도 사나운 법이다, 그러니까 신경 쓰지 마라, 하고 사장이 다독다독 달래주더라고."

"그런 곳이라면?" 고이치는 저도 모르게 말을 끼워 넣었다.

"어디였는데요?"

"다방이야." 노무라는 선뜻 말했다.

"다방?" 다이스케가 물었다. "다방 손님이 도가미 씨의 식당에 음식 배달을 주문했다는 건가요?"

"응, 그 다방에 대형 텔레비전이 있어서 주말이면 무슨 건달 집합소 같았던 모양이야. 그런 다방은 식사 메뉴가 시원찮으니까 가까운 양식당에서 배달을 시킨 거야."

아, 예에, 하고 다이스케는 뭔가 이해가 되지 않는다는 표정으로 고개를 끄덕였다. 고이치도 묘한 이야기라고 생각했다.

"그래서 도가미 씨는 어떻게 하셨을까요?" 다이스케가 물었다.

"글쎄, 어떻게 했나……." 노무라는 고개를 갸우뚱했다. "오래된 일이라서 생각이 안 나. 그때는 잠깐 술주정을 부려본 거고 술이 깬 다음에는 그 사람도 마음을 추슬렀겠지, 뭐."

노무라로서는 까마득하게 잊어버리고 있던 옛날 일이다. 더 이상 자세하게 생각해내라고 해도 무리일 터였다.

그래도 다이스케는 〈도가미 정〉의 하이라이스에 대해 노무라가 뭔가 기억해내주기를 기대하며 질문을 이어갔다. 하지만 고이치가 내심 기다리던 대답은 전혀 나오지 않았다. 〈시로가네야〉에서 함께 일할 때도 도가미 마사유키와 별로 친하지 않았다는 건 아무래도 사실인 모양이었다.

다이스케가 손목시계를 보는 척하며 고이치에게 눈짓으로 신호를 보냈다. 어떻게 할 거냐고 물어본 것이다. 고이치는 슬쩍 고개를 끄덕였다.

"바쁘신 시간에 인터뷰에 응해주셔서 고맙습니다. 오늘 해주신 이야기가 방송에 채택되면 다시 정식으로 취재하러 찾아뵙겠습니다."

다이스케의 말에 에잉, 하며 노무라는 불만스러운 듯 입이 튀어나왔다.

"우리 이자카야도 방송에 내주기로 한 거 아니었어?"

"물론 채택될 경우에는 방송에 나갑니다."

"아직 결정된 게 아니고?"

"아직은 사전 준비 단계니까요. 취재한 것들 중에서 채택 여부를 앞으로 상의해서 결정하는 겁니다."

"에이, 그런 거라면 도가미 씨의 인품이니 뭐니, 좀 더 길게 얘기할 걸 그랬네……." 노무라는 혼자 웅얼웅얼 중얼거렸다. 별로 쓸 만한 이야기를 못 했다는 자각이 그에게도 있는 모양이었다. 텔레비전 방송은 이미 결정된 것으로 생각하고 대충대충 얘기한 것이리라.

"뭔가 결정되면 연락드리겠습니다." 그렇게 마무리를 하고 다이스케는 자리에서 일어섰다.

가게를 나와 잠시 걸음을 옮긴 뒤에 다이스케가 크게 한숨을 내쉬었다.

"도가미가 독립한 다음에야 자신의 하이라이스를 만들었다는 말을 들었을 때는 대박이라고 생각했는데, 그다음부터는 완전히 용두사미. 정말 도움이 안 되는 아저씨네."

"뭐, 별수 없지. 다른 쪽으로 알아봐야겠다."

"다른 쪽이라니? 어디 기대해볼 만한 데가 있어?"

다이스케가 물었지만 고이치는 그저 입술을 깨무는 수밖에 없었다.

도가미 마사유키와 〈아리아케〉의 관련은 그리 쉽게 찾아낼 수 없을지도 모른다. 도가미가 범인이라면 그런 흔적만은 절대로 남에게 들키지 않도록 조심스럽게 없애버렸을 터였기 때문이다.

두 사람은 입을 꾹 다문 채 걸어갔다. 길 쪽으로 가전제품 판매점이 있었다. 가게 쇼윈도에 놓인 텔레비전 화면에 골프 중계 영상이 흐르고 있었다.

고이치는 발을 멈추었다. 왜 그래, 하고 다이스케가 물어왔다.

"텔레비전을 봤다고 했지?"

"뭐가?"

"도가미가 배달을 나갔다는 다방 말이야. 대형 텔레비전이 있어서 건달들이 모여들었다고 했어……."

"응, 그랬지. 그게 어쨌다는 거야?"

"텔레비전으로 뭘 봤을 거라고 생각해?"

"뭐?" 다이스케는 입을 헤벌렸다. "그런 걸 내가 어떻게 알아?"

"그거, 내가 알 것 같아." 고이치는 다이스케의 어깨를 탁 쳤다. "서두르자. 다시 한번 드라이브야."

두 사람이 향한 곳은 요코하마의 사쿠라기초였다. 오오카가와강의 다리 근처에 차를 세우고 고이치는 한 커피숍으로 갔다. 통나무집을 떠올리게 하는 찻집, 〈우마노키〉였다.

그가 들어가자 카운터에 있던 흰 수염의 마스터가 얼굴을 들고 환하게 웃었다.

"아, 지난번에 왔던?"

"네, 또 왔습니다." 고이치는 인사를 건넸다.

"그 뒤로 〈도가미 정〉에는 가봤어?"

"아뇨, 아직 못 갔어요. 근데 좀 여쭤볼 게 있는데요. 아참, 그 전에 커피 두 잔." 고이치는 손가락 두 개를 번쩍 들면서 카운터 자리에 앉았다.

다이스케도 곁에 앉았지만 아직 뭐가 뭔지 모르겠다는 얼굴이었다. 고이치는 이곳에 오는 도중에도 그에게 아무 말도 하지 않았다.

"예전에 이 근처에 〈선라이즈〉라는 다방이 있었지요?" 고이치가 물었다.

커피를 내리며 마스터는 생각에 잠긴 얼굴을 했다. 이윽고, 아아, 하고 고개를 끄덕였다.

"맞아, 있었어. 〈선라이즈〉 다방. 요 앞의 빌딩에 있었어. 하지만 지금은 없어." 의미심장하게 입가를 풀며 웃었다.

"바로 그 사건으로 망해버린 거죠?" 고이치는 흥분을 억누르며 말했다.

"그렇지, 그 사건 때문에 폭삭 망했지. 잘 아는데? 그때는 나도 곤욕을 치렀어. 이 찻집에서도 똑같은 짓을 하지 않았느냐고 어찌나 다그치던지."

다이스케가 고이치의 옆구리를 팔꿈치로 쿡 찔렀다.

"뭐야, 그 사건이라는 게?"

"나중에 알려줄게."

마스터가 내려준 커피를 블랙으로 마시며 고이치는 복잡한 마음에 쫓기고 있었다. 마침내 도가미 마사유키와 〈아리아케〉의 접점을 찾아냈다. 하지만 그것은 그에게 씁쓸한 추억과도 이어져 있었다.

4년 전, 요코하마에서 사설 도박단이 적발되었다. 그 고객 리스트에는 아버지 아리아케 유키히로의 이름도 있었다.

그 사설 도박단이 이용했던 장소가 대형 텔레비전이 설치되어 있는 다방이었다. 텔레비전으로 손님에게 경마 중계를 보여주면서 도박판 주인은 마권을 팔아먹었던 것이다. 그 다방의 이름이 〈선라이즈〉였다는 건 당시의 신문 기사에 실려 있었다.

24

"나는 그거 잘 모르겠어. 사설 도박이란 게 뭐야? 뉴스에 이따금 나오던데 뭐가 뭔지 전혀 모르겠어." 시즈나가 침대 위에 벌렁 누운 채 물어왔다. 다이스케가 애용하는 베개를 두 팔에 껴안고 있었다.

"사적으로 경마 도박을 하는 거야." 다이스케가 말했다.

"사적으로? 개인이 키운 말을 돈을 걸고 경주에 참가시키는 거?"

"어휴, 아니지, 그런 사치스러운 놀이가 아니라고. 무슨 엉뚱한 생각을 하는 거야?"

"그래도 나는 모르겠단 말이야." 시즈나는 입을 뾰로통하게 내밀고 고이치 쪽으로 얼굴을 돌렸다.

"보통 하는 경마는 알고 있지?" 고이치가 물었다.

"그 정도야 알지. 어떤 말이 이길 것인지 예상해서 마권을 사고, 그게 맞아떨어지면 상금을 받는 거잖아. 나는 한 번도 해본 적이 없지만."

"사설 도박단이라는 건 그 마권의 매매를 사적으로 중개하는 자들을 말하는 거야. 어떤 말이 이길 것인지 손님이 예상해서 마권을 주문하겠지? 그러면 그 주문대로 마권을 구입해서 그게 맞아떨어지면 그에 해당하는 상금을 손님에게 내줘."

시즈나는 침대 위에서 몸을 뒤집었다.

"요컨대 마권을 사러 가기가 귀찮은 손님을 위해 대신 사다 준다는 거야?"

"손님으로서는 그런 메리트도 있겠지."

"그래서 그 수수료를 받아먹는 거구나?"

"아니, 기본적인 수수료를 받는 게 아냐. 그런 돈을 요구하면 손님은 자기가 직접 사러 가버리겠지."

"그러면 다방에 손님을 모으기 위해 그런 서비스를 해줬다는 얘기인가?"

고이치는 시즈나를 향해 씨익 웃어 보였다.

"아, 혹시 적발되면 아마 그런 식으로 변명했을 거야."

"에이, 그게 뭐야? 무슨 말이냐고. 좀 더 알아듣기 쉽게 설명해봐."

"사설 도박단의 시스템에는 여러 가지가 있어. 방금 말한 건 가장 기본적인 시스템이야. 하지만 그런 경우에는 도박판 주인에겐 전혀 이익이 없어. 손님 쪽에서도 자기가 직접 마권을 사러 나가는 수고가 줄어드는 정도의 메리트밖에 없을 거고.

그러니까 일단 도박판 주인은 마권이 맞아떨어졌을 경우의 배당금을 정규보다 훨씬 더 크게 잡아. 경마 같은 공영 도박은 처음부터 마권 금액의 4분의 1가량을 운영 경비로 떼어 가기 때문에 100엔을 따더라도 실제로는 75엔밖에 받지 못하는 셈이야. 그런데 사설 도박판에서는 이 경비를 낮춰서 계산해주기 때문에 배당금도 불어나. 그러니 손님으로서는 사설 도박판을 이용할 메리트가 생기는 거지."

"하지만 그러면 도박판 주인아저씨는 손해를 볼 거 아냐."

시즈나가 도박판 주인아저씨, 라고 말한 게 재미있어서 고이치는 웃었다.

"손님이 주문한 대로 마권을 사들인다면 당연히 손해가 나겠지. 하지만 손님의 의향을 무시하고 자기들 생각대로 마권을 사들이면 어떻게 될까? 손님의 예상은 빗나가고 자기들의 예상이 맞아떨어지면 배당금은 자기들 것이 돼."

"하지만 자기들의 예상이 빗나가는 경우도 있을 텐데?"

"물론 그렇지. 그러니까 확실한 방법은 손님에게서 주문을 받을 만큼 실컷 받고, 실제로는 마권을 사지 않는 거야. 이렇게 하면 마권비가 통째로 도박판 주인의 손아귀에 들어가게 돼."

"손님의 마권이 맞으면 어떻게 해?"

"그럴 경우에는 배당금을 내줄 수밖에 없어. 하지만 실제로는 마권이란 게 그렇게 척척 맞아떨어지는 게 아니야. 손님의 예상이 맞는 일도 있지만 대개는 빗나가는 경우가 많아. 길게 보면 반드시 도박판 주인이 돈을 벌게 되어 있어. 마권이란 게 원래 그런 거야. 그러니 일본 경마협회가 그렇게 돈을 벌어들이지. 물론 만에 하나의 경우도 있으니까 손님이 고액 배당의 마권을 주문했을 때는 도박판 주인도 보험 삼아 실제로 구입하기는 할 거야."

고이치가 해주는 설명을 머릿속에서 정리해보려는 듯 시즈나는 가만히 엎드려 있었다. 한참 뒤에야 빙그르르 몸을 돌렸다.

"뭐라고 했지, 그 다방?"

"〈선라이즈〉 말이야?"

"응, 그 〈선라이즈〉 다방에서 했던 게 그런 일이었다는 거야?"

"대충 그 비슷한 짓이었지." 고이치는 의자를 빙글 돌려 컴퓨터 모니터 쪽으로 향했다. 인터넷으로 신문 기사 검색 사이트에 연결하고 있었다. "신문에는 이렇게 적혀 있어. ―이 다방에서는 점원이 손님의 주문을 받아 전용 전표에 경주 번호와 마번의 예상을 기입하고 그 반권¥券을 건네주는 시스템을 사용하였다. 이긴 손님에게는 정규 배당금보다 5퍼센트 높은 상금을 지급했지만, 실제로는 마권을 구입하지 않았다―. 어때, 내가 설명해준 대로지?"

"그리고 아빠가 거기에 빠졌었다는 얘기?" 시즈나의 얼굴이 흐려졌다.

고이치의 얼굴이 심각한 표정으로 일그러졌다.

"고객 리스트에 이름이 있었으니 단골이었다는 얘기겠지."

시즈나는 고개를 절레절레 흔들고, 품에 안고 있던 베개를 벽을 향해 내던졌다.

"그딴 거, 나는 못 믿어. 아빠가 경마 도박에 빠졌었다니 나는 처음 듣는 얘기란 말이야."

고이치는 다이스케와 서로 마주 보았다. 시즈나의 얼굴에는 분노와 슬픔이 뒤섞여 있었다. 아마 자신도 똑같은 표정일 거라고 고이치는 생각했다.

"시즈나, 너는 아직 어려서 아무것도 몰랐어." 다이스케가 불쑥 말했다.

시즈나가 몸을 일으키며 다이스케를 노려보았다.

"그건 또 무슨 말이야?"

하지만 다이스케는 대답하지 않고 도움을 청하는 눈빛을 고이치에게로 던졌다. 제 입으로는 말하고 싶지 않은 일이기 때문일 것이다.

고이치는 컴퓨터 책상에 팔꿈치를 짚고 조용히 말했다.

"아버지, 도박광이었어. 특히 경마라면 정신이 없었어."

"아니, 나는 그런 거 한 번도 본 적이 없어!" 시즈나의 말투는 강경했다.

"그러니까 시즈나가 아주 어렸을 때의 이야기라니까. 식당이 쉬는 날이면 아버지는 항상 경마장에 갔어. 아침 일찍 나가서 밤늦은 시간에나 돌아왔어. 엄마 얘기로는 돈을 잃으면 화가 나서 술을 마시고, 돈을 따면 땄다고 신이 나서 지갑을 털고 오기 때문이래. 그것 때문에 항상 부부 싸움을 했어. 하지만 아버지는 도박을 끊지 않았어."

"하지만 내가 기억하는 한에서는 그런 일은 한 번도 없었어. 그건 이미 끊었다는 거 아니야?"

"끊었지. 학교 작문 시간에 그 얘기를 써냈거든."

"작문?"

"형, 제발 그 얘기는 하지 마." 다이스케가 크게 팔을 내둘렀다.

"그 얘기를 안 하면 시즈나가 어떻게 알아듣겠냐?" 고이치는 시즈나를 돌아보며 말을 이었다. "다이스케가 학교 작문 시간에 그런 얘기를 썼어. 우리 아버지는 쉬는 날만 되면 경마를 하러 나가서 너무 화가 난다, 우리와 좀 더 놀아줬으면 좋겠다, 하고 쓴 거야. 그 글을 읽은 담임선생님이 일부러 우리 식당에 찾아오셔서 어떻게 좀 해주실 수 없겠느냐고 했어. 그러니 아버지도 그만 마음을 접었던 모양이야. 다시는 경마를 안 하겠다고 우리하고 엄마에게 약속했어."

"거짓말……."

기억 속의 아버지의 이미지와는 너무나 달랐기 때문인지 시즈나는 큰 충격을 받은 모습이었다.

다이스케가 혀를 챴다.

"이런 일로 거짓말을 할 이유가 없잖아. 학교 작문에 왜 그런 이야기를 썼느냐고 나중에 아버지한테 된통 혼나고, 나 혼낸다고 또 엄마가 엄청 화를 내고, 어휴…….."

"그때는 정말 힘들었지." 고이치는 쓴웃음을 짓고 있었다. 딱히 즐거운 추억은 아니었다. 하지만 가족이 함께 살던 시절의 귀중한 한 페이지라는 건 틀림없는 사실이었다.

"하지만 아버지, 끊었던 게 아니었어, 경마." 그렇게 말하고 다이스케는 입술을 깨물었다. "경마장에는 안 갔지만 좀 더 간편한 곳에서 그걸 계속했다는 얘기야."

"엄마 눈이 있었으니까. 하지만 그러고 보니 생각나는 게 있어. 일요일이면 조합 모임이네 뭐네 해서 자주 나갔어. 경마장에 들락거릴 때처럼 늦게 오는 일은 없었지만. 그러니까 아마 그런 때에 〈선라이즈〉에 갔던 모양이야. 게다가 사설 도박장은 전화 주문도 받아주니까 집에서도 할 수 있고."

"형은 언제부터 알았어?" 다이스케가 물어왔다.

"아버지가 사설 도박장에 드나드는 거? 그거야 어렸을 때는 나도 몰랐지."

"그러니까 언제 알았느냐고 물어보는 거야. 그걸 알았으니까 〈NAPAN〉에서 이야기 듣자마자 곧장 사쿠라기초로 달려간 거잖아?"

다이스케의 질문에 고이치는 일순 말이 막혔다. 가시와바라와 연락하고 있다는 건 두 사람에게는 비밀이었다.

"4년 전이야. 〈선라이즈〉가 적발되었을 때, 아버지 이름이 고객 리스트에 있다고 가나가와 현경에서 연락이 왔었어."

그때까지 벽에 등을 기대고 앉아 있던 다이스케가 갑자기 벌떡 일어섰다.

"우리 사는 데를 경찰에게 알려줬어?"

"그거, 안 되는 거 아냐?" 시즈나도 얼굴빛이 변했다.

"아동시설 나올 때, 연락처를 남겨놓고 왔잖아. 그 뒤로 몇 번 이사는 했지만, 경찰이 마음만 먹으면 내가 어디 사는지는 금방 알아내. 별로 문제될 것도 없어. 우리 일을 들킨 건 아니니까 걱정 마."

"그렇다면 다행이지만, 그래도……." 시즈나는 여전히 불안한 기색이었다.

"그때는 강도살인과의 관련은 찾지 못한 거야?" 다이스케가 물었다.

"경찰이 밝혀낸 건 아버지가 도박장에 300만 엔의 빚을 졌다는 것뿐이야. 액수가 너무 크다고 생각하겠지만, 도박장은 판돈을 자꾸 빌려주는 데라서 다음에 돈을 따면 갚겠다고 벼르는 사이에 빚이 눈덩이처럼 불어나는 거야. 도박장 쪽에 의

하면 아버지가 기한까지 꼭 빚을 갚겠다고 했대. 그 차용증도 남아 있어. 살해된 건 그 기한 전이야. 도박장 측에서 아버지를 살해할 동기는 없었다는 얘기지. 하긴 기한이 지나더라도 빚 진 사람을 살해해서는 아무 의미도 없어."

"오빠, 왜 우리한테 여태까지 그런 얘기를 안 했어?" 시즈나가 나무라는 듯한 눈빛으로 말했다. 눈가가 조금 붉어져 있었다.

"그럴 필요가 없다고 생각했어. 아버지가 도박에 빠졌다는 얘기 같은 거, 알려주고 싶지도 않았고."

"그래도……." 시즈나는 답답한 듯 고개를 떨궜다.

"근데 그 〈선라이즈〉에 도가미 마사유키도 드나들었다는 얘기야?" 다이스케가 말했다.

고이치는 고개를 끄덕였다.

"〈NAPAN〉 주인이 말했던 다방이라는 게 99퍼센트 〈선라이즈〉야. 도가미는 배달을 하러 그 다방에 자주 갔던 거지. 거기서 아버지를 알게 됐을 가능성이 높아."

"도가미가 배달을 나갔을 때, 어떤 손님이 음식 맛이 형편없다고 잔소리를 했댔지? 그 손님이 아버지였을까?"

"그건 아직 확실하지 않아. 하지만 아버지라면 그런 말을 할 만도 해."

"그건 그래. 음식 맛에 유난히 까다로웠으니까. 다른 식당의 음식 맛이 형편없건 말건 내버려뒀으면 좋았을 텐데." 다이스케는 침대 위에 털썩 주저앉아 팔짱을 꼈다. 음식 맛이 형편없다고 툴툴거린 손님이 아버지라고 단정하고 있는 것 같았다. 이윽고 그는 뭔가 깨달은 듯 고개를 번쩍 들었다. "앗, 혹시?"

"뭔데?"

"자기네 식당의 음식 맛이 형편없다고 욕을 먹고, 그래서 홧김에 도가미가 아버지를—?"

다이스케는 말끝을 흐렸지만 무슨 뜻인지는 고이치도 알아들었다. 하지만 고이치는 고개를 저었다.

"그건 아니야. 그런 정도의 말다툼에 살인을 한다는 건 있을 수 없어. 첫째로, 그렇다면 도가미가 우리 〈아리아케〉와 똑같은 하이라이스를 만들어낸 게 설명이 안 돼."

아, 그렇지, 하고 다이스케는 중얼거렸다.

"정확한 사정까지는 알 수 없지만 아무튼 아버지와 도가미는 서로 아는 사이였어." 고이치는 말했다. "그것도 상당히 긴밀한 사이. 그래서 아버지는 도가미에게 하이라이스의 레시피를 가르쳐주었다……. 어쩌면 아버지가 그쪽에서 돈을 빌렸는지도 몰라. 레시피는 그 교환 조건이었다고 생각할 수도 있어."

"아버지는 그때 돈이 급했으니까, 응, 그럴 수도 있겠네." 시즈나도 몸을 일으켰다.

"하지만 그 시기에 도가미도 식당이 파리를 날릴 정도였으니까 돈이 없었어. 아버지에게 레시피는 배웠지만 빌려줄 돈은 없었다, 그러면 어떻게 되지?"

"그래서 살해했다?" 다이스케가 목소리를 높였다.

"야, 목소리가 너무 크잖아." 고이치가 얼굴을 찌푸렸다. "남의 얘기는 끝까지 들어야지. 빌려줄 돈이 없다는 정도로는 아직 사람을 죽일 동기가 되지 않아. 하지만 눈앞에 큰돈이 있었다면 어땠을까? 혹은 잘 아는 사람이 수중에 큰돈이 있다는 것을 알게 되었다면? 그랬다면 경영난에 허덕이던 도가미가 좋지 않은 생각을 품었을 만한 충분한 동기가 되지 않을까?"

"누구야, 그 큰돈을 가진 사람이란 게?" 다이스케가 물었다.

고이치는 코를 흥 울렸다.

"그야 당연히 아버지지."

"아버지?"

"아, 알았다." 시즈나가 가슴 앞에서 손뼉을 따악 쳤다. "사건이 일어나기 전에 아빠와 엄마가 여기저기 돈을 구하러 다녔지? 그건 도박 빚을 갚으려던 것이고, 겨우겨우 그 돈을 준비했다면 그날 밤 우리 집에는 300만 엔이 있었다는 얘기가 돼."

"바로 그거야. 그걸 도가미가 우연히 알게 되었다, 라는 건 충분히 가능한 일이야." 고이치는 말했다. "어때, 이 정도면 살인의 동기가 되지 않을까?"

다이스케가 침대에서 펄쩍 뛰어내렸다. 두 주먹을 움켜쥐고 인왕상처럼 버티고 섰다.

"그럼 결론은 나왔네. 도가미가 범인이야. 이걸로 이제 해결된 거 아니야?"

"흥분하지 마. 분명 도가미와 〈아리아케〉는 연관이 있었어. 하지만 그것 외에는 모두 우리의 추측일 뿐이야. 그날 밤, 우리 집에 큰돈이 있었다는 증거도 없어."

"그래서 대체 뭘 어쩌라는 거야? 어떤 증거를 더 찾아내라는 거냐고!" 분통이 터지는지 다이스케는 두 손으로 머리칼을 움켜쥐었다.

"그래, 그날 밤에 작은오빠가 목격했던 사람이 도가미 마사유키였다는 건 이걸로 확실해졌잖아. 그 밖에 뭐가 더 필요하다는 거야?" 시즈나도 말했다.

"맞아, 시즈나 말대로 우리는 확신을 가졌어. 하지만 현시점에서 경찰을 이해시키는 건 불가능해. 좀 더 확고한 증거가 필요해."

내가 무슨 수로 그런 확고한 증거를 잡아내겠느냐, 라는 듯이 시즈나는 걱정스러운 표정을 보였다.

"아니, 걱정할 거 없어. 이번에는 시즈나에게 증거를 찾아내라고 하지 않을 거야. 전에 말했지? 최후의 수단을 쓰겠다고."

"그게 대체 뭔데?"

얼굴을 일그러뜨리며 묻는 다이스케에게 고이치는 슬며시 웃으며 말했다.

"더 이상의 증거를 찾아내는 건 불가능해. 그렇다면 우리가 할 수 있는 일은 딱 한 가지뿐이야. 증거를 만들어내는 것!"

25

유키나리가 선택한 것은 새우와 아보카도 샐러드였다. 땅콩버터의 향기를 확인해가며 입에 넣었다. 눈을 감고 천천히 음미하며 씹은 뒤에 삼켰다. 입 안에 남는 뒷맛도 중요한 점검 항목이었다.

"아주 좋아." 눈을 뜨며 그는 말했다. "강한 뒷맛이 남는데 그게 나쁘지 않아. 이 정도면 하이라이스의 맛을 방해하지는 않겠어."

옆에서 조마조마한 얼굴로 지켜보던 요코타가 그제야 안도한 듯 입가를 풀며 웃었다.

유키나리는 〈도가미 정〉 히로오점에 와 있었다. 폐점 시간이 진즉에 지난 뒤라서 식당 안에 손님은 없었다. 하지만 유키나리 앞의 테이블에는 여러 개의 접시가 차려져 있었다. 새로 개업하는 아자부주반점의 메뉴에 올릴 요리 후보들이었다. 오늘 밤에는 런치 메뉴에 대해 검토하고 있었다. 중심 품목인 하이라이스에 곁들이는 샐러드는 몇 가지 종류를 나란히 올려서 손님이 선택하도록 할 계획이었다. 그렇다고 값싼 느낌의 샐러드를 줄줄이 늘어놓고 싶지는 않았다. 단품 요리로서도 시각적으로나 맛으로나 전혀 떨어지지 않는 것으로 하고 싶다는 게 그의 생각이었다.

"최종적으로 땅콩버터를 선택했군. 참깨 소스 쪽은 어땠지?" 유키나리가 요코타에게 물었다.

"그것도 나쁘지는 않았는데 땅콩버터 쪽이 하이라이스와 더 잘 어울린다고 판단했어요. 일단 참깨 소스도 시식을 해보시겠어요?"

"아니, 괜찮아. 나도 땅콩버터 쪽이 더 나은 것 같아. 요코타 씨와 의견이 일치해서 다행이네."

유키나리의 말에 요코타는 흐뭇한 듯 고개를 끄덕였다. 아직 나이는 어리지만 요코타는 히로오점에서 중심적인 존재감을 가진 요리사다. 원래 유키나리가 스카우트한 인물이었다. 그를 아자부주반점의 요리장으로 데려오는 것에 대해서는 이미 마사유키의 허락도 얻었다.

"이걸로 샐러드는 결정이 됐네. 수프도 거의 정해졌고, 이제 남은 건 디저트야. 내가 가장 자신이 없는 분야인데……."

유키나리가 심각한 얼굴로 메모를 하는 참에 뒷정리를 위해 남아 있던 점원이 다가왔다.

"사장님이 오셨어요."

"아버지가?" 유키나리는 점원의 등 뒤로 시선을 던졌다.

입구 쪽에서 회색 정장을 입은 마사유키가 나타났다. 그 즉시 요코타는 직립 부동의 자세를 취했다.

"오늘 영업에서 뭔가 실수라도 했었어?" 유키나리는 요코타에게 작은 소리로 물었다.

글쎄요, 라고 요코타는 고개를 갸웃거렸다.

"유키나리, 너한테 할 얘기가 있어. 잠깐 괜찮겠냐?" 마사유키가 낮은 음성으로 말했다.

"네, 괜찮긴 한데 이따 집에 가서 하면 안 될까요?"

"되도록 빨리 얘기하는 게 좋을 것 같아서 일부러 나왔어. 네가 여기서 메뉴에 대해 상의 중이라는 얘기를 듣고 온 거야." 마사유키는 유키나리 옆으로 다가와 테이블을 훑어보았다.

"샐러드냐?"

"런치 메뉴예요. 하이라이스하고 한 세트로 내놓을 예정이에요. 회의, 곧 끝나니까 잠깐만 기다리세요."

"아니, 지금 당장이야. 더 이상 쓸데없는 노력을 하게 해서는 안 될 것 같아서."

메모를 들여다보던 유키나리가 마사유키의 말에 일순 바짝 긴장했다. 무슨 말인지, 미처 알아듣지 못했다. 다시 아버지를 바라보았다.

"무슨 말씀이세요?"

마사유키는 뭔가 말을 하려다 입을 꾹 다물고, 곁에 있는 요코타와 젊은 점원을 보았다.

"미안하지만 유키나리와 둘이서만 할 이야기가 있어. 잠깐 자리를 좀 피해주겠나?"

요코타는 당황한 표정이었지만 흘끔 유키나리를 바라본 뒤에, 알겠습니다, 하고 주방으로 향했다. 젊은 점원도 그 뒤를 따라갔다.

유키나리는 아버지를 멍하니 바라보았다.

"그게 무슨 말이에요, 쓸데없는 노력이라니? 설마 아자부주반점의 개업을 다시 생각해본다는 건 아니겠죠? 미리 말해두겠는데, 이 단계에서 중지한다는 건······."

마사유키는 얼굴 앞에서 크게 손을 내저었다.

"그런 게 아냐. 아무튼 앉아서 이야기하자." 그는 옆의 의자를 끌어당겨 자리를 잡았다.

하지만 유키나리는 따라 앉지 않고 그대로 선 채 팔짱을 꼈다.

"들썽들썽하잖아. 좀 앉아봐."

"이대로도 괜찮아요. 어서 용건이나 말해보세요."

마사유키는 한숨을 내쉬고 아들을 올려다보았다. 은근히 위압적인 눈초리였지만 유키나리는 물러서지 않으려고 배에 힘을 꾹 주었다.

"개업에 앞서서 한 가지만 방침을 변경해야겠어. 이미 결정한 일이니까 반대할 생각은 하지 마라."

"이제 와서 방침 변경이라니, 그건 이상하죠. 이번 점포에 대해서는 전적으로 나한테 맡긴다고 하셨잖아요. 어떤 점포로 만들 건가 하는 방침도 내가 정하기로 했어요. 아버지한테 도움을 청한 적도 없어요. 근데 아버지가 변경하신다는 거예요?"

"그래, 모든 것을 너한테 맡겼어. 하지만 단 한 가지, 내 도움을 받은 게 있어. 그게 뭔지는 너도 알지?"

눈을 치켜뜨고 노려보는 바람에 유키나리는 마음이 뒤흔들리면서도 급히 생각을 굴렸다. 짚이는 건 한 가지밖에 없었다.

"……하이라이스?"

"그래, 하이라이스. 지금까지 새 체인점를 낼 때는 점장이 될 사람에게 반드시 각각 독창적인 하이라이스를 만들라고 지시해왔어. 하지만 너는 원조 하이라이스를 쓰게 해달라고 했고 나도 일단은 승낙했었지."

유키나리는 눈을 둥그렇게 뜨고 있었다.

"그걸 철회하겠다고요?"

"그래. 다른 점장들처럼 너도 새로운 하이라이스를 만들어 내. 그걸 아자부주반점의 주력 상품으로 내세우라고."

유키나리는 팔짱을 풀고 허리에 손을 짚은 채 아버지를 내려다보았다.

"아, 잠깐만요. 이제 와서 번복하시면 안 되죠. 원조 〈도가미 정〉의 맛을 되살린다는 게 아자부주반점의 콘셉트예요. 새로운 하이라이스를 만들라는 건 그걸 밑바탕부터 무너뜨리는 일이에요."

"각 체인점마다 개성이 다르다는 게 원래 〈도가미 정〉의 특징이야. 우리는 단순히 점포 확장을 하려는 게 아니야."

"그거야 나도 알죠. 다 알면서도 원조의 맛을 사용하려고 했던 거예요. 지금 그 원조의 맛을 제공하는 체인점은 어디에도 없어요. 간나이 본점에서조차 내놓지 않잖아요? 아자부주반점에서 그걸 내놓는다고 해서 다른 체인점과 중복되는 것도 아니라고요."

마사유키는 표정을 바꾸는 일 없이 고개를 저었다.

"다른 점장들은 모두 독자적인 하이라이스를 만들려고 엄청난 노력을 기울였어. 그런 노력이 있었기 때문에 모든 체인점이 좌절하지 않고 좋은 실적을 올릴 수 있었어. 너에게도 똑같은 노력을 요구하는 게 공평한 거야. 그렇잖아?"

유키나리는 대꾸할 말을 찾지 못했다. 마사유키의 말이 옳았기 때문이다. 실은 유키나리 스스로도 꺼림칙한 마음이 없었던 것은 아니었다.

하지만 〈도가미 정〉을 성공으로 이끌었던 하이라이스를 어떻게든 자신의 손으로 부활시키고 싶었다. 편하게 올라타겠다는 게 아니었다. 좀 더 특별한 면에서 다른 점장이 겪어야 했던 것과 똑같은 노력을, 아니, 그 이상의 노력을 쏟아부을 생각이었다.

"아자부주반점은 그 하이라이스를 부활시킨다는 전제 아래 모든 것을 결정해왔어요. 와인도 재료도 메뉴도……. 그걸 모두 원점으로 돌리라는 거예요?" 유키나리는 고개를 숙인 채 말했다.

"그런 경험이 모두 쓸모없게 되었다고 생각한다면 너는 경영자로서 실격이야. 냉큼 다른 길을 찾아." 마사유키는 자리에서 일어섰다. "처음에 말했지만 이미 결정한 일이야. 다시 번복하는 일은 없어. 하지만 앞으로는 일절 네가 하는 일에 참견하지 않으마. 그건 내가 약속할게. 개업 시기에 대해서는 다시 상의해보자."

유키나리는 앞머리를 쓸어 올리며 아버지의 눈을 보았다.

"왜 이제 와서 그런 결정을? 이유를 말해주세요."

"방금 말했잖아. 공평하게 하겠다는 것뿐이야."

"그럼 왜 전에는 허락해줬어요? 처음부터 그렇게 말했으면 좋았잖아요."

"그 점에 대해서는 내가 사과하마. 너에게 사과하는 게 아냐, 다른 점장들에게 사과하는 거지. 내가 잠깐 제 식구에게 마음이 약해졌었다. 반성하고 있어."

발길을 홱 돌려 마사유키는 걸음을 뗐다. 유키나리는 그 등에 대고 소리를 치고 싶었지만 꾹 참았다. 그런 짓을 해봐야 아무 의미도 없다는 건 알고 있었다.

방금 아버지가 앉았던 의자에 털썩 주저앉았다. 온몸에서 스르륵 힘이 빠져나가는 것 같았다.

유키나리 씨, 라는 소리가 들렸다. 얼굴을 들자 요코타가 걱정스러운 얼굴로 서 있었다.

"이야기, 들었어?" 유키나리가 물었다.

요코타는 고개를 끄덕이며 다가왔다.

"앞으로가 큰일이군요. 대표 상품의 맛을 바꿔야 하다니."

말투가 비관적은 아니어서 그나마 유키나리에게는 구원이었다. 하지만 요코타도 내심 답답해할 게 틀림없었다.

"처음부터 다시 시작해야겠어. 하지만 아버지 말대로 지금까지의 경험이 다 날아가는 건 아니야. 열심히 해보자."

예에, 라고 고개를 끄덕이고 요코타는 테이블 위의 요리를 정리하기 시작했다. 그 모습을 바라보며 유키나리는 아버지와의 대화를 되짚어보았다. 무슨 말을 하는 건지는 알아들었지만, 역시 이해가 되지 않았다.

퍼뜩 생각나는 것이 있었다. 혹시—.

아버지와 마지막으로 하이라이스 이야기를 했던 것은 사오리와 식사를 한 날 밤이었다. 그녀가 예전에 똑같은 맛의 하이라이스를 먹었다고 한 이야기를 유키나리는 그날 집에 돌아가서 말했던 것이다. 지금 생각해보니 그때 아버지의 기색이 뭔가 이상했었다.

그 이야기가 아버지의 생각에 뭔가 영향을 끼쳤던 것일까. 만일 그렇다면 그 이야기의 어떤 부분이 중요한 문제였는가. 그리고 왜 그것을 아들에게 털어놓고 말하지 않는 것일까.

유키나리는 휴대전화를 꺼냈다. 사오리의 번호를 액정 화면에 불러냈다. 하지만 발신 버튼을 누르기 직전에 다시 마음을 돌리고 슬쩍 머리를 저었다.

사오리에게 물어봤자 답이 나올 리가 없다. 우선 무엇을 어떻게 물어봐야 할지도 알 수 없었다.

도가미 마사유키가 빌딩에서 나오는 것을 확인하고 고이치는 당황했다. 예상보다 빨리 나온 것이다. 도로를 끼고 맞은편 빌딩에 마침 감시하기에 적당한 커피숍이 있어서 자리를 잡고 막 커피를 받아 온 참이었다. 고이치는 서둘러 커피를 마시고 가게를 뛰쳐나왔다.

고이치는 도가미 마사유키가 간나이의 〈도가미 정〉을 나올 때부터 계속 미행을 하며 따라왔다. 한 가지 목적을 이루기 위해서였다.

도가미는 요즘도 한 주에 몇 번씩은 본점 주방에 직접 나갔다. 그때마다 자신의 차를 이용했다. 그 차는 식당에서 50미터쯤 떨어진 월세 주차장에 세워두고 있다.

원래 고이치는 그 주차장에서 목적을 실행할 생각이었다. 그래서 본점이 문을 닫기 한 시간 전쯤부터 그 부근에서 잠복을 시작했다.

하지만 미처 생각하지 못한 문제가 발생했다. 본점의 문을 닫은 후, 도가미는 직원과 함께 식당을 나왔다. 그뿐만 아니라 두 사람이 담소하며 주차장을 향해 걸음을 옮겼다. 동행한 사람도 그곳에 차를 세워둔 모양이었다.

그 시점에 고이치는 오늘의 목적을 단념했다. 도가미 마사유키가 혼자여야 한다는 게 절대 조건이었기 때문이다.

그래도 미련이 남아서 도가미가 몰고 가는 벤츠의 뒤를 쫓기 시작했다. 자칫하면 들킬 위험성도 있었지만, 어딘가에서 기회를 잡을지도 모른다는 기대감에 그는 미행을 계속했다. 단지 도가미가 곧장 집으로 돌아갈 눈치를 보인다면 그때는 다음에 다시 나오자고 마음먹었다. 그럴 경우에는 전혀 기회가 없을 터였기 때문이다.

하지만 기회가 찾아왔다. 그의 벤츠가 자택이 아니라 〈도가미 정〉 히로오점으로 가고 있다는 것을 알았을 때는 핸들을 잡은 채 자기도 모르게 휘파람을 불었다.

도가미는 근처 빌딩 지하 주차장에 벤츠를 세웠다. 고이치도 그 주차장의 조금 떨어진 자리에 자신이 타고 온 라이트밴을 세웠다. 도가미가 벤츠에서 내려 저만치 걸어가는 것을 확인한 뒤에 차 문을 열었다.

도가미가 히로오점을 찾은 이유는 명확하지 않았다. 하지만 주차장의 영업시간을 생각하면 그리 오래 있지는 않을 것 같았다.

그런데 그 예상보다 더 빠르게 도가미 마사유키가 히로오점에서 나온 것이다.

고이치는 급한 걸음으로 주차장에 돌아갔다. 다행히 도가미의 벤츠 주변에 인적은 없었다. 그래도 주위의 기척에 주의해가며 그는 점퍼 호주머니에서 한 가지 물건을 꺼냈다.

자신들에게는 소중한 물건이었다. 이 세상에 단 하나뿐인 것이었다. 그토록 소중한 것을 이런 일에 이용해도 되는지 고이치는 고민했다. 자칫하면 두 번 다시 자신들의 손에 돌아오지 않을지도 모르는 것이다.

하지만 그것밖에는 방법이 없었다. 그토록 소중한 것이기 때문에 더더욱 계획을 성공시키는 데 큰 도움이 되어줄 거라고 생각하기로 했다.

고이치는 계획대로 일을 꾸며놓고, 재빨리 돌아와 자신의 차 안에 숨었다. 그다음에는 도가미 마사유키가 나타나기를 기다리는 것뿐이었다.

잠시 뒤에 엘리베이터 홀 쪽에서 양복 차림의 도가미가 걸어나왔다. 혼자였다. 고이치는 숨을 죽인 채 지켜보았다.

도가미는 차 키를 꺼내더니 벤츠로 다가갔다. 운전석 쪽으로 돌아가 록을 풀었다.

차 문이 열리는 것을 보고 고이치는 입술을 악물었다. 그 물건을 도가미는 알아차리지 못한 것 같았다. 그대로 차에 오르더니 문을 닫았다.

아, 또 나와야 하는가, 하고 고이치가 혀를 찼을 때, 차 문이 다시 열렸다. 도가미는 몸을 반만 내밀고 아래쪽을 보고 있었다. 이윽고 바닥에서 뭔가를 집어 드는 게 보였다.

긴장감이 고이치를 덮쳤다. 도가미가 어떻게 나오느냐에 따라 자신의 다음 행동이 달라지게 된다. 그 물건을 가진 채로 차를 출발시킨다면 어떻게든 저지하지 않으면 안 된다.

하지만 도가미의 행동은 고이치가 예상했던 대로였다. 집어든 것을 다시 원래 자리에 되돌려놓고 차 문을 닫은 것이다. 시동을 걸고 매끈하게 차를 출발시켰다.

시야에서 벤츠가 사라지는 것을 확인하고 고이치는 차에서 내렸다. 벤츠가 정차되어 있던 공간을 향해 걸음을 옮겼다. 그가 그 자리에 가져다 놓은 물건은 거의 똑같은 위치에 놓여 있었다. 장갑을 낀 손으로 집어 올려 준비해둔 비닐봉지에 넣었다.

성공이야, 라고 고이치는 마음속에서 다이스케와 시즈나를 향해 부르짖었다. 놈이 첫 번째 덫에 걸려들었어―.

웃음이 스멀스멀 번졌다.

26

시즈나가 가와노 다케오의 연락을 받은 것은 토요일 오후였다. 휴대전화의 착신 표시를 보고 그냥 무시할까 하고 생각했지만 자칫하면 시끄러운 문제를 일으킬 가능성이 있었다. 꼭 만나고 싶다는 그의 부탁을 받아들여 이케부쿠로의 커피숍에서 만났다.

어째서 문자에 답을 해주지 않느냐고 가와노는 캐물었다.

"전화를 해도 전혀 연결이 안 되고, 대체 어떻게 된 거야?"

가와노의 시선을 피하며 시즈나는 고개를 숙였다.

"일이 바빠서……. 미안해."

"우리 벌써 3주째 한 번도 만난 적이 없어. 그래서 어떻게 됐는지 알아? 여행 문제로 수없이 문자를 보냈는데 도무지 답을 안 주니 결국 예약을 못 했잖아. 온천에 가기로 약속했으면서."

"약속은 안 했어. 갈 수 있으면 좋겠다는 말이었지."

"그게 그거지. 그것 때문에 내가 얼마나 오래 준비를 했는지 알아?"

"그건 미안하지만, 일 때문에 날짜를 조정하기가 어렵다는 애기는 전에 했었잖아."

"일, 일, 항상 그 일 얘기로군. 보험 일이 그렇게도 중요해? 그렇다면 한 마디 하겠는데, 나 역시 소중한 고객이야. 자기의 책임량을 채워주려고 나도 계약을 했잖아? 고객이 하는 말을 들어줘야 할 거 아냐." 가와노는 축 처진 뺨을 벌겋게 물들이며 마구 내뱉었다. 그때마다 시즈나의 눈앞에 침이 튀었다.

그녀는 얼굴을 번쩍 쳐들었다. 침이 튀었기 때문이 아니었다. 기다리고 기다리던 대사가 가와노의 입에서 튀어나왔기 때문이다.

"자기, 나하고 온천에 가려고 보험을 들어준 거였어? 그런 속셈이었던 거야?"

엇, 하고 가와노의 눈이 휘둥그레졌다.

"나를 그렇게 헤픈 여자라고 생각했어?" 목소리를 높여 따지고 들었다. 주위 손님들의 시선이 쏠렸지만, 그런 건 신경 쓰지 않았다. 오히려 사람들이 주목해주는 게 이런 일에는 도움이 된다.

"아니, 그런 건 아니지만……." 가와노는 어물어물 말을 얼버무렸다. 시즈나가 예상했던 반응이었다.

"방금 그랬잖아. 보험 들어줬으니까 함께 온천에 가야 한다고."

"그런 말, 안 했어."

"말했어. 방금 고객이 하는 말을 들으라고 했잖아?"

가와노는 당황한 표정으로 눈빛이 갈팡질팡 흔들렸다. 혼란에 빠진 것이다. 이제 한 발짝만 더 가면 된다.

"어떻게 그럴 수가 있어?" 시즈나는 분해서 견딜 수 없다는 듯 울먹거렸다. "나를 그런 식으로 생각하다니……. 알았어, 보험은 해약해줄게. 그리고 돈은 돌려주면 되지?"

"자, 잠깐만. 그런 게 아냐. 내가 잘못했어. 사과할게. 그러니까 우선 마음을 가라앉혀." 가와노의 초조한 얼굴에서는 조금 전까지의 불그레한 노기는 사라지고 없었다. 오히려 하얗게 질려가고 있었다.

시즈나는 두 손으로 얼굴을 가렸다. 후우, 하고 한숨을 내쉬고 마음을 가라앉히려는 척 연기를 했다. 그 참에 손가락 틈새로 가와노의 안색을 살펴보았다. 그는 당황해서 어쩔 줄을 모르고 있었다.

남자를 속여 돈을 뜯어내기는 어렵지 않지만, 문제는 관계를 끊는 방법이었다. 가와노는 다카야마 히사노부와는 달리, 꿈을 이루기 위해 외국에 나간다는 스토리 따위에 넘어가줄 타입이 아니었다. 어쩌면 나름대로 고민을 거듭한 끝에 함께 가겠다고 따라나설 가능성까지 있는 사람이다. 겉모습은 어엿한 중년 남자지만, 속내는 여전히 떼쓰는 아이 같은 남자인 것이다. 이런 사람에게는 최대한 강하게 나가는 게 가장 좋은 대처법이다.

자, 이제부터 어떻게 요리를 해줄까, 생각하고 있는데 시즈나의 휴대전화가 울렸다. 이런 상황에 대체 누구야. 다이스케가 근처에서 대기 중이지만 그녀가 먼저 신호를 보내지 않는 한, 연락하지 않을 터였다.

"전화가 울리는데?" 가와노가 말했다.

"알아." 부루퉁하게 쏘아붙이고 가방을 열었다. 발신자 표시를 보자마자 부루퉁하던 얼굴이 일순 환하게 풀어질 뻔했다. 유키나리에게서 온 전화였다.

시즈나는 휴대전화를 들고 자리에서 일어났다. 통화 버튼을 누르며 가와노의 시선이 닿지 않는 위치로 이동했다.

"네, 다카미네입니다." 작은 소리로, 하지만 환한 어조로 말했다.

"여보세요, 도가미입니다. 지금, 전화 괜찮아요?"

"네, 괜찮아요. 무슨 일이세요?"

"실은 사오리 씨에게 물어볼 게 있어요. 오늘 저녁에 잠깐 만날 수 있을까요?"

"오늘 저녁?"

"아, 꼭 오늘 저녁이 아니어도 괜찮아요. 되도록 빨리 만나고 싶다는 뜻이에요."

"저는 지금도 괜찮아요."

"그래요? 지금 어디죠?"

"이케부쿠로예요. 잠깐 볼일이 있는데, 이제 곧 끝날 거예요." 그렇게 말하면서 시즈나는 그늘 쪽에서 가와노를 슬쩍 살펴보았다. 여전히 기가 팍 죽어 있었다. 그것을 확인하고 시즈나는 다시 말했다. "아, 이미 다 끝난 거나 마찬가지예요."

유키나리와 만날 약속을 하고 시즈나는 자리로 돌아왔다. 물론 잔뜩 토라진 표정으로. 고개를 푹 숙이고 있던 가와노가 눈치를 보듯이 슬그머니 얼굴을 들었다.

"바쁜데 어디 갔느냐고 상사에게 혼났어. 고객과 함께 있다고 했더니, 계약을 따낼 수 있겠느냐고 묻더라고. 나, 아무 대답도 못 했어."

"그럼 지금 내가 계약해주면 될까?" 가와노가 윗몸을 앞으로 쓰윽 내밀며 말했다. 은근슬쩍 비위를 맞추려는 듯한 눈빛이었다.

시즈나는 차갑게 고개를 젓고 휴대전화를 가방에 넣었다.

"자기한테는 이제 그런 부탁 못 해. 부탁할 수가 있겠어?"

"그, 그러면 어떻게 하면……."

"아무것도 안 하셔도 되네요." 그녀는 자리에서 벌떡 일어섰다. 지갑에서 커피값을 꺼내 테이블에 탁 내려놓았다.

"앗, 자, 잠깐만 기다려." 가와노가 엉거주춤 일어서며 다급하게 말했다. 얼굴은 울상이 되어 있었다.

"천천히 생각 좀 해봐야 할 거 같으니까 우리, 당분간 만나지 말자. 마음이 정리되면 내 쪽에서 연락할 테니까."

"유카리⋯⋯."

시즈나는 출구로 향했다. 자동문을 지나면서, 유카리라는 이름이 무슨 한자를 쓰더라, 하고 생각했다.

역으로 가는 도중에 다이스케에게 문자를 보냈다. '가와노, 거꾸로 화내서 떼어내기 작전 대성공. 도가미 유키나리에게 연락이 와서 지금 긴자에서 만날 거야. 뭔가 할 말이 있대.' 다이스케의 답신은 그녀가 지하철을 타러 내려가기 전에 들어왔다. '알았어. 나는 지난번 말한 작전 준비 때문에 집에 들어간다'라는 것이었다.

시즈나는 휴대전화를 챙겨 넣으면서 가슴에 작은 불안이 번지는 것을 느꼈다. '지난번 말한 작전'이 무엇인지는 시즈나도 알고 있었다. 고이치가 동행하니까, 별일은 없겠지만, 자칫하면 경찰에 잡혀갈 수 있는 일인 만큼 가슴이 술렁거리는 것을 억누를 수 없었다.

긴자 니초메의 커피숍이 도가미 유키나리와의 약속 장소였다. 그는 창가 테이블에 앉아 길거리 쪽을 바라보고 있었다. 하지만 아무래도 뭔가 깊은 생각을 하고 있는 것 같았다. 거리를 바라보고 있었다면 그쪽으로 걸어온 시즈나를 못 알아봤을 리가 없기 때문이다.

그녀가 인사를 건네자, 아니나 다를까 흠칫 놀라는 기색으로 돌아보았다. 이어서 그는, 아아, 하고 멍한 소리를 냈다.

"그렇게 심각한 얼굴로 무슨 생각을 하고 있었어요?"

유키나리는 자신의 얼굴을 더듬었다.

"내가 그런 얼굴이었어요? 아, 이것 참. 그보다 미안해요, 갑자기 불러내서. 볼일은 끝났어요?"

"네, 깨끗이 끝났어요. 원래 별로 대단한 일도 아니었어요." 맞은편 자리에 앉으면서 시즈나는 미소를 지었다. 웃는 척하는 연기가 아니라 저절로 흘러나온 미소였다. "친구들이랑 온천에 가기로 했는데, 다들 일정이 맞지 않아 결국 취소하게 됐거든요. 그런 얘기를 하고 온 거예요."

"아, 온천 좋아해요?"

"별로 그렇지도 않아요. 친구들과 함께 어울리는 게 좋은 거죠, 뭐."

"흠, 그렇군요. 대학 친구예요?"

"아뇨, 중고등학교 친구들. 대학은 교토니까요."

시즈나는, 친구들이 다양한 직업을 갖고 있고 그중에는 패션 디자이너며 보험 외판원도 있다는 것, 디자이너를 하는 친구는 얼마 전에 본격적인 공부를 위해 뉴욕에 건너갔고, 그것 때문에 결혼을 약속한 사람과 헤어졌다는 것 등을 이야기했다. 물론 모두 지어낸 이야기였다. 등장인물은 그녀가 남자들을 속이기 위해 만들어낸 캐릭터들이었다. 그래서 막힘없이 술술 스토리가 풀려 나왔다.

그런 거짓된 이야기를 유키나리는 진지한 표정으로 들어주었다. 때로는 놀라는 표정을 짓기도 했다. 그런 모습을 보는 사이에 시즈나는 점점 양심에 찔리는 기분이 들었다. 동시에 허무하기도 했다. 그가 관심을 갖고 열심히 들어주는 건 다카미네 사오리라는 가공의 여자, 그리고 이 세상에 존재하지 않는 그녀의 친구들의 에피소드인 것이다.

시즈나는 문득 입을 다물었다. 얼음이 녹고 있는 아이스티 잔을 손에 들었다.

"왜 그래요?" 유키나리가 당황한 듯 물었다. 갑작스레 이야기를 그만두었기 때문이 아니라 시즈나의 얼굴에서 웃음기가 사라졌기 때문이라는 건 그녀 자신도 알고 있었다.

"아무것도 아니에요. 시시한 이야기만 늘어놓은 게 문득 창피해져서." 다시금 지어낸 웃음을 얼굴에 올리며 그녀는 말했다.

"시시하지 않아요. 나는 재미있는데?"

시즈나는 고개를 저었다.

"이제 그만할래요. 그보다, 하실 말씀이라는 게 뭐예요? 너무 궁금해요."

아차차, 라는 듯이 유키나리는 입을 헤벌렸다. 그 몸짓은, 깜빡 잊고 있었던 게 아니라 단순한 포즈처럼 보였다. 말하기 어려운 내용이구나, 하고 시즈나는 내심 짐작했다.

"미안해요, 내가 불러내고서……. 사실은 하이라이스 얘기예요."

"하이라이스? 아자부주반점의 메뉴로 쓸 그 하이라이스요?"

"아니, 그게 아니고……, 뭐랄까, 그것과도 관계가 있기는 하지만……, 지난번에 사오리 씨가 말했던 하이라이스에 대해 좀 물어보려고요."

"내가 무슨 말을 했었는데요?"

"우리 식당과 비슷한 맛의 하이라이스를 어렸을 때 먹어봤다는 그 이야기."

"아, 그거……."

"그 식당이 요코스카에 있었다고 했죠? 어떤 이름의 식당이었는지, 기억나요?"

유키나리의 진지한 눈빛에 시즈나는 불안감이 몰려왔다. 이제 와서 새삼스럽게 왜 그런 걸 묻는지 알 수가 없었다. 어떻든 〈아리아케〉라는 이름을 섣불리 입에 올릴 수는 없었다.

"글쎄, 뭐였지? 벌써 한참 옛날 일이라……." 그녀는 기억을 더듬어보는 척했다.

"친구네가 하는 식당이라고 했었지요? 그 친구는 성씨가 어떻게 되지요?"

이 질문에는 대답하지 않고 넘어갈 수 없다. 하이라이스를 먹다가 생각이 나서 남 앞에서 눈물을 흘렸을 만큼 그 친구는 다카미네 사오리에게 소중한 존재인 것이다. 이름쯤은 당연히 기억하고 있어야 한다. 그렇지 않으면 이야기의 앞뒤가 맞지 않는다.

"야자키……예요."

저절로 입 밖으로 튀어나온 말에 시즈나 스스로가 놀랐다. 일순 온몸이 뜨거워지는 것을 느꼈다. 그것은 시즈나의 원래 성씨였다. 오빠들과는 부모가 다르다는 것을 보여주는 성씨였다.

왜 그런 말이 튀어나왔는지, 스스로도 알 수가 없었다. 순간적으로 가짜 이름을 생각해내는 것쯤은 지금까지 수없이 해온 일이었다. 그런데 이 자리에서는 그게 얼른 머릿속에 떠오르지 않았다. 또 다른 가공의 이름을 유키나리에게 늘어놓는 것에 갑자기 혐오감이 들었던 것이다.

"야자키……. 이름은요?" 유키나리가 물어왔다.

어떤 묘한 충동이 시즈나의 가슴에 밀려들었다. 그녀는 냉정해지려고 했다. 신중하게 행동하지 않으면 안 된다고 생각했다. 그런 생각을 한 끝에, 그녀는 대답에 나섰다.

"시즈나예요."

"야자키 시즈나 씨. 어떤 한자를 쓰지요?" 유키나리는 수첩을 꺼내 들었다.

'矢崎静奈'라는 한자를 알려주면서 그녀는 가슴이 두근거리는 것을 애써 진정시켰다.

이 일은 오빠들에게는 절대로 말 못 해. 왜 그런 바보 같은 짓을 했느냐고 틀림없이 혼이 날 거야……

시즈나로서도 이렇게 해도 괜찮다는 확신 따위는 없었다. 누군가 이유를 묻는다면, 진짜 내 이름을 말하고 싶어서 그랬다는 말밖에는 할 수 없었다.

"왜 그 친구 이름을 알려고 하시는 거예요?" 시즈나는 물었다.

"실은 이래저래 사정이 있어요." 유키나리는 겸연쩍은 얼굴을 보이더니 수첩에 써넣은 글자에 눈을 떨구었다. "야자키 시즈나……. 좋은 이름이군요. 어떤 친구였어요?"

"건강한 아이였어요. 오빠들과 정말 사이가 좋았고요."

시즈나는 가슴이 뭉클해지는 것을 필사적으로 참고 있었다. 유키나리는 지금 자신에 대해 묻고 있었다. 가짜 이름이 아닌 본명으로 부르고 있었다. 그래서 지금 이 순간만은 거짓말을 하지 않아도 되었다. 있는 그대로 이야기할 수 있었다―. 그것이 견딜 수 없이 기뻤다.

어두운 골목길에 서서 바로 옆의 건물을 올려다보았다. 이런 짓을 해보는 게 몇 년 만인지 모르겠다고 다이스케는 생각했다. 사자자리 유성군을 보기 위해 셋이서 아동시설을 빠져나왔던 그때 이후로 처음일 것이다. 그때 사용했던 8자 고리를 버리지 않고 챙겨두기를 잘했다고 생각했다.

하지만 이런 방법으로 정말 괜찮은 걸까―.

머리 좋은 고이치가 고안해낸 것이다. 틀림은 없을 거라고 생각했다. 하지만 오늘 밤의 작전에 대해 처음 들었을 때는 깜짝 놀랐다. 놀란 것뿐만이 아니라 더럭 겁이 났다.

"사전 답사는 충분히 했어. 나는 자신 있어. 하지만 다이스케 너까지 꼭 따라오라고는 하지 않을 거야. 나 혼자 해도 돼."

고이치에게 그런 말을 듣고, 아, 그래서, 하고 물러설 다이스케가 아니었다. 위험한 일도 항상 둘이 힘을 합쳐서 헤쳐왔다.

위쪽에서 소리가 들렸다. 다이스케는 헤드라이트를 한 차례만 깜빡였다. 괜찮다, 라는 신호다.

곧바로 슬금슬금 자일이 내려왔다. 짤랑거리는 금속음이 들렸다. 8자 고리를 장착하는 모양이었다.

어렸을 때와 똑같이 잽싼 동작으로 고이치가 내려왔다. 배낭을 등에 메고 있었다.

"잘됐어?" 다이스케가 물었다.

"잘됐으니까 내려왔지. 빨리 철수하자."

두 사람은 몸을 낮춘 채 뛰기 시작했다.

유성의
인연 流星の絆
1

지은이 히가시노 게이고
옮긴이 양윤옥
펴낸이 김영정

초판   1쇄 펴낸날 2009년 1월 5일
개정판 1쇄 펴낸날 2020년 1월 31일
개정판 10쇄 펴낸날 2024년 3월 18일

펴낸곳 (주)현대문학
등록번호 제1-452호
주소 06532 서울시 서초구 신반포로 321(잠원동, 미래엔)
전화 02-2017-0280
팩스 02-516-5433
홈페이지 www.hdmh.co.kr

ISBN 978-89-7275-149-6 04830
      978-89-7275-148-9 04830 (세트)

* 책값은 뒤표지에 있습니다.
* 파본은 구입처에서 교환해드립니다.